KB264401

위대한 개츠비

위대한 개츠비

The Great Gatsby

위대한 개츠비

F. 스콧 피츠제럴드 지음 | 민예령 옮김

보물창고

TBY
L COVALTINE
AR
IO

차례

다시

젤다에게

황금 모자를 써라, 그것으로 그녀를 움직일 수 있다면.
그녀를 위해 높이 뛰어라, 그녀를 위해서라면.
그녀가 이렇게 외실 때까지 말이다.
"나의 사랑, 황금 모자를 쓴 높은 곳에 있는 나의 사랑이여,
내 님이 되어 주세요!"

– 토머스 파크 딘빌리어스

1

　내가 조금 더 어리고 철이 없던 시절, 아버지께서 이런 충고를 해 주셨다.

　"누군가를 비판하고 싶어질 때에는 모두가 너처럼 좋은 상황이 아니었을 수도 있음을 명심해라."

　이 한 마디 말이 전부였지만, 우리 부자는 늘 이렇게 말을 아끼는 편이었고 나는 아버지가 굳이 말하지 않았던 더 큰 의미를 이해했다. 어쨌든 나는 아버지에게 이 말을 들은 이후로 어떤 것에 대해서 쉽게 판단을 내리지 않게 되었다. 그리고 그것 때문에 특이한 성격의 소유자들과 잘 엮이는 편이었다. 항상 그런 괴짜들은 나를 귀찮게 했는데, 그런 괴짜들은 보통 사람들에게 조금이라도 특이한 점이 있다면 빨리 알아차리고 어김없이 친해지려 했던 것이다. 게다가 이런 성격 때문에 나는 대학 시절에 정치적이라는 비난을 받기도 했다. 내가 주류에 속하지 않는 친구들의 비밀까지도 알고 지냈기 때문이다. 내가 원하던 일은 아니었다. 언제나 그 괴짜들이 먼저 내게 찾아와 자신의 비밀들을 얘기했다. 결국 나는 그런 친구들이 무언가를 털어놓을 것 같은 느낌이 들면 자는 척을 하거나 뭔가 열중해 있는 척을 했다. 아니면 아예 차갑게 굴며 그들을 외면하기도 했다. 젊은 사람들의 비밀이나 고민들은 대부분 어딘가에서 베낀 말을 인용하거나 아니면 정작 중요한 건 쏙 빼놓기 일쑤였다. 판단을 유보하는 것은 무한대의 희망을 불러일으킨다. 나는 내가 이 말을 간과함으로 인해 어떤 실수를 저지르게 될까 봐 겁이 났다. 하지만 언젠가 아버지가 자신 있게 말씀해 주셨듯이 지금 나도 자신 있게 말하겠다. 인간의 품위는 쉽게 바뀌는 것이 아니다.

지금 이렇게 나의 인격이 품위 있다며 자랑을 늘어놓고 있지만, 나는 이미 이런 내게도 한계가 있다는 것을 깨달았다. 인간의 행위는 단단한 바위 위에 기초를 둘 수도 있지만 때로는 물컹한 습지 위에 기초를 두기도 한다. 하지만 어떤 시점이 지나고 나면 더 이상 그 행위들이 어디에 기초하고 있는지는 상관이 없어진다. 지난가을 동부에서 이곳으로 돌아왔을 때 나는 이 세상 사람들이 전부 제복을 차려 입고 도덕적으로 차렷 자세를 유지한 채 영원히 반듯하게 살아가기를 바랐다. 오만한 시선으로 인간들의 내면을 판단하는 일 같은 것은 하고 싶지 않았다. 하지만 개츠비, 그러니까 이 책에 이름을 제공해 준 그에게만큼은 그렇게 하지 못했다. 그는 내가 경멸하는 모든 것을 다 갖추고 있는 사람이었다. 한 사람의 성격이 일종의 성공한 몸짓의 묶음이라고 가정한다면, 분명 그에겐 정말 대단한 무언가가 있었다.

그는 1만 6천 킬로미터 밖의 흔들림까지도 기록해 내는 지진계처럼 자신의 인생에 대한 희망을 감지해 내는 고도로 발달된 촉수를 가진 사람이었다. 이런 그의 예민함은 '창조적 기질'이라는 말 아래 미화되는 그런 감수성 같은 것이 아니다. 그것은 다름 아닌 '희망'이다. 그가 가진 낭만적 인생관은 엄청난 재능이며 그 누구도 갖지 못한, 그 누구도 가질 수 없는 대단한 것이었다. 개츠비는 대단한 사람이었다. 내가 잠시나마 인간의 허망한 슬픔들, 숨 가쁜 환희에 흥미를 잃었던 이유는 바로 그런 개츠비를 쓰러뜨린 것들과 그의 꿈이 있던 자리에 떠다니는 한 줌의 먼지 때문이었다.

나는 이곳 중서부 도시에서는 삼대에 걸쳐 꽤 부유하고 잘 알려진 집안에서 태어났다. 우리 캐러웨이 가문은 버클루 공작의 후예라는 말이 나도는, 꽤나 뼈대 있는 집안이다. 하지만 내가 알기로 우리 가문을 실질적으로 세우신 분은 큰할아버님이시다. 큰할아버님은 1851년에 이곳에 정착하였고, 남북 전쟁이 일어나자 다른 사람을 대신 내보내고 철물 도매업을 시작하셨다. 현재는 그 가업을 우리 아버지가 이어받아 하고 계신다.

큰할아버님을 뵌 적은 없다. 하지만 사람들은 내가 그분을 닮았다고들 했다. 특히 아버지의 회사 집무실에 걸려 있는 무뚝뚝한 표정의 초상화를 보면 내가 큰할아버님의 판박이라고 한다. 나는 1915년, 그러니까 아버지가 졸업한 지 꼭 25년 후에 뉴헤이븐에 있는 대학(*예일 대학교를 의미한다. 이하 *표시―옮긴이 주)을 졸업했고 그 후 얼마 되지 않아 제1차 세계 대전의 한 부분이었던 '독일인의 대 이동'에 참가했다. 나는 미군의 반격을 무척 감동적으로 경험한 나머지 고국에 돌아와서도 한동안 들떠 있었다. 하지만 전쟁 후 중서부 지방은 활기 넘치는 세상의 중심지에서 우주의 초라한 변두리와 같은 모습으로 변해 버렸고 나는 동부로 가서 증권 일을 배우기로 결정했다. 당시 증권업은 꾕장히 인기 있는 직업으로 급부상하고 있었고 돈도 많이 벌 수 있는 일이라 생각했기 때문이다. 친척 어른들은 내게 예비 대학이라도 골라 주듯 심각하게 의논했고 마침내 매우 엄숙한 얼굴로 마지못해 이렇게들 말씀하셨다.

"그, 그렇게 해 보렴."

일 년 동안의 생활비는 아버지가 지원해 주시기로 했다. 정리할 일들이 많아 늦어지긴 했지만 어쨌든 나는 1922년에 완전히 정착할 생각을 갖고 동부로 떠났다.

.집을 시내에 구하는 게 가장 합리적인 방법이었을 것이다. 하지만 나는 뉴욕에 오기 전까지 잔디와 나무들이 많은 곳에서 살았고 당시에는 날도 풀리고 있었기 때문에, 시내에서 좀 떨어진 변두리 지역에 집을 얻어 함께 지내자는 동료의 제안을 흔쾌히 받아들였다. 그가 구한 집은 월세가 80달러인, 비바람에 색이 많이 바랜 낡은 방갈로였다. 하지만 그 친구가 갑자기 워싱턴으로 발령이 나는 바람에 결국 그 집에는 나 혼자 들어가게 되었다. 그리고 나는 낡은 닷지(*미국 자동차 회사.) 자동차, 며칠 있다가 달아나 버린 개 한 마리 그리고 벽난로 앞에서 핀란드 속담을 중얼거리는 버릇이 있는, 청소와 아침 식사를 담당해 줄 핀란

드 출신 도우미 아주머니와 함께 살게 되었다.

처음 하루 이틀은 외로웠다. 그러던 차에 나보다 늦게 동네로 이사 온 듯한 누군가가 길을 물어 왔다.

"웨스트에그에는 어떻게 가나요?"

나는 그에게 길을 가르쳐 주었고 이상하게 그 뒤로 별로 외롭다는 느낌이 들지 않았다. 나는 이 마을의 안내자, 길잡이이자 오랫동안 살았던 주민이 된 느낌이었다. 우연이겠지만 어쨌든 그 사람은 내게 이 동네 사람이라는 자격을 부여해 준 셈이었다.

뜨거운 햇살과 마치 영화에서 사물들이 쑥쑥 자라듯 솟아나는 나뭇잎들을 보며 나는 이 여름의 시작과 함께 나의 삶도 다시 시작되고 있다는 확신을 갖게 되었다.

읽어야 할 책들도 산더미였고 맑고 신선한 공기를 마시며 몸도 챙겨야 했다. 나는 은행 경영, 신용 대출, 증권 투자 등에 관한 책을 열 권도 넘게 구입했다. 그 책들은 조폐 공사에서 갓 찍어 낸 신권 지폐 같았다. 금빛과 붉은빛으로 번쩍이던 그 책들은 미다스와 J.P. 모건과 마에케나스만이 알고 있는 비밀들을 내게 알려 주겠노라 약속하고 있는 것 같았다. 나는 그 책들을 끝내고 더 많은 책들을 읽을 작정이었다. 대학 시절 나는 글쓰기에 관심이 많았다. 대학 신문인 〈예일 일보〉의 편집자로서 진지하면서도 유쾌한 사설을 연재한 적도 있었다. 나는 그런 재능과 경험을 모아 증권 전문가 중에서도 특별한 전문가가 되고 싶었다. 나는 '인생은 하나의 창으로 바라볼 때 훨씬 더 잘 볼 수 있다.'라는 말을 굳게 믿고 있었다.

　내가 북미 대륙을 통틀어 가장 특이한 지역 중 하나에 살게 된 것은 우연이었다. 내가 집을 얻은 곳은 뉴욕 시에서 30킬로미터쯤 떨어진 정동 쪽에 위치한 시끄럽고 길쭉한 섬이었는데, 자연 현상이 만들어 낸 여러 기묘한 지형들 중 특별히 더욱더 기묘하게 생긴 지역이었다. 지형은 두 개의 거대한 달걀을 닮았는데 두 달걀은 그 생김새가 거의 똑같았다. 어설픈 만 하나를 사이에 둔 채 서반구의 바닷물 중 인간의 손길을 가장 많이 타는 거대한 롱아일랜드 해협의 앞 쪽으로 튀어나와 있던 이 두 개의 지역은, 사실 완벽한 타원형은 아니었고 콜럼버스의 달걀처럼 접촉면이 납작했다. 두 지역의 생김새가 워낙 비슷해 갈매기들마저 헷갈릴 터였다. 하지만 날개가 없는 인간들이 가장 흥미를 느끼고 있던 사실은 두 지역이 모양과 크기를 제외한다면 단 하나도 닮은 점이 없다는 것이다.

　나는 그중 웨스트에그에 살았다. 이스트에그보다 덜 화려한 지역이었다. 이렇게 단순하게 말해서는 두 지역 사이에 존재했던 묘하면서도 불쾌한 차이를 표현하기에 한없이 부족하다. 어쨌든 나의 집은 해안가에서 5미터 정도밖에 떨어져 있지 않은 달걀의 가장 끝 쪽에 위치해 있었다. 그리고 나의 집 양옆으로 한 철 임대료가 1만 2천 달러에서 1만 5천 달러쯤 되는 대저택이 두 채 서 있었다. 오른쪽 집은 어떤 기준으로 보나 대저택의 위엄 그대로였다. 노르망디 시청의 모습을 그대로 재현해 놓은 저택이었는데 한쪽은 줄기가 가는 야생 담쟁이덩굴로 뒤덮여 있었다. 그리고 새로 지은 듯한 탑과 대리석 풀장 그리고 160제곱미터가 넘어 보이는 잔디밭과 정원이 딸린 집이었다. 바로 개츠비의 집이다. 아니, 그때만 해도 개츠비를 몰랐으니 일단 그런 이름을 가진 한 신사의 저택이라고 하자. 그에게 나의 집은 어쩌면 보기 싫은 흉물이었을지도 모른다. 하지만 그가 그런 신경을 쓰기에는 나의 집이 너무도 작았으리라. 어쨌든 나는 월 80달러로, 바다가 보이고 이웃의 잔디밭이 보이고 백만장자들을 이웃으로 둘 수 있는 집에서 살게 되었다.

그 작은 만의 건너편에는 해변을 따라 고급 주택가가 자리 잡고 있었다. 이스트에그의 궁궐 같은 대저택들이다. 그리고 그해 여름의 역사는 내가 그곳에 살고 있는 톰 뷰캐넌 부부와 저녁을 먹기 위해 차를 몰고 그 동네로 넘어갔던 어느 저녁에서부터 시작되었다.

데이지는 나의 먼 사촌 여동생이었고 톰은 대학 동기였다. 전쟁이 끝난 직후 언젠가, 당시 시카고에 머물고 있던 그들의 집에 이틀 정도 묵은 적도 있었다. 데이지의 남편 톰은 운동에 특출한 친구였다. 예일 대학교 시절에는 최고의 엔드(*미식축구에서 최전방 공격선 양쪽 끝에 있는 선수.) 중 한 명이기도 했다. 스물한 살 때 그는 이미 인생의 모든 것에서 최고를 누리며 살고 있었기에 그 뒤로는 오히려 내리막길을 걷고 있는 느낌이 들 정도였다. 대학 시절 부잣집 아들로서 돈을 너무나 많이 써 일부 동기들의 비난을 받기도 했다. 그는 대학 졸업 후 시카고를 떠나 있는 폼 없는 폼 다 잡아 가며 동부로 왔다. 있는 폼 없는 폼이라고 말한 이유는, 예컨대 그가 폴로 경기를 하겠다며 레이크 포레스트(*시카고 교외에 부유층이 살고 있는 지역.)에서 폴로용 말을 한 떼나 몰고 왔기 때문이다. 내 또래 사람이 그 정도로 돈이 많다는 사실에 이질감이 들 정도였으니 말이다.

나는 왜 그 부부가 동부로 이사 왔는지 알지 못했다. 그들은 특별한 이유 없이 프랑스에서 일 년 정도 살기도 했다. 그들은 그저 폴로를 하는 부자들이 있는 곳을 찾아다니며 인생을 즐겼다. 거주지를 옮길 때마다 데이지는 전화 통화에서 매번 '이게 마지막이야.'라고 말했지만 데이지의 바람일 뿐이었다. 데이지가 내게 모든 것을 털어놓지 않았지만, 나는 톰이 다시는 느낄 수 없는 미식축구 경기 때의 흥분을 그리워하며 방황을 계속하리라는 것을 짐작할 수 있었다.

어쨌든 나는 그런 인연으로 따스한 바람이 불어오는 어느 날 저녁, 그리 친하지 않은 옛 지인을 만나기 위해 이스트에그로 차를 몰았다. 그들의 집은 내가 예상했던 것보다 훨씬 화려했다. 조지안 콜로니얼 양식으로 지어진 그 집은 붉은색과 흰색으로 이뤄져 있었고 만을 내려다보는 자리에 위치해 있었다. 해변에서부터 시작되는 잔디밭이 약 400미터쯤 현관으로 이어졌고, 잔디밭이 끝나는 지점에서부터 해시계와 벽돌로 장식된 산책로와 정원이 시작되었다. 화려한 색의 덩굴 식물들은 저택의 벽을 타고 자랐고 저택의 정면에는 프랑스식 창문들이 한 줄로 나 있었으며 그 창들은 모두 오후의 따뜻한 바람을 향해 열려 있었다. 햇빛이 창에 반사되어 금빛으로 반짝였다. 톰 뷰캐넌은 승마복 차림으로 현관 앞에 떡하니 서서 나를 기다리고 있었다.

뉴헤이븐 시절의 대학생 톰이 아니었다. 고집스럽게 다문 입과 거만한 태도와 금빛 머리칼을 가진 서른 살의 남성이었다. 그의 거만한 눈빛은 공격적으로 보이기까지 했고, 승마복의 우아한 형태마저도 육체의 건장함을 숨길 수는 없었다. 그가 신고 있던 승마 부츠는 꽉 끼어 끈이 맨 위까지 팽팽히 당겨져 있었다. 그의 어깨가 움직일 때마다 얇은 셔츠를 통해 돋보이는 커다란 근육들이 눈에 들어왔다. 지렛대를 연상시키는 우람한 체격이었다.

게다가 높은 톤의 거친 목소리가 그의 급한 성격을 짐작하게 했고, 말투 또한 상대방을 깔아 내리듯 하는 면이 없지 않았다. 뉴헤이븐 시절에도 이런 면들 때문에 그를 싫어하는 사람들이 많았다.

'내가 너희보다 힘도 세고 더 남자답다고 해서 꼭 내 의견에 따라야 할 필요는 없지만 말이지.'

그는 항상 이런 말을 생략하고 이야기하는 듯했다. 나는 그와 4학년 때 같은 모임을 한 적이 있지만 그렇게 친한 편은 아니었다. 그러나 그는 나를 호감으로 대하는 듯했고 우리가 친해지길 바라는 듯하기도 했다. 물론 그 거칠고 오만한 태도는 내게도 예외가 아니었다.

우리는 햇살을 받으며 현관에서 잠시 이야기를 나눴다.

"꽤 괜찮은 집이야."

그가 두 눈을 번뜩인 채 주위를 두리번거리며 말했다. 톰은 팔로 내 몸을 잡아 돌리며 그의 커다란 손을 들어 정면을 가리켰다. 이탈리아식 침상 정원에 향기와 색이 짙은 장미들이 2제곱미터나 되는 넓이에 가득 심어져 있었다. 해안에 거만하게 서 있는 모터보트 한 대도 물결을 따라 흔들리고 있었다.

"석유 재벌 드메인의 집이었어. 안으로 들어가지."

그는 정중했지만 느닷없이 나를 돌려세우며 말했다.

우리는 천장이 높은 복도를 지나 밝은 장밋빛 방으로 들어갔는데, 양쪽 끝에 난 프랑스식 창문에 의해 집과 연결되어 있는 그런 방이었다. 활짝 열려 있는 창문들 너머로 집을 향해 키가 크게 자란 푸른 잔디밭이 펼쳐져 있었고, 창문들은 그 빛을 받아 하얗게 반짝였다. 방으로 들어오는 바람 때문에 커튼이 안팎으로 흔들리다가 흰색 웨딩 케이크 모양의 천장 장식을 향해 펄럭이며 나부끼기도 했다. 마치 바닷바람에 의해 수면에 잔물결이 이는 것처럼 그 그림자는 물결무늬로 와인 빛 카펫 위에 드리워졌다.

방 안의 물건 중 고정되어 있는 것은 크고 긴 의자 하나뿐이었다. 그리고 그 위에 젊은 여자 두 명이 마치 기구를 탄 것처럼 살짝 발이 들린 채 기대 누워 있었다. 두 사람 모두 흰 옷을 입고 있었는데 그래서인지 저택 근처를 날아다니다 방금 들어온 나비처럼 드레스 자락이 춤을 추고 있었다. 나는 커튼이 움직이는 소리와 벽에 걸린 그림들이 살짝살짝 흔들리는 소리에 귀 기울이며 그렇게 잠시 서 있었다. 그때 톰 뷰캐넌이 쾅 소리를 내며 창문을 닫았고 바람은 멈추었다. 커튼과 카펫 그리고 두 여인도 천천히 내려앉았다.

두 여인 중 더 어린 여자는 처음 보는 사람이었다. 그녀는 긴 의자의 끝까지 몸을 쭉 뻗고 누워 미동도 없었다. 자칫하면 떨어질 듯한 물건을 올려놓고 균형 잡기 연습을 하고 있는 것처럼 턱을 살짝 들고 있었는데, 곁눈질로라도 내 쪽을 보았을 테지만 전혀 반응이 없었다. 오히려 이렇게 불쑥 들어와 죄송하다고 내가 사과를 해야 할 것만 같았다.

　나머지 한 사람은 당연히 데이지였다. 그녀가 의자에서 일어나려다가 잠시 앞으로 몸이 쏠렸다. 그녀는 진지한 표정으로 다시 일어섰다. 그리고 순수한고도 매력적인 웃음을 보이며 내게 다가왔다.

　"너무 행복해서 몸이 마—비라도 됐나 봐."

　데이지는 자신의 이런 장난이 뿌듯하다는 표정으로 내 손을 잡았다. 그리고 나를 올려다보며 세상에서 제일 보고 싶은 사람이 나였다고 말했다. 그녀는 늘 이런 식이었다. 그녀는 내게 턱으로 균형을 잡고 있는 여자의 이름이 베이커라고 귓속말로 알려 주었다. 언젠가 누군가에게, 데이지가 귓속말을 하는 이유는 상대방을 자기 쪽으로 가까이 다가오게 만들기 위해서라는 말을 들은 적이 있다. 그것은 질 나쁜 험담인 데다 그런 말을 들었다고 해서 그녀의 이런 행동이 더 싫어지는 것도 아니었다.

　베이커 양의 입가가 살짝 움직이는 듯하더니 거의 알아채지 못할 정도로 고개를 살짝 끄덕이고는 다시 머리를 뒤로 젖혔다. 그녀가 균형을 잡고 있었던 물건이 조금 흔들렸고 그녀는 당황하며 약간 움찔하였다. 이때 나는 또 한 번 미안하다 말할 뻔했는데, 이런 완벽한 자신감과 자부심을 가진 사람을 보면 나도 모르게 경의를 표하게 되기 때문이다. 나의 사촌은 낮지만 흥분된 목소리로 나에게 질문하기 시작했다. 그녀의 목소리는 다시는 똑같이 연주하지 못할 음정들의 배열처럼 높낮이가 달라져서 그때그때 다른 높낮이에 맞춰 들어야 할 것 같았다. 반짝이는 두 눈과 정열적으로 빛나는 입술과 어떠한 후광 같은 것 때문에 그녀의 얼굴은 슬프지만 사랑스러웠다. 그녀의 목소리에는 그녀를 좋아해 본 남자라면 잊을 수 없는 어떤 설렘 같은 것이 있었다. '한번 들어 봐요.'와 같은 음악적 충동을 간직한 속삭임, 방금까지도 신 나고 즐거웠으며 또다시 즐겁고 신 나는 일이 일어날 거라는 어떤 약속 같은 것 말이다.

데이지에게 내가 동부로 오기 전 시카고에서 하루를 머무는 동안 열 명도 넘는 사람들이 안부를 전해 달라는 부탁을 받았다고 말해 주었다.

"나를 보고 싶어 한다고?"

그녀가 황송하다는 듯 이렇게 되물었다.

"시내가 아주 썰렁해. 차들은 왼쪽 뒷바퀴를 장례식 화한처럼 검게 칠하고 다니고. 노스쇼어(*미시간 호수를 끼고 있는 시카고의 지역.)에서는 밤새 통곡 소리가 들리던데."

"굉장하네! 톰, 우리 당장 돌아가요. 내일이라도 당장!"

그녀는 이렇게 말하더니 엉뚱한 말을 하나 덧붙였다.

"참, 오빠. 우리 아이 봐야지."

"응, 봐야지."

"지금 잠들었어. 세 살이야. 처음 보는 거지?"

"그렇지."

"그럼 꼭 봐야 해. 아이가 얼마나……."

톰 뷰캐넌은 계속해서 방을 왔다 갔다 하고 있었다. 그러다가 걸음을 멈추고 내 어깨에 손을 얹으며 이렇게 물었다.

"그래서 요즘 뭐 하고 지내, 닉?"

"증권 맨이 됐지."

“어디서?”

나는 우리 회사 이름을 말했다.

“처음 듣는군.”

그가 너무 쉽게 단정적으로 말해 나는 기분이 나빠졌다.

“곧 알게 되겠지.”

나는 짧게 대답했다. 그리고 이렇게 덧붙였다.

“동부에 계속 살다 보면 말이야.”

“물론 동부에 계속 살 테니 걱정 마.”

그가 이렇게 대답한 뒤 뭔가 경계하는 태도로 데이지 쪽을 힐끗 보았다. 그리고 다시 내 쪽으로 고개를 돌리며 이렇게 말했다.

“다른 데서 사는 건 바보 같은 짓이지.”

바로 그때 베이커 양이 이렇게 외쳤다.

“당연하죠!”

나는 깜짝 놀랐다. 그녀는 내가 방에 들어온 이후 처음 말한 건데, 하품을 하다 갑자기 벌떡 일어난 것으로 보아 그녀도 나만큼이나 놀란 것 같았다.

“몸이 뻣뻣해졌어요. 소파에 너무 오래 누워 있었나 봐요. 언제부터 누워 있었는지 기억도 안 나네.”

그녀가 투덜거렸다.

“왜 날 봐? 내가 오후 내내 뉴욕에 가자고 그렇게 졸랐건만.”

데이지가 대꾸했다.

“안 마실래요.”

베이커 양이 새로 내온 넉 잔의 칵테일을 바라보며 말했다.

"끊는 중이에요."

"그렇군!"

톰이 믿기지 않는다는 듯 그녀를 쳐다보며 말했다. 그리고 술이 한 방울밖에 남아 있지 않은 것처럼 단숨에 칵테일을 마셔 버렸다.

"당신 같은 여자가 도대체 어떻게 그런 결심을 할 수 있었는지 상상 밖이지만 말이야."

나는 베이커 양을 쳐다봤다. 그녀가 했다는 '그런 결심'이 무엇인지 궁금했다. 그녀는 보고 있으면 기분이 좋아지는 여자였다. 날씬한 몸에 가슴은 작은 편이었다. 어린 사관생도처럼 어깨를 꼿꼿이 펴고 있었기 때문에 몸매가 더 돋보였다. 그녀는 햇빛 때문에 눈을 찡그리며 내 쪽으로 고개를 돌렸는데 회색 눈동자를 가지고 있었다. 그 눈동자는 창백하고 매력적이었지만 한편으로는 불만도 있어 보였다. 나는 문득 전에 어디선가 그녀를 만났거나 아니면 그녀의 사진이라도 본 적이 있는 것 같다는 생각이 들었다.

"웨스트에그에 사신다고요. 제가 아는 어느 분도 거기에 사시죠."

"저는 아직 아는 사람이 한 명도 없……."

"개츠비 씨는 아실 텐데요."

"개츠비? 무슨 개츠비?"

데이지가 물었다.

나는 그가 옆집에 사는 사람이라고 대답하려 했으나 그때 저녁 식사가 준비되었다는 소식이 들려왔고, 톰 뷰캐넌은 근육질의 팔로 억지로 내게 팔짱을 낀 뒤 마치 체스 판에서 말을 옮기 듯 나를 방에서 데리고 나갔다.

두 여인은 손을 가볍게 허리 위에 얹은 채 우리보다 조금 앞서, 석양을 향해 열려 있는 장밋빛 현관 쪽으로 걸어갔다. 현관의 탁자 위에는 촛불 네 개가 잦아드는 바람에 살짝살짝 흔들리고 있었다.

"대체 촛불은 왜 켜 놓은 거지?"

데이지가 얼굴을 찌푸리며 말했다. 그녀는 손가락으로 촛불을 껐다.

"두 주 후면 일 년 중 낮이 제일 긴 날인데."

그녀는 밝은 얼굴로 우리를 돌아봤다.

"일 년 내내 그날을 기다리곤 하지만 막상 그날이 되면 까맣게 잊어버리지 않아? 내가 그러니까."

"뭔가 계획을 세우던지 해야겠다, 그럼."

베이커 양은 졸음이 밀려오는 듯 하품을 하고 자리에 앉으며 말했다.

"좋아. 그런데 뭘 하지?"

데이지가 말했다. 데이지는 나에게 도움을 요청하듯 바라보며 이렇게 말했다.

"다른 사람들은 그날 뭐 해?"

내가 대답하려던 찰나 데이지는 자신의 새끼손가락 쪽으로 시선을 떨구며 이렇게 말했다.

"이것 봐. 나 다쳤다?"

우리 모두 데이지의 손가락을 바라봤다. 손가락 마디에 멍이 들어 있었다.

"당신이 그랬잖아요, 톰. 일부러 그런 건 아니겠지만 어쨌든 당신이 이랬어요. 아휴, 이런 짐승 같이 거대하고 괴물 같은 사람이랑 결혼한 대가라니까."

"괴물 같단 말 하지 말랬지. 농담이라도 말이야."

"괴물 같아."

데이지가 대꾸했다.

데이지와 베이커 양은 이따금씩 대화를 나누긴 했지만 워낙 조심스럽게 얘기했고 맥락이 이어지지 않는 가벼운 이야기들이어서 대화라 할 수도 없는 것이었다. 그들이 입고 있던 흰색 드레스는 아무 욕망도 지니지 않은 무심한 눈동자처럼 차가웠다. 그들은 그저 그렇게 여기 있을 뿐이었다. 정중하게 서로를 대접하고 대접받으며 톰과 나를 대하는 것뿐이었다. 그들은 식사가 곧 끝날·것이며 또 하루가 이렇게 저물 것이고 그것이 끝이라는 것을 알고 있었다. 서부와는 완전히 다른 모습이었다. 서부에서는 이렇게 해가 저물어 가면 서로의 말 한 마디 한 마디가 아쉬웠다. 그렇게 순간순간들을 소중하게 여기는 것이다.

"너랑 있으니 내가 촌스러워지는 것 같다."

나는 약간의 코르크 냄새를 빼면 꽤 괜찮은 와인을 두 잔째 입가로 가져가며 이렇게 말했다.

"농작물 얘기라던가, 그런 얘기는 이제 아예 안 하는 거야?"

뭔가 특별한 뜻을 담고 한 말은 아니었다. 하지만 이 말은 내가 전혀 예상하지 못했던 방향으로 대화를 몰고 갔다.

"문명은 이제 끝났어."

톰이 이렇게 끼어들었다.

"나는 모든 걸 비관적으로 바라보고 있어. 고다드(*1900년대 초반에 활동했던 미국의 물리학자이자 로켓 개발자.)라는 자가 쓴 『유색 인종 제국의 발흥』이라는 책을 읽어 봤어?"

"아니."

나는 그의 말투에 적잖이 놀랐다.

"음, 정말 좋은 책이야. 모두가 꼭 읽어 봐야 할 책이야. 우리 백인들이 주위를 기울이지 않는다면 완전히, 모든 것이 무너진다는 내용이야. 모든 게 과학적으로 증명된 내용이야."

"톰이 점점 심오해지고 있어."

데이지가 자신도 모르게 슬픈 표정을 지으며 이렇게 말했다.

"요즘 어려운 단어가 그득한 책들을 쌓아 놓고 읽고 있어. 그 단어가 뭐였지? 우리가……."

"어쨌든 모두 과학적인 책들이야. 그자가 모든 것을 밝혀 주고 있어."

톰이 데이지에게 눈치를 주며 말을 이었다.

"모든 걸 다 밝혔지. 지금 세계를 지배하는 우리 백인이 정신 차리지 않는다면 곧 다른 인종이 이 세계를 지배하게 될 것이라고 말이야."

"절대 지면 안 되지."

데이지는 햇빛에 눈이 부신 듯 눈을 깜빡거리며 이렇게 말했다.

"두 분은 캘리포니아에 사셔야겠어요."

베이커 양이 이렇게 말을 꺼냈지만 톰이 의자에서 자세를 고처 앉으며 그녀의 이야기를 잘랐다.

"그 책에 따르면 말이지…… 우리 모두 북유럽 인종이라는 거야. 나도 너도 당신도 그리고……."

톰은 잠시 망설이는 듯했지만 곧 고개를 한 번 끄덕이며 데이지도 포함시켰다. 데이지가 눈짓을 보냈다.

"그리고 문명을 이루는 것 모두 우리가 만들어 냈다는 거야. 과학, 예술, 그런 것들 말이야. 알아듣겠지?"

그의 열변은 어쩐지 측은한 느낌이 들었다. 전보다 훨씬 심해진 자만심 같은 것도 더 이상 그를 만족시키지 못하는 느낌이었다. 그때였다. 안쪽에서 전화벨 소리가 들렸다. 집사가 베란다를 떠났다. 그 틈에 데이지가 내 쪽으로 몸을 기울이며 이렇게 말했다.

"우리 집의 비밀 한 가지 말해 줄게요. 집사의 코에 관한 거예요. 한번 들어 볼래요?"

"그 얘기를 들으러 오늘 여기 왔을걸?"

내가 농담을 섞어 대답했다.

"있죠, 저 사람은 원래 집사가 아녜요. 뉴욕에서 새벽부터 밤까지 이백 명분의 은식기를 닦는 일을 하던 사람이었죠. 그런데 결국 그 일 때문에 코에 문제가 생기기 시작했는데……."

"상태가 더 나빠졌겠지."

베이커 양이 끼어들었다.

"맞아. 그래서 결국 그만두게 된 거야."

저물어 가는 태양은 낭만적인 빛을 내려뜨리며 데이지의 얼굴을 비추고 있었다. 데이지의 목소리에 나도 모르게 몸을 앞으로 기울였다. 해가 지기 시작하면서 거리에서 뛰놀던 아이들이 떠나는 것처럼 석양은 그녀의 얼굴에서 잠시 망설이다 아쉬움을 남기며 사라져 갔다.

집사가 돌아와 톰의 귓가에 대고 뭔가를 속삭였다. 톰은 인상을 쓰더니 의자를 뒤로 밀고 일어나 한 마디 말도 없이 집 안으로 들어가 버렸다. 톰이 자리에 없다는 사실이 내면의 뭔가를 건드린 듯 데이지는 다시 내게 기대왔다. 그녀는 한껏 들뜬 목소리로 노래하듯 이렇게 말했다.

"함께 식사하니 너무 좋아, 오빠. 오빠를 생각하면 음, 뭐랄까. 장미, 완벽한 장미가 생각나. 그렇지 않니? 완벽한 장미 말이야."

데이지가 베이커 양 쪽으로 몸을 돌리며 동의를 구했다.

사실이 아니었다. 나는 장미꽃과 비교할 만한 부분이 전혀 없었다. 그녀는 그저 즉흥적인 느낌을 이야기한 것이다. 하지만 그녀에게는 가슴을 설레게 하는 어떤 따뜻함이 있었다. 숨 가쁘게 떨리는 그 한 마디 속에 그녀의 숨겨진 진심이 튀어나온 것만 같았다. 그런데 그녀는 갑자기 냅킨을 식탁 위에 던져 놓더니 실례를 구하고 집 안으로 들어가 버렸다. 나와 베이커 양은 서로, 데이지가 왜 들어간 건지 알지 못한다는 시선을 주고받았다. 내가 뭔가 말하려 했지만 그녀는 자세를 고쳐 앉으며 경고하듯 "쉬잇." 하고 막았다.

집 안에서부터 감정을 억누르는 작은 말소리가 들려왔는데, 베이커 양은 안쪽으로 몸을 기울이며 그 소리를 엿듣기 시작했다. 목소리는 위태롭게 떨리기도 했다가 흥분한 듯 큰소리가 나기도 했다가 잠시 멈추기도 했다.

"아까 말씀하셨던 개츠비 씨는 제 이웃입니다."

내가 말했다.

"말씀하지 마세요. 안에서 무슨 일이 일어나고 있는지 들어야 해요."

"무슨 일이 있나요?"

내가 순진하게 물었다.

"모르신단 말씀이세요? 이건 모르는 사람이 없다고 생각했는데."

베이커 양은 정말 놀란 눈치였다.

"저는 모르는데요."

"그게…… 사실 톰은 뉴욕에 다른 여자가 있어요."

"다른 여자요?"

나는 황당함을 감추지 못하고 이렇게 되물었다. 베이커 양은 고개를 끄덕였다.

"저녁 식사 때만큼은 전화하지 않는 게 예의인데. 안 그래요?"

내가 그녀의 말을 정확히 깨닫기도 전에 드레스가 나풀거리는 소리와 가죽 부츠가 움직이는 소리가 들리더니 톰과 데이지가 테이블로 돌아왔다.

"어쩔 수가 없었어요."

데이지가 의도적으로 밝게 외쳤다.

그녀는 자리에 앉아 나와 베이커 양 쪽을 이리저리 살피더니 이렇게 말을 이었다.

“밖을 좀 보고 왔어. 정말 로맨틱하더라. 잔디밭에 새 한 마리가 있었는데 틀림없이 나이팅게일일 거야. 아마 커나드나 화이트스타라인 운송선을 타고 왔을 거야. 있지, 그 새가 노래를 하는데…….”

데이지는 아예 자신이 노래를 부를 듯한 목소리였다.

“정말 낭만적이었어. 그렇죠, 톰?”

“아주 낭만적이었지.”

그가 대답했다. 그리고 톰은 뭔가 가라앉은 목소리로 내게 이렇게 말했다.

“식사 끝나고 아직 환하다면 마사를 구경하는 게 어때?”

그때 다시 전화벨이 울리기 시작했다. 데이지가 톰을 향해 단호하게 고개를 저었다. 마구간을 비롯한 모든 얘기들이 허공으로 날아갔다. 저녁 식사의 마지막 오 분 동안 내가 기억하는 것은 오직 촛불을 다시 켠 것뿐이다. 나는 사람들을 바로 보고 싶었지만 자꾸만 눈길을 피하게 됐다. 톰과 데이지가 무슨 생각을 하고 있는지 알 수 없었고, 웬만한 냉소에는 이미 익숙해졌을 법한 베이커 양조차 이 불청객의 기계음에는 신경이 쓰이는 듯했다. 사람에 따라 이런 상황이 흥미로운 이도 있을 테지만 나는 당장 경찰이라도 부르고 싶은 심정이었다.

마구간 이야기는 너무나 당연하게도 없었던 일이 되었고 톰과 베이커 양은 시체 바로 옆에서 밤이라도 새우러 가야 하는 사람들처럼 몇 걸음 거리를 둔 채 석양을 뒤로하고 서재로 걸어갔다. 나는 귀가 안 들리는 사람처럼 아무 일 없었다는 듯 기분 좋은 척하며 데이지를 따라 베란다를 돌아 정문의 현관으로 갔다.

끝나 가는 황혼 속의 어스름 아래서 우리는 등나무 벤치에 나란히 앉았다.

데이지는 자신의 예쁜 얼굴을 직접 느껴 보겠다는 듯이 두 손으로 얼굴을 감쌌다. 그리고 벨벳 같이 진한 어스름이 드리워진 하늘을 향해 시선을 옮겼다. 나는 그녀가 지금 매우 감성적이 되었다는 것을 느낄 수 있었다. 마음을 달래 주고 싶어서 그녀의 딸아이 이야기를 꺼냈다.

"우리는 서로를 잘 모르는 것 같아. 친척인데도 말이야. 오빠는 내 결혼식에도 안 왔잖아."

그녀가 문득 이렇게 말했다.

"전쟁에 나가 있었잖아."

"맞다, 그랬었지."

그녀는 잠시 주저하다 말을 이었다.

"나는 지금 별로 행복하지 않은 시간을 보내고 있어. 모든 것에 비관적이 되어 버렸어."

그럴 만한 이유가 있었다. 나는 그녀가 뭔가 더 이야기하길 바랐지만 그게 다였다. 잠시 후 나는 어쩔 수 없이 데이지의 어린 딸 이야기를 다시 꺼내며 대화를 이어 갔다.

"이제 말도 하고 밥도 혼자 먹고 그러지?"

"그럼."

그녀가 멍하니 나를 바라보며 대답했다.

"오빠, 걔 낳을 때 어땠는지 알아, 참?"

"어땠는데?"

"이 얘기를 들으면 오빠가 날 좀 더 이해할 수 있을걸. 아기

낳고 한 시간쯤 후였는데 톰이 안 보이는 거야. 마취에서 깨어났는데 그가 없으니 꼭 버림받은 느낌이었어. 간호사한테 아들인지 딸인지 물어봤더니 딸이라고 하더라고. 고개를 돌리고 엄청 울었다? '그래, 좋아. 딸이라서 오히려 다행이다. 이왕이면 바보가 되라. 이런 세상에선 차라리 바보로 사는 게 속이 편하단다. 예쁜 바보.' 나는 속으로 이렇게 말했어. 내가 너무 염세적으로 말하고 있지?"

그녀가 모두 알고 있다는 듯 말했다.

"다들 그렇게 생각해. 높은 사람들도 말이야. 나는 알아, 오빠. 나는 가 볼 데는 다 가 봤고, 볼 거 못 볼 거도 다 봤고, 안 해 본 것도 없어."

그녀의 눈빛이 톰의 눈동자만큼 거만했다. 그리고 섬뜩한 경멸을 담은 웃음을 쏟아 냈다.

"세련된 거지. 아니, 산전수전 다 겪은 거야!"

내 주의를 끌거나 나의 믿음을 구하려는 노력도 없이 그녀가 이렇게 말을 멈추는 순간, 그녀의 이야기에 대한 진실성을 의심하게 되었다. 그리고 이것이 나를 불편하게 만들었다. 마치 오늘 저녁 식사 전부가 나로부터 어떤 유리한 감정을 끌어내려는 그녀의 속임수 같았다. 나는 기다렸다. 잠시 뒤 당연하게도 그녀는 예쁜 얼굴에 능청스러운 미소를 띤 채 나를 바라보고 있었다. 자신과 톰이 속한 비밀 클럽에 또 하나의 멤버를 영입하기라도 한 표정으로 말이다.

안으로 다시 들어가자 방 안은 꽃이 핀 것처럼 진홍빛 불빛으로 가득했다. 톰과 베이커 양은 긴 의자의 양 끝에 각각 앉아 있었다. 베이커 양은 그에게 〈새터데이 이브닝 포스트〉를 읽어 주고 있었다. 차분한 분위기였고 단어에서 단어로 억양 없이 단조롭게 이어지고 있었다. 램프의 불빛은 그의 부츠 위, 그녀의 가을 은행잎 같은 노란 머리칼 위를 비추었다. 그녀가 가느다란 팔로 페이지를 넘길 때마다 종잇장을 따라 불빛도 반짝였다.

우리가 들어가자 그녀는 조용히 손을 들어 제지했다.

"다음 호에……"

그녀가 잡지를 테이블 위에 내려놓으며 말했다.

"……계속됩니다."

그녀는 무릎을 계속 움직이더니 자리에서 일어났다.

"열 시예요."

그녀가 천장을 바라보며 말했다.

"저 같은 착한 아가씨는 잘 시간이지요."

"조던은 내일 시합이 있어. 웨스트체스터에서 말이야."

데이지가 말했다.

"아, 당신이 조던 베이커시군요."

왜 그녀의 얼굴이 그렇게 낯익었는지 깨달았다. 유쾌하면서도 상대방을 깔보는 저 표정을 애슈빌과 핫스프링 그리고 팜비치의 시합 사진들에서 본 적이 있었던 것이다. 그녀를 비판하는 험담을 들은 적이 있지만 너무 오래전이라 기억나지 않았다.

"잘 자. 여덟 시에 깨워 줄 거지?"

그녀가 부드럽게 말했다.

"깨워서 일어만 난다면."

"일어날 거야. 캐러웨이 씨도 안녕히 가세요, 또 봬요."

“또 만날 거야. 사실 내가 둘을 연결해 주고 싶었는데. 자주 놀러 와, 오빠. 갑자기 옷장에 가둬 버리거나 보트에 함께 실어 바다에 내보낸다거나, 뭐 그런 것들을 하고 싶었는데.”

“잘 자요. 그건 못 들은 걸로 할게요!”

계단 쪽에서 베이커 양의 목소리가 들려왔다.

“좋은 여자야.”

톰이 말했다.

“저렇게 여기저기 돌아다니며 살 게 내버려 두면 안 되는데.”

“누가 말예요?”

데이지가 차갑게 물었다.

“가족들이.”

“가족이라면 천 살쯤 먹은 늙은 이모님 한 분뿐인데. 어쨌든 앞으로 조던 좀 잘 챙겨 줘, 오빠. 올여름에는 계속 여기서 주말을 보낼 거야. 가족적인 분위기가 재한테 긍정적인 영향을 끼쳤으면 좋겠어.”

데이지와 톰은 잠시 서로를 응시했다.

“그럼 조던은 뉴욕 출신이야?”

내가 얼른 물었다.

“아니, 루이빌. 우리 둘이 순수했던 소녀 시절을 보낸 곳. 우리의 아름답고 순수했던……”

“닉에게 속 얘기를 좀 털어놓았나?”

톰이 문득 물었다.

“글쎄?”

데이지가 나를 쳐다봤다.

"뭐, 기억은 잘 안 나지만 북유럽 인종에 관한 얘기를 좀 했는데. 맞아, 그랬어. 그 얘기가 갑자기 떠올라서……."

"닉, 네가 들은 건 다 안 믿는 게 좋아."

톰이 충고했다.

나는 별 말 들은 게 없다고 가볍게 대답한 후 집으로 돌아가려고 자리에서 일어섰다. 그들은 함께 문까지 나와 오묘한 정사각형의 불빛 속에 서서 나를 배웅했다. 내가 차를 출발시키려는 찰나 데이지가 갑자기 이렇게 외쳤다.

"잠깐만!"

그리고 이렇게 물었다.

"하나 물어볼 게 있었는데 깜빡했어. 중요한 거야. 서부에 있을 때 누구랑 약혼했었다며?"

"맞다. 약혼했었다면서."

톰이 덧붙였다.

"헛소문이야. 그럴 돈도 없다."

"하지만 그런 말이 있던데? 세 사람이나 그렇게 말하던걸. 그러니 확실해."

그녀는 다시 꽃처럼 화사하게 생기를 띠어 나를 놀라게 만들었다.

물론 나는 그들이 무슨 말을 하는 건지 알고 있었다. 하지만 나는 약혼은 한 적이 없었다. 그리고 그것이 내가 동부로 온 이유 중 하나였다. 소문 때문에 오랜 친구를 잃기도 싫었고, 소문 난 김에 결혼을 한다는 것은 더더욱 싫었기 때문이다.

그들의 관심이 약간 감동스러웠다. 그리고 나와 차이가 엄청난 부자는 아니라는 느낌도 들었다. 하지만 운전을 하며 집으로 돌아오는 동안 나는 혼란스러울 수밖에 없었다. 내가 보기에 데이지는 지금이라도 당장 아이를 데리고 집을 나와야 할 것 같았다. 하지만 데이지는 전혀 그럴 생각이 없어 보였다. 톰은 '책 한 권이 우울하게 만들었다.'라는 말보다 '뉴욕에 다른 여자가 있다.'라는 말이 훨씬 더 잘 어울리는 사람이다. 톰은 자신의 그런 독재적인 성격이, 자신의 건장한 육체에 대한 자만에서 오는 것이 아니라고 부인하려는 듯 책 속의 지식들에 기대어 스스로를 합리화시키고 있는 것 같았다.

길가의 여관 지붕들 위로 그리고 빨간색 신형 주유기들을 내놓은 환한 주유소 앞으로 여름이 깊어지고 있었다. 나는 웨스트에그의 집에 도착해 차를 차고에 넣고 마당 앞에 팽개쳐 있던 잔디 고르개 위에 잠시 걸터앉았다. 바람이 불어와 나무들을 건드려 밤이 소란스러워졌다. 자연이 빚어내는 그 오르간 소리가 땅속에 잠들어 있는 개구리들에게 생기를 불어넣고 있으리라. 지나가던 고양이의 그림자가 달빛에 어른거렸다. 고양이를 자세히 보고 싶어 고개를 돌렸을 때 나는 내가 혼자가 아니라는 것을 깨달았다. 5미터쯤 떨어진 곳에 또 한 사람의 모습이 옆집의 그림자 속에서 나타났다. 그는 두 손을 호주머니에 찔러 넣은 채 은빛 후춧가루를 뿌려 놓은 듯한 별들을 바라보고 있었다. 여유로운 동작과 잔디를 밟고 서 있는 안정된 자세가, 이 지역 하늘의 어디까지가 자신의 것인지 결정하려고 나온 개츠비임을 알려 주고 있었다.

나는 그를 부르려고 했다. 저녁 식사 때 베이커 양이 그의 이야기를 꺼냈다는 사실로 자연스럽게 말을 건네기 충분했다. 하지만 나는 그를 부르지 않았다. 그가 혼자 있고 싶어 한다는 느낌을 받았기 때문이었다. 그는 어두운 바다를 향해 두 팔을 뻗어 올렸다. 거리가 멀어 자세히 보지는 못했지만 그는 분명 몸을 떨고 있었다. 나도 그를 따라 자연스럽게 바다를 바라보게 되었는데 부두의 저 끝에서 반짝이는 작은 초록 불빛 하나 말고는 특별한 것이 없었다. 내가 다시 이쪽을 돌아보았을 때 개츠비는 이미 사라지고 없었다. 조용하지만은 않은 이 어둠 속에서 나는 또다시 혼자가 되었다.

2

　웨스트에그와 뉴욕 시를 가르는 도로 중간쯤에 철로와 함께 400미터쯤 나란히 달리는 부분이 있는데 이것은 어느 황량한 지역을 피하기 위해서 이렇게 가까이 붙여 놓은 것이다. 그 황량한 지역은 '잿더미 계곡'이라 불리는 지역이었다. 재가 밀처럼 자라는 어딘지 모르게 환상 속의 정원 같은 그런 농장이었는데, 잿더미는 굴뚝 같은 곳에서 피어오르는 연기 모양을 하다가 이내 회백색의 사람 모양으로 변해 어른어른 움직였다. 그리고 다시 가루가 되어 공기 속으로 날아가 버리곤 했다. 가끔씩 회색 차들이 일렬로 줄을 지어 길을 따라 올라가 기분 나쁜 마찰음을 내며 멈추어 섰다. 그러면 회색의 사람들이 삽을 들고 몰려 올라가 작업을 시작했는데 곧 뿌연 먼지들이 크게 일었기 때문에 그들이 무슨 작업을 하는지는 볼 수 없었다.

　하지만 잿빛 땅덩어리와 그 위로 끊임없이 솟아오르는 먼지들 너머로 T.J. 에클버그 의사의 두 눈은 볼 수 있었다. 의사의 두 눈은 거대하고 푸르렀다. 망막의 높이가 1미터에 다다랐다. 얼굴 없이 큰 눈동자 두 개가 노란색 안경을 쓰고 마을을 내려다보고 있었다. 필시 어느 괴짜 안과 의사가 퀸즈 지역의 손님을 끌기 위해 설치한 것이리라. 하지만 그 후 눈이 멀었던지 아니면 이 광고판을 까맣게 잊은 채 어딘가로 떠난 것이 틀림없다. 오랜 세월 햇빛과 비바람에 페인트칠도 다 벗겨지고 낡아 버렸지만 여전히 두 눈동자는 이 거대한 골짜기를 응시하고 있었다.

'잿더미 계곡' 한쪽에는 좁고 더러운 강이 흐르고 있었는데, 화물선을 통과시키기 위해 도개교가 올라갈 때마다 멈춰 선 기차 안의 승객들은 그 음침한 풍경을 길게는 삼심 분이나 보고 있을 수밖에 없었다. 그렇지 않더라도 언제나 최소한 일 분은 정차하기 마련인데 내가 톰 뷰캐넌의 정부를 만난 것도 바로 이 시간 때문이었다.

톰에게 정부가 있다는 것은 알 만한 사람은 이미 다 알고 있는 공공연한 비밀이었다. 사람들이 많은 유명 레스토랑에 톰이 그 여자를 데리고 와 다른 지인들과 이야기를 나누는 장면이 목격되기도 했다. 나는 톰의 그녀가 누군지 궁금하기는 했지만 만나고 싶지는 않았다. 하지만 어느 저녁 톰과 함께 기차를 타고 뉴욕으로 가던 중 그녀를 만나게 되었다. 기차는 언제나 그렇듯 그 '잿더미 계곡'에서 멈춰 섰는데, 순간 톰이 자리에서 일어나 내 팔을 붙들고 당기며 이렇게 말했다.

"여기서 내리자. 내 애인을 소개시켜 줄게."

나는 그가 낮술을 한 것이 아닌가 싶었다. 나를 끌어 내리는 그의 행동은 강압적이었다. 분명 따분한 일요일 오후를 보낼 게 뻔하니 자신을 따라오라고 요구했던 것이다. 나는 석회벽 담장을 돌아 그를 따라갔다. 그 와중에도 에클버그 의사는 우리를 내려다보고 있었다. 100미터쯤 벽 뒤쪽으로 걸어가니 황무지 끝에 자리 잡은 노란 벽돌 건물 하나가 눈에 들어왔다. 일종의 황무지 속 중심가인 셈이다. 건물 안에는 세 개의 가게가 들어서 있었는데, 하나는 세입자를 구하는 중이었고 쓰레기가 널린 길 쪽으로 나 있는 다른 가게는 24시간 운영하는 식당이었다. 그리고 마지막 하나는 정비소였다. '차 수리/조지 B. 윌슨/매입&매매'라는 엉성한 간판도 붙어 있었다. 나는 톰을 따라 안으로 들어갔다.

내부는 비어 있었다. 손님이 없는 가게처럼 보였다. 자동차라고는 어두운 구석에서 먼지 쌓인 포드 한 대뿐이었다. 그때 나는 문득 이 음산한 정비소가 그저 눈가림에 불과하고 2층에 호화롭고 낭만적인 아방궁이 숨겨져 있을 것만 같은 느낌이 들었다. 하지만 그때 한 남자가 수건으로 손을 닦으며 사무실 문 앞으로 모습을 드러냈다. 핏기 없는 얼굴이었지만 금발에 꽤나 미남형이었다. 우리를 보자 그의 옅은 푸른색 눈에 어렴풋한 희망의 빛이 떠올랐다.

"잘 있었지, 윌슨?"

톰이 그의 어깨를 툭 치며 활기차게 인사를 건넸다.

"장사 잘되고?"

"그저 그래요."

윌슨이 힘없이 대답했다.

"그 차는 언제 파실 거예요?"

"다음 주쯤? 지금 우리 정비사가 손보고 있는 중이야."

"손이 느리네요, 그 친구."

"그렇지 않아."

톰이 차갑게 말했다. 그리고 이렇게 덧붙였다.

"기다릴 수 없다면 다른 곳에 팔지."

"그런 뜻이 아니고……."

윌슨이 급하게 수습했다. 윌슨이 말끝을 흐리는 동안 톰은 초조하게 정비소 여기저기를 두리번거렸다. 그때였다. 계단을 내려오는 발소리가 들렸고 곧이어 약간 통통한 여자 하나가 사무실 문으로 들어오는 빛을 가로막고 섰다. 삼십 대 중반쯤 되어 보였고 살집이 있는 몸매였지만 흔치 않은 어떤 육감적인 매력을 가지고 있는 여자였다. 물방울무늬의 검푸른 실크 드레스를 입고 있었는데, 얼굴은 예쁘지 않았지만 온몸의 신경들이 끓어오르는 듯한 감각적인 생기를 뿜어내는 여자였다. 그녀는 은근한 미소를 지으며 남편은 보이지 않는다는 듯 지나치더니 톰과 악수를 하며 뜨거운 눈빛을 교환했다. 그녀는 입술에 침을 바르며 남편을 쳐다보지도 않은 채 부드럽지만 거친 목소리로 이렇게 명령했다.

"의자 좀 가져와요. 앉으셔야 할 거 아녜요."

"아, 맞다."

윌슨은 서둘러 작은 사무실로 들어갔다. '잿더미 계곡' 근처의 모든 것이 뿌연 재를 뒤집어쓰고 있듯 그의 검은 양복과 푸석푸석한 머리카락 위에도 먼지가 내려앉아 있었다. 그의 아내와는 정반대였다. 그의 아내는 톰에게로 더 가까이 다가왔다.

"보고 싶었어."

톰이 힘주어 말했다. 그리고 이렇게 덧붙였다.

"다음 기차를 타."

"알았어."

그녀가 대답했다.

"신문 가판대 앞에서 보지."

그녀는 고개를 끄덕이고 톰에게서 떨어졌다. 곧이어 윌슨이 의자 두 개를 들고 나타났다.

우리는 길 아래쪽, 사람들의 눈에 띄지 않는 곳으로 가서 그녀를 기다렸다. 독립기념일 며칠 전이었다. 깡마르고 칙칙한 이탈리아계 아이 하나가 철로를 따라 폭죽을 늘어놓고 있었다.

"끔찍한 곳이야, 안 그래?"

톰은 에클버그 의사를 보며 얼굴을 찡그렸다.

"그러네."

내가 대답했다.

"여길 떠나는 게 그 여자한테도 좋아."

"남편은?"

"윌슨? 자신의 부인이 뉴욕에 있는 여동생을 보러 가는 줄 알겠지. 자기가 살았는지 죽었는지도 분간 못하는 바보 천치니까."

그렇게 해서 톰 뷰캐넌과 그의 여인 그리고 나는 함께 뉴욕으로 가게 되었다. 뭐, 정확히 말해 '함께'는 아니었다. 그녀는 우리와 다른 칸을 이용하는 신중함을 보였다. 혹시나 같은 기차에 타고 있을지 모르는 이스트에그 사람들에게 소문의 빌미를 줄 필요는 없었던 것이다.

그녀는 갈색 모슬린(*속이 많이 비치는 고운 면직물.) 드레스로 갈아입은 채였다. 뉴욕 기차역에 도착해서 톰이 그녀를 부축할 때 보니 옷이 그녀의 큰 엉덩이에 들러붙어 있었다. 그녀는 신문 가판대에서 〈타운 태틀〉(*가상의 잡지이며 당시에 발행되던 〈타운 토픽〉이란 잡지에서 착안한 이름이라고 알려져 있다.) 한 권과, 영화 잡지 한 권을 샀다. 그리고 역 앞에 있는 드러그스토어(*약국과 잡화상을 합쳐 놓은 곳으로 약, 건강식품, 화장품, 간단한 식료품 등을 판매하는 상점.)에서 콜드크림과 작은 향수 한 병을 샀다. 밖으로 올라온 우리는 시끄러운 거센 차도 위에서 택시를 잡아탔는데, 톰이 굳이 회색 시트가 깔린 라벤더 색 차를 골라 타고 싶어 해서 네 대의 택시를 그냥 보내기도 했다. 그렇게 우리는 기차역의 사람들 속에서 벗어나 강한 햇볕이 내리쬐는 거리로 나왔다. 그때였다. 창가로 밖을 내다보던 그녀가 갑자기 차의 유리창을 두드리며 간절한 말투로 이렇게 말했다.

"저 개들 중 한 마리 갖고 싶어. 아파트에서 개를 기르면 얼마나 좋을까?"

우리는 존 D. 록펠러를 닮은 백발의 노인을 향해 후진했다. 노인은 목에 바구니를 걸었고 그 속에 품종을 알 수 없는 갓 태어난 새끼 강아지 열 마리 정도가 옹기종기 모여 있었다.

"무슨 종이에요?"

늙은이가 택시 쪽으로 다가오자 윌슨 부인이 신이 나 물었다.

"다 있지요. 어떤 종을 원하시는지요, 부인?"

"경찰견 같은 걸 사고 싶은데, 그런 개는 없으셔요?"

늙은 남자는 그런 개가 있기를 바라는 눈빛으로 바구니를 들여다보더니 곧 발버둥 치는 강아지 한 마리를 들어올렸다.

"그건 경찰견이 아니지."

톰이 말했다.

"네, 말씀하신 경찰견은 아니죠. 사실 에어데일(*짙은 색의 털에 덩치가 큰 종이지만 비교적 순한 개.)에 가깝긴 한데……."

늙은 남자가 쭈뼛거렸다.

"하지만 이 털 좀 보십쇼. 이 정도 털이면 감기 같은 것이 걸려 주인을 걱정 시키는 일은 없지요."

노인은 갈색 수건을 닮은 개의 등을 쓰다듬으며 말했다.

"귀여운 것 같아요. 얼마죠?"

윌슨 부인은 그 개를 마음에 들어 했다.

"이 놈이요?"

늙은 남자는 강아지를 사랑스럽다는 눈빛으로 바라보더니 대답했다.

"십 달러는 주셔야 됩지요."

그 개는 어쩐지 다리가 너무 희긴 했지만 에어데일이 맞는 것 같기도 했다. 강아지는 곧 새로운 주인인 윌슨 부인의 무릎 위로 옮겨졌다. 그녀는 겨울에 춥지 않을 거라는 개의 수북한 털을 쓰다듬으며 황홀해 했다.

"수컷인가요, 암컷인가요?"

그녀가 고상하게 물었다.

"그거요? 수컷입니다."

"암캐야."

톰이 단언했다. 그리고 늙은 남자에게 돈을 지불하며 이렇게
대답했다.

"자, 돈은 여기 있소. 아마 열 마리 값은 되겠지."

우리는 5번가를 달렸다. 여름날 일요일 오후의 공기는 따뜻
하고 부드러워서 거대한 흰 양 떼가 골목 어귀에서 나타난다 해
도 놀라지 않을 것 같은 평화로운 느낌이었다.

"잠깐만. 나는 여기서 내릴게."

내가 말했다.

"안 돼. 아파트까지 함께 가지 않으면 머틀이 서운해 할걸.
그렇지, 머틀?"

톰이 반대했다.

"함께 가세요. 전화해서 제 동생 캐서린을 부를게요. 미인이
란 소리 많이 듣는 아이예요."

머틀이 권유했다.

"가고는 싶지만……."

우리는 센트럴 파크를 지났다. 웨스트 100번대 거리 쪽을 쭉
달리다가 158번가에 위치한, 길게 자른 흰 케이크 같이 생긴 아
파트 앞에서 멈춰 섰다. 윌슨 부인은 마치 여행을 마치고 자신의
왕궁으로 돌아온 왕비처럼 주변 일대를 거만하게 둘러본 다음
위풍당당하게 개와 자신의 물건들을 챙겨 안으로 들어갔다.

"맥키 부부를 부를 거예요. 물론 동생도요."

윌슨 부인이 올라가는 엘리베이터 안에서 말했다.

그녀의 집은 맨 위층이었다. 작은 거실과 부엌과 화장실이 딸
린 침실이 있었다. 거실에는 태피스트리(*그림을 짜 넣은 직물 장

식.)를 씌운 가구 한 세트가 꽉 들어차 문 쪽까지 넘칠 지경이었다. 거실에 비해 가구가 너무 큰 나머지, 사람들이 움직이다 보면 태피스트리에 그려진 베르사유 궁전 정원의 그네 타는 귀부인들과 부딪힐 것만 같았다. 벽에는 흐릿한 바위 위에 앉아 있는 수탉을 지나치게 크게 확대한 사진 한 장이 걸려 있었는데, 멀리서 보면 수탉은 부인용 모자처럼 보였고 그 모자를 쓴 통통한 노부인이 방 안을 향해 웃고 있는 것 같았다. 탁자 위에는 『베드로라 불리는 시몬』이라는 책 한 권과 〈타운 태틀〉 지난 호 몇 권이 놓여 있었다. 그리고 브로드웨이의 스캔들이 실려 있는 가십 잡지들이 몇 권 더 널려 있었다. 월슨 부인의 관심은 온통 강아지에게 가 있었다. 그녀는 엘리베이터 보이에게 짚으로 채운 상자와 우유를 사다 달라고 부탁했는데 크고 딱딱한 개 비스킷 한 통을 더 사 왔다. 비스킷 중 한 개는 오후 내내 우유 접시 속에서 문드러져 갔다. 톰은 잠가 놓았던 옷장 문을 열어 위스키 한 병을 꺼냈다.

내가 이제껏 술에 취했던 적은 모두 두 번인데 그 두 번째가 바로 그날 오후였다. 저녁 여덟 시가 지나도록 방이 햇빛으로 훤했는데, 그날 그곳에서 일어난 일들은 모두 어렴풋하고 몽환적이었다. 월슨 부인은 톰의 무릎 위에 앉아 지인들에게 전화를 돌리고 있었고 나는 담배가 떨어져 길모퉁이의 드러그스토어로 담배를 사러 나갔다. 하지만 돌아와 보니 톰과 월슨 부인은 자리에 없었다. 나는 조용히 거실에서 『베드로라 불리는 시몬』을 읽기 시작했다. 책 자체가 형편없었기 때문인지 내가 취한 상태였기 때문인지는 정확히 모르겠지만, 나는 그 책을 이해할 수 없었다. 잠시 후 톰과 머틀이—처음으로 함께 술을 마신 후 나는 그들을 편하게 호칭하기 시작했다.—다시 나타났고 손님들도 하나 둘 도착하기 시작했다.

머틀의 여동생 캐서린은 서른 살쯤 되는 날씬한 몸매의 속물적인 여자였다. 붉은색의 뻣뻣한 단발머리였고 얼굴은 흰색 파우더로 범벅이 되어 있었다. 눈썹을 잘 정리하고 세련된 모양으로 다시 그렸지만 뽑은 자리에 눈썹이 다시 자라고 있어서 오히려 더 지저분해 보였다. 그녀가 차고 있던 도자기 팔찌들은 그녀가 몸을 움직일 때마다 서로 부딪치며 계속 거슬리는 소리를 냈다. 그녀는 자신이 주인이라도 되는 것처럼 집 안으로 성큼성큼 들어와 가구들을 둘러보았는데 꼭 그 가구들을 탐내는 듯한 눈빛이었다. 혹시 그녀가 이 집의 주인이라도 되는 걸까 생각되어 물어보자 그녀는 지나칠 정도로 무례하게 웃어 댔다. 그리고 내 질문을 되뇌면서 자신은 한 호텔에서 친구와 지내고 있다고 대답했다.

아래층에서 산다는 맥키 씨는 창백한 얼굴에 여성스러운 남자였다. 광대뼈에 남아 있는 흰 거품으로 보아 방금 면도를 마친 것 같았다. 그는 꽤나 예의가 발랐는데 자신을 '예술적 놀이'를 하는 사람이라고 소개했다. 나는 나중에 그의 직업이 사진가라는 것을 알게 되었다. 이 집에 걸려 있던, 윌슨 부인의 모친이 망령이 되어 떠도는 것처럼 흐릿한 확대 사진의 작가가 그일 거라고 짐작할 수 있었다. 그의 아내는 예쁜 편이었지만 어딘지 섬뜩해 보이는 여자였다. 목소리가 날카롭고 생기가 하나도 없어서일 것이다. 그녀는 자신의 남편이 결혼 후 자신을 백스물일곱 번이나 찍어 주었다면서 자랑스럽게 말했다.

윌슨 부인은 또다시 옷을 갈아입었는데 이번에는 크림색 쉬폰 소재로 만들어진 화려한 야회복이었다. 그녀가 움직일 때마다 옷자락이 바닥에 닿아 살랑대는 소리가 났다. 옷이 그녀의 성향까지 변화시켰다. 자동차 정비소에서의 강렬한 생기는 오만함으로 변해 있었다. 그녀의 웃음과 몸짓과 말투는 시간이 흐르면 흐를수록 점점 더 가식적으로 변해 갔다. 그렇게 그녀의 자부심이 점점 더 팽창할수록 집은 더 좁아지는 것만 같았다. 머틀의 그런 모습은 담배 연기 자욱한 곳에서 회전축을 타고 시끄럽게 삐걱거리며 빙빙 돌고 있는 듯했다.

"캐서린, 그런 작자들은 다 사기꾼이야. 돈 생각만 가득한. 지난주에 발 좀 봐달라고 발 관리사 여자 하나를 불렀는데 뭐가 그렇게 비싸니? 난 내가 무슨 맹장 수술이라도 받은 줄 알았다니까."

"그 여자 이름이 뭐예요?"

맥키 부인이 물었다.

"에버하트요. 이를테면 방문 발 관리사 같은 거죠."

"오늘 옷이 너무 아름다우세요!"

맥키 부인이 감탄했다. 하지만 윌슨 부인은 그 칭찬을 묵살했다. 눈썹을 추켜올리며 말이다.

"이건 완전 오래된 건데요. 집 안에서나 입는 그냥 편한 옷이죠, 호호호."

"그치만 잘 어울리세요. 무슨 말인지 아시죠? 체스터가 지금 부인의 모습을 본다면 정말 멋진 사진을 찍을 수 있을 텐데요."

맥키 부인이 말했다. 우리는 모두 아무 말 않고 윌슨 부인을 바라보았다. 그녀는 눈까지 내려와 있는 머리카락을 쓸어 올리며 환하게 웃었다. 맥키 씨는 한쪽으로 고개를 기울인 채 그녀를 빤히 바라보았다. 그러더니 얼굴 앞으로 손을 올리고 앞뒤로 이리저리 움직여 보았다.

"조명을 조금 바꾸죠. 지금은 입체감이 떨어지고 머리 뒤쪽도 다 담고 싶은데."

"조명은 괜찮은 거 같은데요."

맥키 부인이 외쳤다가 이내 꼬리를 내렸다.

"제 생각에는 그렇다고요……."

남편이 "쉿!" 하며 그녀의 말을 끊었기 때문이다. 우리는 다시 모델 쪽을 바라보았다. 톰이 하품을 하며 자리에서 일어났다.

"마실 것을 좀 내드리죠. 머틀, 얼음하고 물을 좀 가져와. 잘 시간이 다 되겠어."

"아까 그 애에게 얼음을 가져오라고 했어요."

머틀은 하류층 사람들 특유의 게으름에 진절머리가 난다는 듯 눈썹을 추켜올리며 이렇게 덧붙였다.

"하여튼 일하는 사람한테는 하루 종일 잔소리를 해야 한다니까."

그녀는 나를 보고 뭔가 어색하게 웃었다. 그리고 강아지에게 달려가 연신 뽀뽀를 해 댔다. 그리고 마치 열두 명 정도의 요리사가 자신의 지시를 기다리고 있다는 듯한 거만한 태도로 부엌으로 걸어 들어갔다.

"롱아일랜드에서 괜찮은 사진들을 좀 건졌습니다."

맥키 씨가 말했다. 톰은 무심히 그 말을 듣고 있었다.

"그중 두 개를 골라 아래층에 액자로 만들어 놓았죠."

"뭐를 두 개 고르셨다고요?"

톰이 물었다.

"작품 두 개요. 하나는 '몬터크 포인트—갈매기 떼'라고 이름을 붙였고, 다른 하나는 '돈터크 포인트—바다'라는 이름을 붙였습니다."

이때 머틀의 동생 캐서린이 내 옆에 다가와 앉았다.

"그쪽도 롱아일랜드에 사세요?"

그녀가 물었다.

"웨스트에그에 삽니다."

"정말요? 한 달 전에 그곳에서 있었던 파티에 갔어요. 개츠비라는 분의 집에서 했는데 혹시 그분도 아세요?"

"제 옆집에 사시는 분이군요."

"아, 그런데 그분이 빌헬름 황제의 조카인가 사촌인가 그렇다던데요. 돈이 다 거기서 나온다더라고요."

"그래요?"

그녀는 고개를 끄덕였다.

"그분 좀 무서워요. 어떤 거로든 엮이고 싶지 않은데……."

이러한 내 이웃에 관한 솔깃한 정보는 맥키 부인이 갑자기 캐서린에게 뭐라 말하는 바람에 중단되고 말았다.

"여보, 제 생각엔 캐서린을 찍어 보셔도 괜찮을 것 같은데요?"

그녀가 이렇게 말을 꺼냈지만 맥키 씨는 그저 고개를 끄덕였을 뿐 다시 톰을 향해 이렇게 말했다.

"그럴 수 있다면 롱아일랜드에서 좀 더 정착해서 일하고 싶어요. 시작할 수 있는 기회를 주신다면……."

"머틀에게 여쭤 보시죠. 소개장을 써 줄 겁니다. 안 그래, 머틀?"

톰은 윌슨 부인이 쟁반을 들고 들어오는 모습을 발견하고 웃음을 터뜨리며 이렇게 말했다.

"뭘 써 준다고요?"

그녀가 놀라 물었다.

"당신의 남편 앞으로 맥키 씨의 소개장을 써 주라고. 그러면 맥키 씨가 멋진 작품들을 만들 테지."

톰은 입술을 씰룩이며 잠시 이름을 생각하더니 이렇게 말했다.

"주유기 앞의 조지 B. 윌슨, 같은 거 말이지."

이때 캐서린이 내 쪽으로 몸을 기울이며 귓속말을 건넸다.

"두 사람 다 자신의 배우자를 못 견뎌 하죠."

"그런가요?"

"네, 못 견뎌요."

이렇게 대답한 그녀는 머틀과 톰을 차례대로 쳐다본 후 이어 말했다.

"제 말은요, 서로 못 견뎌 하는 배우자들과 왜 함께 살고 있냐는 거죠. 제가 저들이었음 벌써 이혼하고 당장 재혼할 텐데 말예요."

“머틀도 윌슨을 좋아하지 않는단 말인가요?”

대답은 예상치 못한 곳에서 돌아왔다. 우리 얘기를 듣고 있던 머틀이 공격적이면서도 불쾌한 어조로 그렇다고 대답한 것이다.

“보셨죠?”

캐서린이 자신의 말이 맞았다는 듯 외쳤다. 그녀는 다시 목소리를 낮추고 이렇게 말했다.

“두 사람을 갈라놓고 있는 것은 톰의 부인이죠. 그녀는 천주교 신자이고 천주교에서는 이혼이 불가능하죠.”

데이지는 천주교 신자가 아니다. 나는 이런 그럴싸한 거짓말에 잠시 등골이 서늘해졌다.

“두 사람이 결혼하면요.”

캐서린이 말을 이었다.

“일이 조용해질 때까지 서부에 가서 살 거라는데요.”

“이왕이면 유럽이 좋지 않나요?”

내가 말했다.

“아, 유럽 좋아하세요? 저, 얼마 전까지 몬테카를로에 있었잖아요.”

그녀가 놀라워하며 외쳤다.

“그러시군요.”

“작년에요. 작년에 친구랑 머물렀어요.”

“오래 계셨나요?”

“아니요. 마르세유를 경유해서 몬테카를로만 갔었어요. 천이백 달러를 넘게 가지고 갔는데 호텔 값을 바가지 쓰는 바람에 돈이 바닥났지 뭐예요. 그렇게 이틀 만에 돈이 다 떨어져서 돌아올

때 얼마나 힘들었는지 말도 못해요. 아, 사실 그곳은 생각만 해도 끔찍해요!"

나는 창밖으로 시선을 돌렸다. 창문을 통해 보이는 그날 늦은 오후의 하늘은 우연히도 지중해의 푸른 꿀 빛이었다. 그때 맥키 부인이 날카로운 목소리로 나의 시선을 방 안으로 끌고 왔다.

"하마터면 실수를 할 뻔했어요."

그녀의 목소리에는 활기가 넘쳤다.

"저를 몇 년 동안이나 따라다녔던 키 작은 유대 인 남자 놈하고 결혼할 뻔했던 거 있죠. 제가 훨씬 아까웠죠. 모두들 계속해서 이렇게 말했어요. '루실, 네가 너무 아까워!' 체스터를 만나지 못했다면 아마 전 그 인간한테 낚여 슬픈 인생을 살고 있겠죠."

"어쨌든 당신은 그 남자랑 결혼하지 않았잖아요."

머틀 윌슨이 고개를 끄덕이며 말했다.

"그렇죠."

"음, 난 해 버렸어. 그리고 그게 당신의 상황과 내 상황의 차이점이죠."

머틀이 애매한 결론을 지었다.

"근데 대체 왜 결혼했어, 언니? 그렇게 하라고 누가 떠밀었던 것도 아니잖아."

캐서린이 물었다. 머틀은 잠시 생각에 잠시더니 곧 입을 뗐다.

"그가 신사라고 생각했어. 그가 꽤 괜찮은 남자라고 생각했어. 하지만 알고 보니 내 신발을 핥을 자격조차 안 되는 사람이었지."

54

"그렇지만 언니는 한동안 정말 열렬한 사랑에 빠진 것 같았는 걸?"

캐서린이 말했다.

"사랑에 빠져 있었다고!"

머틀이 말도 안 된다는 듯 소리쳤다.

"대체 누가 그러디? 나는 저기 저 남자분에게 느끼는 감정만 큼도 그에게 느껴 본 적이 없어."

황당하게도 머틀은 죄 없는 나를 가리키며 이렇게 말했다. 그 바람에 사람들은 의심스러운 눈빛으로 나를 쏘아보았고, 나는 그녀와 내가 과거에 아무 일도 없었으며 지금 이런 오해가 억울 하다는 표정을 열심히 지어 보여야만 했다.

"그래, 잠깐 그랬다 치자. 하지만 결혼했을 그때 당시뿐이었 어. 곧바로 내가 실수를 저질렀다는 것을 깨달았지. 결혼식 때 그는 아는 사람의 제일 좋은 양복을 빌려 입고 와 놓고서는 내게 시치미를 뚝 뗀 거야. 며칠 후 그 인간이 없을 때 양복 주인이 옷을 돌려 달라며 찾으러 오자 얼마나 기가 막히던지."

머틀은 우리 모두가 잘 듣고 있는지 한 번 쓱 보고 말을 계속 했다.

"나는 '아니, 이게 당신의 양복이라고요? 금시초문인걸요.'라 고 말하며 옷을 돌려주고는 하루 종일 울었어."

"헤어져야 마땅하네. 그 정비소에서 십일 년이나 견디다니, 언니도 참 대단해. 참, 언니의 첫사랑은 톰이래요."

캐서린이 말했다.

사람들은 벌써 위스키를 두 병째 마시고 있었고 계속해서 더 많은 위스키를 찾았다. '마시지 않고도 기분이 좋아'라고 말하던 캐서린만 빼고 말이다. 톰은 벨을 눌러 관리인에게 샌드위치를 사 오라고 시켰는데 모두의 저녁으로 충분한 양이었다. 나는 밖으로 나가 부드러운 석양을 받으며 공원이 있는 동쪽으로 산책을 하고 싶었지만 그때마다 거칠고 자극적인 이야기들이 내 발목을 잡았다. 나는 밧줄로 의자에 묶인 사람처럼 꼼짝없이 그곳에서 이야기를 계속 들었다. 도시의 하늘을 장식하고 있는 방의 노란 창문들은, 밤거리에서 우연히 고개를 들어 아파트를 올려다보는 이에게 우리들의 비밀을 나누어 주고 있는 것만 같았다. 나 역시 그렇게 창문을 올려다보며 궁금해 하는 이들 중 하나였다. 나는 안에 있으면서 동시에 밖에 있었다. 나는 이 놀랍도록 다양한 인간사에 치를 떨면서도 동시에 매혹당했다.

머틀은 자신의 의자를 내 쪽으로 끌고 와 내 앞으로 입김을 내쉬며 자신이 톰을 처음 만났을 당시의 일을 들려주기 시작했다.

"기차를 타면 왜 꼭 마지막까지 남는 자리가 있죠. 서로 마주 보는 작은 자리 말예요. 모든 게 거기서 시작됐어요. 하룻밤 자고 올 계획으로 뉴욕으로 동생을 만나러 가는 길이었죠. 저 사람은 근사한 양복에 에나멜 구두를 신고 있었는데 눈을 뗄 수가 없었어요. 그 사람이 나를 볼 때마다 전 그이 머리 너머에 붙어 있는 광고를 보는 척했어요. 역에 도착했을 때 저 사람은 자신의 흰 셔츠 가슴팍이 내 어깨에 닿을 정도로 가까이 다가왔죠. 저는 경찰을 부르겠다고 했어요. 하지만 그이는 내가 그럴 수 없다는 것을 잘 알고 있었죠. 너무 떨렸던 나머지 함께 택시에 올라타면

서도 내가 계획대로 지하철을 타지 않았다는 걸 알아차리지 못
했죠. 나는 끊임없이 생각했어요. '영원히 살 수 있는 것도 아니
잖아…… 영원히 살 수 있는 것도 아니잖아…….'라고요."

그러더니 그녀는 맥키 씨의 아내 쪽으로 몸을 돌려 가식적인
웃음을 터뜨렸다.

"저기요!"

머틀이 이렇게 외쳤다.

"오늘 이 옷을 벗자마자 당신한테 주죠. 나는 내일 또 사면
되니까. 쇼핑할 것들을 좀 정리해 봐야지. 마사지 기구랑 파마
기구, 개 목줄이랑 스프링 달린 예쁜 재떨이 그리고 여름 동안
엄마 무덤에 장식해 놓을 까만색 비단 리본 화환. 잊기 전에 적
어 놔야지."

그때가 아홉 시였는데 얼마 지나지 않아 시계를 보니 벌써 열
시가 되어 있었다. 맥키 씨는 꽉 쥔 두 주먹을 무릎 위에 올려놓
은 채 잠들었는데 마치 전투 중인 군인을 찍은 사진 같았다. 나
는 그때까지도 그의 뺨에 말라붙어 있던 비누 거품이 신경 쓰여
결국 손수건으로 닦아 주었다.

강아지는 탁자에 앉아 담배 연기 자욱한 그 방을 두리번거리
다 가끔씩 낑낑거리곤 했다.

사람들은 사라졌다가 다시 나타났다. 어디론가 떠날 계획을
세우고 서로를 잃어버렸다. 그리고 또 서로를 찾으러 방황했다.
그러다 결국 몇 걸음 옆에서 되찾곤 했다.

자정이 가까워져 있었다. 톰과 머틀은 얼굴을 마주 보고 선
채 그녀가 데이지의 이름을 언급할 권리가 있는지 없는지에 대

해 말다툼을 하고 있었다.

"데이지! 데이지! 데이지!"

급기야 머틀이 소리를 질렀다.

"내가 말하고 싶을 땐 언제든지 말할 수 있어. 데이지! 데이……!"

톰이 갑자기 손바닥으로 그녀의 코를 때렸다. 그리고 곧 화장실 바닥에 피 묻은 수건들이 떨어졌고 여자들의 비난이 가득해졌다. 그리고 이 모든 소란보다 더 커다랗게 고통을 호소하는 그녀의 울부짖음으로 가득 찼다. 맥키 씨는 잠에서 깨어 멍한 얼굴로 문 쪽으로 뛰어가다 멈추고 주위를 둘러보았다. 그의 아내와 캐서린이 구급약을 들고 가구 사이의 비좁은 공간에서 비틀거리며 비난과 위로를 번갈아 하고 있었다. 그녀는 의자에 앉아 멍한 표정으로 피를 계속해서 흘리는 와중에도 베르사유의 풍경이 그려진 태피스트리를 더럽히지 않기 위해 그 위에다 〈타운 태틀〉 잡지를 펼쳐 놓고 있었다. 맥키 씨는 몸을 돌려 문으로 나갔고 나도 모자를 집어 들고 그를 따라 나섰다.

"언제 점심이나 같이하시죠."

그가 엘리베이터에서 숨을 고르며 말했다.

"어디서요?"

"어디든지요."

"작동판에서 손을 떼 주세요."

엘리베이터 보이가 끼어들었다.

"미안합니다. 대고 있는 것을 몰랐네요."

맥키 씨가 위엄 있게 대답했다.

"좋습니다. 환영입니다."

……나는 그의 침대 옆에 서 있었다. 그는 침대 시트로 속옷만 입은 자신의 몸을 가린 채 침대 위에 앉아 자신의 위대한 포트폴리오를 들고 있었다…….

"미녀와 야수…… 고독…… 식료품점의 늙은 말…… 브루클린 다리……."

그리고 나는 펜실베이니아 역의 추운 지하 대합실에서 반쯤 잠든 채 조간신문 〈트리뷴〉을 노려보며 새벽 네 시의 첫차를 기다리고 있었다.

3

그 무수한 여름밤들 내내 옆집에서는 음악이 끊이지 않았다. 별빛과 샴페인에 둘러싸인 남녀는 서로에게 속삭이며 부나비처럼 개츠비의 정원 위를 오갔다. 오후 만조 때면 그의 손님들은 잔교 위에서 바다로 다이빙을 하거나 해변의 뜨거운 모래 위에서 일광욕을 하곤 했다. 개츠비의 모터보트 두 대가 수상 비행기를 끌고 가며 폭포수처럼 물거품을 일으켜 롱아일랜드 해협의 물이 두 갈래로 갈라지는 장관을 만들어 냈다. 주말이면 그의 롤스로이스는 셔틀버스 역할을 하며 아침 아홉 시부터 자정이 넘도록 시내에서 개츠비의 집으로 파티를 오가는 사람들을 실어 날랐다. 스테이션 왜건(*긴 짐칸이 있는 승용차.)은 기차로 도착하는 손님들을 태워 왔는데 노란 딱정벌레처럼 바쁘게 움직였다. 월요일에는 특별 채용된 정원사와 하인 여덟 명이 걸레, 바닥 솔, 망치, 정원용 가위 등을 들고 돌아다니며 주말 내내 하루 종일 망가진 곳들을 손질했다.

매주 금요일에는 뉴욕의 과일 가게에서 오렌지와 레몬이 다섯 상자씩 배달되었고 월요일이 되면 이 오렌지와 레몬의 반쪽 난 껍질들이 피라미드처럼 쌓여 담긴 채 뒷문으로 빠져나갔다. 주방에 들인 최신식 기계는 집사가 이백 번을 누르면 이백 잔의 오렌지 주스를 삼십 분도 채 지나지 않아 만들어 냈다.

적어도 두 주에 한 번씩은 파티 준비하는 사람들이 출장을 와 수백 미터의 천막과 색색의 전구들로 개츠비의 거대한 정원을 장식하곤 했다. 마치 크리스마스트리 같았다. 뷔페 테이블 위로는 에피타이져, 특별 소시지, 다채로운 샐러드, 바비큐 통돼지 그리고 금빛의 칠면조 요리 등이 화려하게 펼쳐졌다. 중앙 홀에는 청동 장식의 레일이 설치되었고 그 안으로 진을 비롯한 각종 술들 그리고 과실주가 채워졌다. 과실주는 워낙 옛날 술인지라 나이 어린 여자 손님들은 잘 구분하지 못하기도 했다.

일곱 시쯤에는 오케스트라가 도착했는데 볼품없고 시시한 5인조 악단 같은 수준이 아니었다. 오보에, 트롬본, 색소폰, 비올라, 코넷, 피콜로 그리고 큰북과 작은북까지 모두 갖춘 완벽한 오케스트라였다. 해변에 남아 마지막까지 수영을 즐기던 사람들도 돌아와 위층에서 옷을 갈아입었다. 뉴욕에서 온 자동차들이 저택 안의 도로에까지 다섯 겹으로 주차되어 있었다. 복도와 응접실과 베란다에는 화려한 원색 드레스에 최신 유행의 요상한 머리 모양을 하고 최고급 숄을 두른 여자들로 가득 찼다. 스탠드 바 주변은 사람들이 가장 많이 모여 있는 장소였다. 칵테일 쟁반이 웨이터들의 손 위에서 둥둥 떠 바깥 정원까지 나갔고, 사람들의 잡담과 웃음소리와 즉흥적 풍자들이 최고조에 달했다. 서로를 소개받고 금방 잊어버렸으며 서로 이름도 모르는 여자들끼리 신 나게 대화를 나누었다.

지구가 태양에서 점점 멀어지면 파티장의 불빛들은 더욱 밝아졌다. 오케스트라는 기분을 돋워 주는 음악을 연주했고 사람들의 목소리도 더불어 커져 갔다. 시간이 흐를수록 웃음을 터뜨리는 것이 더 빠르고 쉬워졌고 모여 있는 손님들은 빠르게 바뀌었다. 새로운 손님들이 속속 도착했고 그럴 때면 사람들은 순식간에 모였다 흩어지기를 반복했다. 콧대 높은 여자들은 한곳에 자리 잡은 사람들 사이를 비집고 들어갔다. 그러면 어느새 그 무리의 새로운 중심이 되어 즐거움을 한껏 누리고, 승리감에 취해 쉴 새 없이 바뀌는 조명처럼 변하는 사람들의 표정과 목소리 사이를 빠져나가곤 했다.

찰랑이는 오팔 장식으로 치장한 집시들 중 한 여자가 갑자기 팔을 뻗어 머리 위로 옮겨지던 칵테일 잔을 낚아챘다. 용기가 필요한 듯 그것을 단숨에 들이켜더니 프리스코(*1900년대 초반에 활동했던 미국의 전설적인 무용가.)처럼 몸을 움직이며 천막 무대 위에서 춤을 추기 시작했다. 오케스트라의 지휘자가 그녀의 춤에 맞춰 박자를 바꾸었고 곧 그녀가 〈폴리 쇼〉(*1907년부터 해마다 공연되었던 브로드웨이의 뮤지컬 공연.)의 질다 그레이의 대역배우라는 엉뚱한 이야기가 퍼져 나가며 사람들은 술렁인다. 그렇게 파티는 시작되는 것이다.

내가 개츠비의 집에 처음 갔던 날 밤, 나는 정식으로 초대받은 몇 안 되는 손님 중 하나였다. 개츠비의 파티에는 굳이 초대받을 필요가 없었다. 사람들은 롱아일랜드로 실어다 주는 자동차에 탄 다음 개츠비 집 문 앞에서 내렸고, 그곳에서 개츠비를 아는 누군가가 소개해 주면 그다음부터는 놀이공원에 온 것처럼 자유롭게 즐기면 되는 것이다. 어떤 사람들은 아예 개츠비는 만나 보지도 못하고 돌아가곤 했다. 개츠비의 파티는 그런 단순한 마음으로 오는 곳이었다.

어쨌든 나는 초대받았다. 토요일 아침 일찍 개똥지빠귀 알 같은 푸른색 제복을 차려입은 운전기사가 우리 집 잔디밭을 건너왔다. 자신의 주인으로부터 전달받은, 의외로 너무나 격식을 갖춘 초대장과 함께였다. "저의 '작은 파티'에 참석해 주신다면 더없는 영광이겠습니다."라는 내용이었다. 그는 나를 몇 번 본 적이 있고 오래전부터 나와 인사하고 싶었지만 그러지 못했다고 했다. 초대장 맨 밑에는 훌륭한 필체로 '제이 개츠비'라는 친필 서명까지 붙어 있었디.

일곱 시가 조금 넘어 나는 흰색 양복을 차려 입고 그의 잔디밭으로 넘어갔다. 나는 모여 있는 낯선 사람들 사이에서 조금은 민망한 느낌으로 어슬렁거렸다. 가끔 통근 열차에서 본 것 같은 사람들도 있기는 했다. 나는 손님 중에 젊은 영국인들이 꽤 많다는 사실에 놀랐다. 모두 멋들어지게 옷을 차려입고 있었지만 어딘지 모르게 굶주린 표정으로 낮고도 진지한 목소리로 부유해 보이는 미국인들과 이야기를 나누고 있었다. 분명 채권이든 보험이든 자동차든 뭔가를 팔고 있을 터였다. 그들은 지금이 그 부자들의 눈먼 돈을 얻을 기회라는 것을 너무나 잘 알고 있었다.

나는 도착하자마자 날 초대해 준 사람을 찾으려고 몇몇 사람들에게 그의 행방을 물었지만 그들은 그저 놀란 표정으로 나를 바라봤을 뿐 그가 있는 곳을 알지 못한다며 정색했다. 나는 하는 수 없이 칵테일 테이블 쪽으로 슬금슬금 자리를 옮겨 갔는데, 그곳이 나 같은 외톨이가 민망함과 어색함을 숨긴 채 파티에서 자연스럽게 머물 수 있는 유일한 장소였기 때문이다.

이 민망함을 떨치기 위해 술을 마셔 보려던 참에 멀리 조던 베이커가 보였다. 집 안에 있던 그녀는 대리석 계단 꼭대기에 선 채 몸을 약간 뒤로 젖히고 재미있다는 표정으로 정원 아래를 내려다보았다.

이때쯤 나는 좋든 싫든 이곳 사람들에게 말을 건네려면 그 전에 누군가와 함께 있어야 된다는 것을 깨달았다.

"안녕하십니까!"

내가 그녀 쪽으로 다가가며 큰 소리로 외쳤다. 내 목소리가 정원을 타고 민망할 정도로 크게 울렸다.

"오실지도 모른다고 생각했어요. 이웃에 사신다고 하셨으니까."

그녀는 이제부터 나를 책임지겠다는 약속이라도 하듯 덥석 내 손을 잡고는 계단 밑에 있던 노란 드레스를 입은 두 여자들에게 다가갔다.

"어머! 시합에 져서 얼마나 안타까웠는지 몰라요!"

조던을 발견하자 두 여자가 동시에 외쳤다.

"우리가 누군지 모르실테지만 저희는 한 달 전에도 여기서 당신을 봤어요."

노란 드레스를 입은 두 여자 중 하나가 이렇게 말했다.

“그 후로 염색을 하셨네요.”

조던이 이렇게 대꾸하는 순간 두 여자는 이미 다른 곳으로 움직이기 시작했고 나도 마찬가지였다. 덕분에 조던의 대꾸는 바구니에서 꺼내 차리기가 무섭게 사라져 버리는 뷔페 요리처럼 너무 일찍 뜬 달에게 날아간 셈이 되어 버렸다. 조던은 금빛으로 그을린 날씬한 팔을 내 팔에 걸치고 있었고 우리는 그렇게 계단을 내려가 정원을 산책했다. 황혼 속에서 칵테일 쟁반이 우리에게 전달되었고 우리는 노란 드레스의 두 여자와 세 명의 남자와 무리를 이루어 어느 테이블에 자리를 잡았다. 세 남자의 성이 모두 ‘멈블’이었다.

“이런 파티에 자주 오세요?”

조던이 옆자리에 앉은 여자에게 물었다.

“그때 당신을 만났을 때가 마지막이었어요.”

그녀의 목소리가 경쾌하고 자신만만했다. 그녀는 자신의 일행 쪽으로 고개를 돌리며 이렇게 물었다.

“너도 그렇지, 루실?”

루실이 그렇다고 대답했다.

“이런 곳 좋아해요. 뭘 하든 신경 안 써도 되고 항상 재미있어요. 지난번 여기서 의자에 가운이 걸려 찢어졌는데 그분이 내 이름과 주소를 물었어요. 그리고 일주일도 안 되어 소포를 받았죠. 그 안에 크루아리에의 신상 이브닝드레스가 들어 있었어요.”

“그래서 그걸 받았단 말예요?”

“못 받을 게 뭐 있어요. 오늘 입고 오려고 했는데 가슴 부분이 너무 커서 좀 줄여야 했어요. 보라색 구슬이 달린 연푸른색 드레스예요. 265달러짜리더라고요.”

“그건 너무 극성스러운 보상 아닌가? 그 누구와도, 그 어떤 문제로든 엮이고 싶지 않은가 보죠?”

또 다른 여자가 정색하며 말했다.

“누가 그렇다는 거지요?”

내가 물었다.

“개츠비죠. 어떤 사람이 그러는데, 있잖아요…….”

두 여자와 조던은 서로 가까이 몸을 기울였다.

“그는 사람을 죽인 적이 있대요.”

우리 모두 그 자리에서 얼어붙었다. 세 명의 멈블 씨도 몸을 앞쪽으로 기울인 채 귀 기울여 듣고 있었다.

“그건 아닐 거야. 그 사람이 전쟁 중 독일 스파이였다는 게 더 신빙성 있어 보여.”

루실이 미심쩍다는 듯 말했다. 남자 중 한 명이 확신의 뜻으로 고개를 끄덕이며 이렇게 말했다.

“그래, 나도 독일에서 그와 함께 자랐다는 사람에게 그 얘기를 들은 적이 있어. 그에 관해서 모든 걸 알고 있다던데.”

그는 꽤나 단정적으로 말했다.

“아니에요. 전쟁 중 그 사람은 미군 소속이었는걸요.”

첫 번째 여자가 말했다. 우리가 그 말을 믿는 듯하자 그녀는 더 심각하게 몸을 앞으로 기울이며 이렇게 말했다.

“그가 주위에 아무도 없다고 생각할 때 짓는 표정을 한번 살펴보세요. 살인을 저지른 사람이 분명해요.”

그녀는 눈을 찡그리며 몸을 부르르 떨었다. 루실도 몸서리를 쳤다. 우리는 얼른 고개를 돌려 개츠비가 주위에 있는지 살펴보았다. 세상에는 수군거릴 만한 것이 별로 없다는 것을 잘 알고 있는 사람들조차 그에 관해 수군거리고 있었다. 이것은 개츠비가 그만큼 사람들에게 낭만적 상상력을 불러일으키고 있다는 증거였다.

첫 번째 만찬이 나올 무렵—자정이 되면 만찬이 한 차례 더 나왔다.—조던은 나에게 정원의 다른 쪽 테이블에 있던 자신의 일행과 합석하자고 제안했다. 결혼한 부부 세 쌍과 조던의 경호원처럼 굴던 남자였다. 그는 융통성 없어 보이고 거친 언어가 입에 붙은 대학생이었는데, 조던이 곧 자신에게 넘어오리라고 굳게 믿고 있는 듯 보였다. 어쨌든 조던의 일행은 여기저기 돌아다니지 않고 품위 있는 태도로 자신들 출신에 먹칠하지 않게 우아하고 고상한 데도를 유지했다. 이스트에그 사람들은 웨스트에그 사람들에게 겸손한 태도를 취했지만 그들의 휘황찬란한 쾌락에는 거리를 두고 있었다.

"밖으로 나가요. 분위기가 너무 딱딱해요."

삼십여 분 동안 어색한 시간을 보냈을 때 조던이 내게 이렇게 속삭였다.

우리는 자리에서 일어났다. 조던은 대학생에게 내가 개츠비를 한 번도 만난 적이 없기 때문에 소개시켜 주러 다녀오겠다고 말했는데 나는 그 말에 심기가 약간 불편해졌다. 그 대학생은 냉소적이면서도 우울한 표정으로 고개를 끄덕였다.

스탠드바 쪽을 제일 먼저 살펴봤지만 그 많은 사람들 사이에 개츠비는 없었다. 그는 계단 위에도, 베란다에도 없었다. 우리는 잘 장식된 문을 열고 높은 고딕 양식의 천장으로 된 서재로 들어갔다. 실내가 영국산 참나무로 장식된 그 공간은 외국의 어떤 유적지를 통째로 옮겨 놓은 듯한 인상을 주었다.

커다란 올빼미 안경을 쓴 건장한 체격의 중년 남자가 넓은 테이블 끝에 앉아 불안정한 눈빛으로 책장의 선반들을 노려보고 있었다. 어쩐지 술에 취한 듯 보였는데 우리가 들어가자 몸을 확 돌려 조던을 유심히 훑어보았다.

"어찌 생각합니까?"

난데없이 그가 이렇게 물었다.

"뭘 말이에요?"

"저것들 말입니다. 사실 여부를 따질 필요는 없습니다. 내가 모두 확인했소. 모두 진짜요."

그가 책장을 향해 손을 흔들어 대며 말했다.

"저 책들이요?"

그는 고개를 끄덕였다.

"완벽한 진짜야. 한 권 한 권 모두 말이야. 혹시 튼튼한 마분지 같은 걸로 만든 가짜가 아닐까 생각했는데. 하지만 모두 진짜야. 한 권 한 권, 다. 그리고 여기! 이것 좀 보시오."

우리가 당연히 의심할 것이라 여겼는지 그는 책장으로 달려가 스토더드 강연집(*미국의 작가 존 L. 스토더드가 출간한 열다섯 권짜리 강연집.) 중 첫 번째 권을 가지고 왔다.

"보시오! 진짜 책이야. 내가 잘못 생각했던 거지. 이 집 주인은 벨라스코(*미국 브로드웨이의 연극 감독이며 매우 사실적인 무대

장치를 만드는 것으로 유명한 리얼리즘의 대가.) 빰치는군, 하하하. 대단해. 이렇게 완벽하게 해 놓다니. 이게 바로 리얼리즘이라는 겁니다. 어디까지, 어떻게 해 놔야 하는지 정확히 알고 있죠. 페이지들을 잘라 놓지도 않았고. 아, 그런데 무슨 일이신가? 여기는 또 어떻게 들어온 거지?”

그는 나에게서 책을 낚아채 갔다. 그리고 벽돌 한 장이 빠지면 서재 전체가 무너질지도 모른다고 중얼거리며 급히 다시 책장에 책을 꽂았다.

“누가 당신들을 데리고 온 거요? 아니면 그냥 들어온 거요? 나는 누군가가 데려다 주었지. 대부분이 누군가를 따라오는 거더군.”

그가 대답을 재촉했다. 조던은 대답을 하지 않고 아주 흥미롭다는 듯 그를 바라볼 뿐이었다.

“나는 루스벨트라는 여자가 데려다 줬지. 클로드 루스벨트 여사 말입니다. 그녀를 아십니까? 지난밤 이곳 어디에서 그녀를 만났지. 오늘까지 하면 일주일 내내 술을 마셔 댔기에 서재에 와 있으면 술이 좀 깰까 싶었지.”

“술은 깨셨나요?”

“조금은. 아직 확실치 않소. 여기에 들어온 지 이제 겨우 한 시간밖에 안 지났으니. 당신들에게 저 책 얘기를 했나? 저 책들은 진짜 책이오. 저 책들은 그러니까…….”

“이미 말씀하셨습니다.”

우리는 그와 공손히 악수를 하고 다시 밖으로 나왔다.

정원의 천막에서 무도회가 벌어졌다. 중년의 남자들이 품위

를 잊은 채 원을 그리며 여자들을 밀어내고 있었고, 춤을 잘 추
는 커플들은 구석에서 서로 몸을 껴안은 채 비틀거리며 춤추고
있었다. 혼자 온 여자들은 혼자 춤을 추거나 오케스트라의 밴조
(*미국 전통의 발현 악기중 하나이며 기타와 비슷하게 생겼다.)나 다
른 타악기 연주자들과 함께 춤을 추었다. 자정이 되면서 분위기
가 무르익었고, 유명한 테너 가수가 이탈리아 어로 노래를 했으
며 평판이 그다지 좋지 않은 재즈 가수가 나와 노래를 부르기도
했다. 그러는 사이 정원 여기저기에서는 장기 자랑 시간이 벌어
지기도 했다. 끊이지 않는 웃음소리가 여름밤 하늘에 퍼져 나갔
다. 무대에 ‘쌍둥이’가 올라갔는데—바로 노란 드레스를 입고 있
던 그 아가씨들이었다.—그들은 무대 의상을 입고 어린아이 흉
내를 내었다. 핑거볼(*손가락을 씻는 물이 담긴 작은 그릇.)보다 더
큰 잔에 담긴 샴페인들이 사람들 사이를 돌았다. 달은 더욱 높이
떠올랐고, 바닷물 위로 은빛 삼각형 비늘들이 정원에서 두드리
는 작고 둔탁한 밴조 음악에 맞춰 떨리고 있었다.

나는 여전히 베이커와 함께였다. 우리는 내 또래의 남자 한
명과 조금만 우스운 이야기를 해도 마구 웃어 대는 수다스러운
작은 아가씨와 같은 테이블에 앉아 있었다. 나는 그제야 조금씩
파티를 즐길 수 있었다. 핑거볼 두 잔 분량의 샴페인을 마신 후
에야 눈앞의 파티 풍경이 뭔가 의미 있고 중요하며 심오한 것으
로 바뀌어 있었다.

떠들썩함이 잠시 진정된 사이 내 또래의 남자가 나를 보고 웃
으며 말을 걸어왔다.

“낯이 익은데 혹시 전쟁 중 제3사단에 계시지 않았습니까?”

그가 정중하게 물었다.

"예, 그런데요. 제9기관총 대대에 있었습니다."

"저는 제7보병 연대에 있었습니다. 1918년 6월까지요. 어디선가 뵌 분 같다 싶었지요."

그렇게 우리는 잠시, 비가 잦고 흐린 날씨가 계속되던 프랑스의 작은 마을에 관해 이야기를 나누었다. 얼마 전 수상 비행기를 한 대 구입했고 다음날 아침에 타 볼 것이라고 말하는 것으로 보아 그는 이 근처에 살고 있는 것이 분명했다.

"함께 타 보시겠습니까, 형님? 이 근처 바다에서 말입니다."

"몇 시쯤요?"

"편하실 때요."

내가 그의 이름을 물어보려던 찰나 조던이 우리를 보며 미소 지었다.

"이제 기분이 좋아지신 것 같네요?"

그녀가 물었다.

"그래요."

나는 이렇게 대답하고 다시 그 남자를 향해 이렇게 말했다.

"저는 이런 파티가 좀 낯섭니다. 아직 파티의 주인도 만나지 못했습니다. 저는 저 옆집에 삽니다. 개츠비 씨가 운전기사를 통해 제게 초대장을 보내서 왔습니다."

나는 손을 들어 저 멀리에 있는 울타리 쪽을 가리켜 보였다. 그는 잠시 동안 이해가 안 간다는 표정으로 나를 쳐다보더니 이렇게 말했다.

"제가 개츠비인데요."

그가 불쑥 말했다.

"네?"

나는 소리를 질렀다. 그리고 곧 실례했다고 사과했다.

"아시는 줄 알았는데요, 형님. 제가 주인 역할을 제대로 못했군요."

그는 이해한다는 듯 웃으며 말했다. 그가 미소를 지었는데 그 미소 속에는 단순한 이해보다 조금 더 깊은 의미가 담겨 있는 것 같았다. 영원한 확신을 품고 있는, 일평생 네다섯 번 정도 밖에 만날 수 없을 보기 드문 미소였다. 잠시나마 온 우주를 만난 것 같다는 그리고 거부할 수 없는 어떤 애정으로 오직 당신에게만 집중하겠다는 그런 미소였다. 당신이 원하는 만큼 당신을 이해하고 있고, 당신이 믿는 만큼 당신을 믿고 있으며, 당신이 내게 전하는 호의를 분명하게 받았노라고 확인시켜 주는 미소였다. 그러다 불현듯 그 미소는 사라져 버렸고 어느새 서른하고도 한두 살 더 먹은 단정하지만 건방진 젊은이가 서 있었다. 이상한 것은 애써 격식을 차리려는 그의 말투가 멍청하다는 느낌을 겨우 벗어나는 수준이었다는 것이다. 개츠비가 자신의 신분을 밝히기 전까지 나는 그가 적합한 표현을 고르느라 애쓰고 있다는 생각을 하기도 했다.

그때였다. 집사가 급하게 그에게 다가가 시카고에서 전화가 와 있다고 전했고 그는 우리 한 사람 한 사람에게 고개를 숙이며 실례하겠다는 인사를 했다.

"뭐든 필요한 게 있으면 부탁하세요, 형님."

그가 내게 진심을 다해 말했다.

"그럼 곧 다시 오겠습니다."

그가 자리를 뜨자마자 나는 즉시 몸을 돌려 조던을 바라보았다. 내가 얼마나 황당했는지 그녀에게 확인시켜 줘야 할 것 같았다. 그동안 나는 개츠비가 뚱뚱하고 혈색 좋은 중년의 신사일 것이라 생각했던 것이다.

"저 사람은 대체 어떤 사람이죠? 아는 게 있습니까?"

내가 물었다.

"그냥 개츠비라는 이름을 가진 남자죠."

"어디 출신이냐고요. 그리고 하는 일이 뭐냐는 말입니다."

"이제 당신도 이 문제에 관심을 가지게 되셨군요. 축하해요. 언젠가 제게 자신이 옥스퍼드 대학을 나왔다고 말한 적이 있었죠."

그녀가 살짝 미소를 띠며 대답해 주었다. 개츠비의 대해 뿌옇기만 했던 배경이 형태를 잡는가 싶었지만 그녀의 다음 말에 다시 원점이 되었다.

"제가 그걸 안 믿는다는 게 문제지만요."

"왜요?"

"확실하진 않지만 그가 그 학교를 다녔을 것 같지 않거든요."

그녀가 힘주어 말했다.

그녀의 그런 모습에서 다른 여자가 말했던 '사람을 죽인 적이 있대요.'라는 말이 생각났고 문득 호기심이 일었다. 개츠비가 루이지애나 주의 습지대 출신이거나, 뉴욕 시의 이스트사이드 아래쪽의 출신이라고 했다면 그저 그렇게 믿었을 것이다. 그럴듯했기 때문이다. 하지만-적어도 촌스러운 내가 보기에는-출신

배경이 명확하지도 않은 한 젊은이가 롱아일랜드 해협의 궁전 같은 저택을 사들인다는 사실을 쉽게 이해하기 힘들었다.

"어쨌든 이런 큰 파티를 열어 주잖아요?"

조던은 도시인답게 딱딱한 얘기가 싫다는 듯 화제를 돌렸다.

"난 이런 큰 파티들이 좋아요. 남의 눈에 잘 띄지 않죠. 작은 파티는 모든 게 너무 다 드러나니까."

갑자기 베이스 드럼 소리가 크게 울리더니 오케스트라 지휘자의 목소리가 정원의 떠들썩함을 덮고 크게 울렸다.

"신사 숙녀 여러분. 개츠비 씨의 요청으로 여러분을 위해 블라디미르 토스토프(*실재로는 존재하지 않으며 작가가 만든 허구의 작곡가.) 씨의 최근 작품을 연주하겠습니다. 지난 5월 카네기 홀에서 성공리에 연주를 마친 작품이기도 합니다. 신문 기사를 보신 분도 있으시겠지만 실로 선풍적인 인기를 끈 작품이었지요."

그는 애써 공손한 태도를 유지하며 미소 짓고는 다시 한 번 강조했다.

"선풍적인!"

모든 사람들이 일제히 웃음을 터뜨렸다.

"이 작품의 제목은 바로 블라디미르 토스토프의 〈세계의 재즈 역사〉입니다!"

그가 힘찬 목소리로 말을 맺었다.

나는 토스토프의 음악을 제대로 감상할 수가 없었다. 왜냐하면 연주가 시작되자마자 대리석 계단 위에 홀로 서서 정원 곳곳에 모인 사람들을 뿌듯한 시선으로 둘러보고 있는 개츠비가 눈에 띄었기 때문이다. 햇볕에 그을린 피부가 매력적으로 탄탄했고 짧게 깎은 머리는 매일 미용사가 다듬어 주는 듯 단정했다. 그에게 수상한 점은 하나도 없었다. 유일하게 사람들과 다른 점이 있다면 그가 술을 마시지 않는다는 것이었다. 그는 손님들이 취하면 취할수록 더욱더 빈틈없어지기 위해 노력하는 듯했다. 〈세계의 재즈 역사〉 연주가 끝나자 강아지처럼 애교를 부리며 남자의 어깨 위로 머리를 기대는 여자들도 보였고, '당연히 누군가 받쳐 주겠지.'라는 생각에 장난스레 사람들 속으로 몸을 던지는 여자들도 있었다. 하지만 개츠비만큼은 예외였다. 그 누구도 개츠비에게 몸을 기대지 않았다. 프랑스풍의 단발머리를 한 여자들 중 그 누구도 개츠비의 어깨를 건드리지 않았고 개츠비를 에워싸고 노래를 부르는 사중창단도 없었다.

"실례합니다."

갑자기 개츠비의 집사가 우리 옆으로 나타났다.

"베이커 양이신가요? 죄송합니다만 개츠비 씨께서 따로 얘기를 하고 싶다고 하십니다."

그가 물었다.

"저하고요?"

그녀가 놀라 큰 소리로 물었다.

"네, 그렇습니다."

그녀는 웬일이냐는 의미로 내게 눈썹을 한 번 추켜올려 보이더니 집사를 따라 집 쪽으로 걸어갔다. 그녀는 이브닝드레스를 입고 있었다. 나는 그녀의 걸어가는 뒷모습을 보면서 그녀가 어떤 옷을 입어도 운동복을 입은 것 같다고 생각했다. 그녀는 골프를 시작한 지 얼마 안 되는 사람이 맑고 상쾌한 어느 아침에 처음으로 필드에 나온 것처럼 경쾌하고 씩씩하게 걸어갔다.

나는 혼자 남겨졌다. 벌써 새벽 두 시가 다 되어 가고 있었다. 테라스 위쪽에 위치한 창이 많은 긴 방에서 한동안 소란스럽지만 흥미로운 소리가 들려왔다. 조던을 보호하겠다며 따라왔던 대학생이 코러스를 하던 여자 둘과 함께 음담패설을 나누었다. 그리고 괜스레 옆에 있던 내게도 대화에 참여하라고 조르는 바람에 나는 그들을 피해 어쩔 수 없이 집 안으로 들어갔다.

큰 방에는 사람들이 가득했는데, 노란 드레스를 입은 아가씨 중 한 명이 피아노를 치고 있었고 그 옆으로 유명한 코러스 출신의 키가 크고 붉은색의 머리카락을 가진 젊은 부인이 서서 노래를 부르고 있었다. 샴페인을 너무 많이 마신 탓인지 그 여자는 노래를 부르는 동안 세상의 모든 것이 온통 슬프고 또 슬픈 것이라는 결론을 내린 듯했다. 노래를 부르며 계속 흐느꼈는데 노래 중간중간 목이 메어 꺽꺽거렸다. 그럴 때마다 다시 떨리는 소프라노로 가사를 이어 갔다. 눈물은 그녀의 두 뺨을 타고 흘러내렸는데 눈물은 펑펑 쏟아지지 않았다. 마스카라를 잔뜩 칠한 속눈썹 때문에 눈물이 제대로 흐를 수 없었기 때문이다. 누군가 얼굴에 그려지는 악보대로 노래를 한다며 농담을 던지자 그녀는 두 손을 번쩍 들어 올리려다 그대로 의자에 몸을 묻고 깊은 잠에 곯아떨어졌다.

"남편 되는 사람이랑 싸웠다나 봐요."

내 옆의 여자가 말했다.

주위를 둘러보자 아직 남아 있는 여자들 대부분이 자신들의 '남편 되는 사람'과 다투고 있었다. 조던의 일행이자 이스트에그에서 온 부부도 한바탕 말다툼을 한 뒤 서로 떨어져 있었다. 한쪽에서는 어떤 남자가 젊은 여배우를 붙잡고 호기심에 가득 차 말을 걸었고 그의 아내는 억지로 미소 지으며 품위를 지킨 채 무관심한 척하며 참으려 했다. 하지만 어느 순간 평정심을 잃은 듯 소란을 피우기 시작했다. 대화가 끊어진 틈을 타 각진 다이아몬드처럼 날카로운 목소리로 "약속했잖아요!" 하며 남편의 귀에 대고 소리를 질렀다.

집에 가기 싫어하는 것은 바람난 남자들만이 아니었다. 지금 홀은 술에 취하지 않은 두 남자와 화가 머리끝까지 난 그들의 부인이 차지하고 있었다. 공감대가 형성된 그녀들은 살짝 격양된 목소리로 서로를 위로하고 있었다.

"내가 재미있게 노는 꼴을 못 본다니까, 그이는."

"어쩌면 그렇게들 이기적일까요?"

"언제나 우리가 제일 먼저 자리를 뜬다니까요."

"저희 집도 마찬가지예요."

"근데 오늘은 우리가 가장 마지막까지 남은 것 같은데. 오케스트라도 삼십 분 전에 모두 돌아갔다고."

남자들 중 하나가 무게를 잡고 말했다. 부인들은 남편이 심술궂게 대하는 것을 더 이상 참을 수 없다며 불평했지만 짧은 말다툼 끝에 결국 두 아내는 발버둥을 치며 남편들 손에 이끌려 자리를 떴다.

하인이 모자를 가져오기를 기다리고 있는데 개츠비와 베이커가 함께 서재에서 나왔다. 개츠비는 그녀에게 뭔가 마지막으로 말을 하고 있었는데, 손님 몇몇이 그에게 인사를 하려고 다가오자 그는 금세 평상시의 딱딱하게 굳은 모습으로 돌아갔다.

조던의 일행이 현관에서 그녀를 재촉하고 있었지만 그녀는 나와 악수를 하기 위해 잠시 지체했다.

"나, 아주 놀라운 얘기를 들었어요. 내가 저기에 얼마나 있었죠?"

그녀가 내게 속삭였다.

"글쎄요, 한 시간쯤?"

"정말…… 놀라운 얘기예요."

베이커는 멍한 표정이 되어 말을 이었다.

"하지만 아무에게도 말하지 않겠다고 맹세해서 당신이 궁금하도록 만들어 버렸네요."

그녀가 내 얼굴에 대고 우아하게 하품을 했다. 그리고 이렇게 덧붙였다.

"저에게 연락 주세요…… 전화번호부에서…… 시고니 하워드 부인의…… 이름을 찾아서 그곳으로, 제 숙모님…… 이세요."

베이커는 이렇게 말하고 손을 흔들어 문 쪽에 있던 그녀의 일행을 향해 서둘러 걸어갔다.

나는 처음 온 파티에 너무 늦게까지 남아 있었다는 사실이 왠지 겸연쩍었다. 그래서 마지막 손님들과 개츠비가 모여 있는 곳에 살짝 합류했다. 초저녁부터 그를 찾아다녔으며 아까 정원에서는 알아보지 못해서 미안하다는 사과를 하고 싶었기 때문이었다.

"괜찮습니다. 그런 것까지 신경 쓰시다니요, 형님."

그는 힘주어 이렇게 대답하고 나를 안심시키듯 내 어깨를 토

닦였다. 그의 그런 손길이 나를 부르는 '형님'이란 호칭보다 훨씬 친밀하게 느껴졌다.

"참, 내일 아침 아홉 시에 수상 비행기 타러 가기로 한 것도 잊지 마시구요."

그가 이렇게 덧붙였다. 그리고 그때 집사가 뒤에서 이렇게 말했다.

"필라델피아에서 전화가 와 있습니다."

"알았어. 잠시 기다려. 곧 받겠다고 해……. 자, 그럼 모두 안녕히 가십시오."

"안녕히 계십시오."

"안녕히 가십시오."

그가 미소를 지어 보였다. 마치 그가 오랫동안 그러기를 원했던 것처럼, 내가 맨 마지막까지 남은 손님들 중 하나라는 사실이 기쁘다는 느낌이 담겨 있는 듯했다.

"안녕히 가세요, 형님……. 안녕히 주무시구요."

하지만 계단을 내려가는 동안 나는 이 파티가 아직 끝나지 않았음을 깨닫게 되었다. 정문에서 15미터쯤 떨어진 곳에서 열 개가 넘는 헤드라이트가 한곳을 집중적으로 비추고 있었다. 그리고 그곳에는 아직도 사람들이 모여 있었다. 개츠비의 차고를 빠져나온 지 채 이 분도 되지 않은 신형 쿠페 승용차가 바퀴 하나가 빠진 채 오른쪽이 위로 들려 도랑 속에 처박혀 있었던 것이다. 담의 끝이 삐죽하게 튀어나와 타이어가 빠진 모양이었다. 호기심 많은 운전기사 대여섯이 모여 그것을 유심히 보고 있었다. 그것이 거리를 가로막는 바람에 뒤의 차들이 신경질적으로 경적을 울려 댔고 그렇지 않아도 소란했던 거리가 더욱 혼란스러워졌다.

롱 코트를 입은 남자가 차에서 내린 후 당혹스러운 표정으로 길 한가운데 서서 차와 바퀴를 번갈아 가며 쳐다보았다. 그리고 구경꾼들을 향해 이렇게 외쳤다.

"이럴 수가, 차가 도랑에 빠졌네요!"

나는 처음에 그의 놀라는 모습이 어쩐지 이상하다 싶었는데 이내 그가 누군지 알아차렸다. 아까 개츠비의 서재에 앉아 있던 그 남자였다.

"어떻게 된 겁니까?"

그는 어깨를 한 번 으쓱하더니 이렇게 대답했다.

"나는 기계에 대해선 아무것도 모르는데."

"하지만 어쩌다 이렇게 된 건지는 알 것 아닙니까? 벽으로 차를 몬 거예요?"

"나에게 묻지 마쇼."

그 올빼미 안경의 남자가 자신은 아무것도 모른다는 듯 이렇게 말했다.

"나는 운전에 대해 잘 모르지…… 아무것도 모른답니다. 어쨌든 사고가 났네? 난 그것밖에 모릅니다."

"아니, 운전을 잘 못한다면서 이런 밤중에 운전을 하려고 하셨습니까?"

"하지만 난 운전을 하려고 한 적이 없는데? 하려고 한 적이 없다니까?"

그는 화가 난 듯 이렇게 소리쳤다. 그런 그의 모습에 구경하던 사람들 모두 할 말을 잃었다.

"그럼 자살을 하려던 건가요?"

"바퀴 하나만 빠지고 만 것이 얼마나 다행인지. 운전도 할 줄 모르는 사람이."

구경꾼들도 기가 막혔다. 그때 범인으로 몰리던 그 남자가 이렇게 되받았다.

"뭘 모르시면 가만 계세요! 내가 운전한 게 아니란 말이오. 차 안에 다른 사람이 있어요."

이 말에 사람들은 또 한 번 놀랐다. 그리고 그제야 자동차 문이 천천히 열리며 "아…… 아…… 아……!" 하는 신음이 들렸다. 군중은—이제 정말 군중이라 불러도 될 만큼 많은 사람들이 모여 있었다.—뒤로 물러섰고 자동차 문이 완전히 열리자 유령이라도 나온 것처럼 모두 꼼짝 않고 그쪽을 주시했다. 창백한 얼굴의 사람이 부서진 차 안에서부터 비틀거리며 천천히, 아주 천천히 걸어 나왔다. 커다란 무도회용 신발을 신은 남자였다.

밝은 헤드라이트 불빛 때문에 눈이 부셔 앞이 잘 보이지 않고 경적마저 계속 울려 대고 있어서 유령 같은 그 사람은 올빼미 안경을 쓴 사람을 발견할 때까지 어쩔 줄 모른 채 비틀거리며 서 있었다.

"어떻게 된 거야? 기름이 떨어진 거야?"

올빼미 안경의 남자가 물었다. 그때 대여섯 명이 동시에 빠져나간 타이어를 가리키며 소리쳤다.

"저기!"

그는 잠시 그것을 응시하더니 마치 그것이 하늘에서 떨어지기라도 했다는 듯 하늘을 올려다보았다.

"바퀴가 빠졌네요!"

누군가 이렇게 말했다. 그는 고개를 끄덕였다.

"처음에는 차가 멈춘지도 몰랐어."

그는 잠시 말이 없었다. 그리고 길게 숨을 내쉬더니 두 어깨를 쫙 펴고 진지하게 물었다.

"주유소가 어디 있는지 아시는 분?"

최소 열 명이 넘는 사람들이―그들 중 일부는 방금 차에서 기어 나온 사람보다 더 정신이 없었다.―그에게 바퀴 자체가 더 이상 자동차에 붙어 있지 않다고 말해 주었다.

"후진을 해야지. 기어를 뒤로 놓고요……."

그가 말했다.

"바퀴가 빠졌다니까요!"

남자는 주저했다.

"그래도 한번 해 볼 테요."

그가 말했다.

경적 소리가 점점 커졌고 나는 그저 몸을 돌려 잔디밭을 가로질러 집으로 갔다. 한 번 힐끗하고 뒤를 돌아보았다. 오늘도 어김없이 웨이퍼(*우리나라에는 '웨하스'라는 이름으로 들어와 있는 두 겹의 얇은 과자 사이에 크림이나 초콜릿을 끼워 만든 과자.) 같은 달이 개츠비의 저택 위를 환하게 비추고 있었다. 여전히 아름답게 밤하늘을 꽉 채우고 있었다. 아직도 환하게 불이 밝혀져 있는 개츠비의 정원에서 들려오는 웃음소리와 말소리보다도 더욱 오래도록 그 빛은 남아 있었다. 그때였다. 갑자기 어떤 공허한 느낌이 창문과 큰 문으로부터 흘러나왔다. 그것은 현관에 서서 한 손을 들어 작별 인사를 하고 있는 집주인을 완벽한 고독으로 에워싸 버렸다.

지금까지 내가 쓴 것을 읽어 보면, 몇 주 간격을 두고 사흘 동안 일어났던 일에 내가 완전히 빠져 있다는 느낌이 들 것이다. 하지만 사실 그 당시만 하더라도 이 일들은 뜨거웠던 여름의 우연한 사건들에 지나지 않았다. 한참 시간이 흐른 뒤에도 나는 그 사건들보다는 내 개인적인 일에 훨씬 몰두하고 있었다.

나는 일에 많은 시간을 할애했다. 아침 일찍 프로비티 신탁 회사로 출근하기 위해 뉴욕 시 남쪽의 흰색 건물들 사이를 급하게 내려갈 때면 태양은 내 그림자를 서쪽으로 드리웠고, 점심은 친한 동료들이나 젊은 채권 판매업자들과 함께 붐비는 식당에서 소시지와 으깬 감자와 커피 등으로 때웠다. 저지시티(*미국 뉴저지 주의 북동부에 위치한 항구 도시.)에 살던 경리과 여직원과 짧은 연애도 했다. 그녀의 오빠가 나를 못마땅하게 여기기도 했고, 그녀가 7월에 긴 휴가를 떠났기 때문에 우리는 자연스럽게 멀어졌다.

저녁은 대게 예일 클럽(*예일 대학교 졸업생과 교수를 위한 장소로 맨해튼 그랜드센트럴 역 근처에 있다.)에서 먹었다. 생각해 보면 왠지 이 시간이 하루 중 가장 우울한 시간이었던 것 같다. 식사를 하고 나면 위층에 있는 도서실에 올라가서 한 시간 정도 여유롭게 투자와 채권에 관해 공부하는 시간을 가졌다. 클럽에는 시끄럽게 하는 사람들도 있었지만 그들이 도서실에 들어올 리 없었으므로 공부에 방해를 받지는 않았다. 공부를 끝내고 밤 날씨가 춥지 않으면 매디슨 가를 따라 슬슬 걸으며 유서 깊은 머리힐 호텔을 지나 33번가 너머에 있는 펜실베이니아 역까지 산책을 하곤 했다.

뉴욕이 좋아지기 시작했다. 역동적이고 모험심 가득한 밤과 사랑에 빠진 남녀들 그리고 쉴 새 없이 달리는 자동차들이 있는 이 풍경에 만족하기 시작했던 것이다. 나는 5번가를 걸어 올라가 사람들 속에서 매력적인 여자들을 점찍고는 몇 분 안에 그들의 삶 속으로 들어가는 상상을 하곤 했다. 그 누구도 이런 사실을 눈치채거나 말리지 않았을 것이다. 때때로 인적 드문 길모퉁이에 있는 아파트까지 한 여성을 따라가 그녀가 문을 열고 따뜻한 어둠 속으로 사라지기 전에 나를 향해 뒤돌아본 후 미소 짓는 모습을 상상하기도 했다. 때때로 마법에 걸린 듯한 대도시의 황혼 속에서 주체할 수 없는 고독감을 느끼기도 했는데 행인들에게서도 그런 느낌을 받았다. 예컨대 식당에서 외롭게 저녁 먹을 시간을 기다리며 쇼윈도 앞을 서성이는 가난한 젊은 회사원들이나, 밤과 삶에서 가장 강렬한 순간들을 낭비하며 어스름 속을 헤매고 다니는 젊은 회사원들을 볼 때 말이다.

다시 여덟 시가 되어 40번가의 어두운 골목에 극장 쪽으로 향하는 택시들이 다섯 줄로 서 있을 때 나는 가슴이 철렁 내려앉는 느낌을 받았다. 택시에 탄 사람들은 택시가 움직이기를 기다리며 서로에게 몸을 기댄 채 노래를 부르기도 하고 농담을 하며 까르르 웃기도 했다. 담뱃불의 불빛으로 택시 안에서의 몸짓들을 어렴풋이 볼 수 있었다. 나 또한 즐거운 일이 기다리고 있어

서둘러 집으로 돌아가고 있다고 상상하며, 그들의 은밀한 흥분에 동참한 채 진심으로 행운을 기원하기도 했다.

한동안 조던 베이커를 보지 못했는데 한여름에 그녀를 다시 만났다. 처음에는 그녀와 여기저기 다니는 것에 뿌듯한 마음이 들기도 해 좋았다. 그녀는 유명한 골프 선수였기 때문이다. 하지만 상황이 조금 이상하게 발전했는데 그녀를 사랑하지는 않았지만 애정이 담긴 호기심 같은 그런 감정을 느끼게 되었다. 그녀가 세상을 향해 들고 있는 얼굴에는 따분하고도 거만한 어떤 것이 숨겨져 있었다. 처음에는 꼭 그렇지 않았다 하더라도 대부분의 가식은 반드시 뭔가를 숨기고 있는데, 오래 가지 않아 마침내 나는 그것이 무엇인지 알아냈다. 우리는 워릭(*뉴욕 주 북쪽에 위치한 지역.)에서 있었던 파티에 함께 갔는데, 그녀는 빌려 온 자동차의 지붕을 열어 놓은 채 빗속에 세워 두고 그것에 관해 거짓말을 했다. 나는 그때 문득 데이지의 집에 갔던 그날 밤에는 미처 생각나지 않았던 그녀의 관한 어떤 이야기가 기억났다. 그녀가 처음으로 참가했던 메이저 골프 대회에서 하마터면 신문에 날 뻔한 큰 사건이 있었다는 얘기를 들었다. 준결승전에서 그녀는 나쁜 자리에 떨어져 있던 공을 몰래 옆으로 옮기려 했다는 의혹을 샀다고 한다. 캐디가 진술을 번복했고 단 한 명뿐이었던 목격자는 자신이 잘못 봤던 것 같다며 물러섰다. 그 사건과 이름이 내 머릿속에 남아 있었던 것이다.

조던 베이커는 영리하고 민첩한 사람들을 본능적으로 피했던 것 같다. 돌이켜 보면 그녀는 일탈이 불가능한 곳에서 안전하다고 느끼는 종류의 사람이었다. 그녀의 거짓말은 태생적인 것이다. 그녀는 자신이 불리한 입장에 놓이는 것을 견딜 수 없어 하는 여자였다. 그렇기에 그녀는 어릴 때부터 불리한 상황에 놓일 때면 사람들을 속여 왔을 것이다. 계속해서 세상을 향해 냉소적이며 거만한 미소를 짓기 위해 그리고 강하고 활기 넘치는 육체를 만족시키기 위해서 말이다.

하지만 그것이 내게 큰 영향을 끼치지는 않았다. 여자의 거짓말이 크게 문제될 일은 아니었기 때문이다. 나는 조금 실망감이 일긴 했지만 곧 그 일을 잊어버렸다. 우리가 자동차를 운전하는 것에 관해 어떤 대화를 나눈 것도 바로 그때였다. 그녀가 차를 몰다가 일하던 사람들에게 너무 가깝게 차를 붙였고, 우리 차의 흙받이가 한 남자의 윗도리 단추를 살짝 건드리게 되면서 이야기가 시작되었다.

"운전을 너무 험하게 하는 것 같아. 좀 조심하든가 아니면 아예 차를 몰지 않는 게 어때?"

"조심하고 있어요."

"아닌 것 같은데."

"그럼 다른 사람들이 조심하겠죠."

그녀가 가볍게 대꾸했다.

"지금 그 얘기가 아니잖아."

"다른 사람들이 지키면 되죠. 어쨌든 사고는 쌍방이 모두 실수를 해야 일어나는 거니까."

"만일 상대방이 너처럼 부주의한 사람이라면?"

"그런 일이 없기를 바라는 거죠. 난 조심성 없는 사람들이 너무 싫더라. 그리고 그게 내가 당신을 좋아하는 이유이고."

그녀가 대답했다.

뜨거운 햇빛에 눈이 부신 듯 가늘게 뜬 그녀의 회색빛 눈은 앞을 응시하고 있었지만, 그녀의 그런 말에는 우리의 관계를 변화시키려는 의도가 엿보였다. 나도 잠깐 동안은 그녀를 사랑한다고 생각했다. 하지만 나는 매사에 신중한 편이다. 그리고 나름대로 충동을 억제하는 내면의 규칙도 가지고 있다. 무엇보다 고향에 두고 온 나의 오랜 사랑을 확실하게 정리하는 것이 먼저라는 것을 알고 있었다. 그녀에게 일주일에 한 번씩 '너를 사랑하는 닉.'이라고 끝맺는 편지를 보내고 있었다. 하지만 그때 나는 그녀가 테니스를 칠 때 인중에 땀이 맺히는 모습 외에는 기억이 흐릿해지고 있었다. 하지만 어쨌든 확실히 관계를 끝내지 않고서는 자유로워질 수 없었다.

사람은 누구나 기본 덕목 중 적어도 한 가지쯤은 가지고 있다고 생각한다. 내게 그것은 정직이다. 나는 내가 알고 있는 몇 안 되는 정직한 사람들 중 하나였다.

4

　일요일 아침에 교회 종소리가 해변 마을로 울려 퍼지고 있을 때 유명 인사들은 개츠비의 집에 모여 각자의 연인과 함께 즐거운 시간을 보내고 있었다.

　"개츠비는 밀주업자예요."

　젊은 여자들이 칵테일 바와 정원의 꽃들 사이를 오가며 대화하고 있었다.

　"개츠비는 자신이 폰 힌덴부르크(*제1차 세계 대전 당시 독일의 참모 청장을 지낸 후에 대통령이 된 인물.)의 조카이자 악마(*제1차 세계 대전을 일으킨 독일 황제 빌헬름을 일컫는다.)와 사촌지간이라는 것을 알아낸 어떤 남자를 죽였대요. 자기야, 나 거기 장미 한 송이만 줘요. 그리고 이 크리스틸 잔에 술을 가득 따라 줘요."

　나는 지난여름 개츠비의 저택에 다녀간 사람들의 이름을 메모해 두었다. 오래되어 종이도 바랬고 접었던 부분들도 찢겨져 나갔지만 메모의 내용은 모두 그대로 남아 있다. 이 낡은 수첩의 한 페이지에 '1922년 7월 5일 일정'이라는 제목의 리스트가 있었는데, 비록 색이 옅어졌지만 아직도 확실히 알아볼 수 있었다. 개츠비의 대접을 받았으면서도 그에 대해 아는 것이 별로 없다고 말하던 속물들이었다. 그 이름들을 나열하는 것이 내가 설명하는 것보다 더 확실하게 각인될 수 있을 것이다.

일단 이스트에그에서는 체스터 베커 부부, 리치 부부, 예일 대학교에서 알고 지내던 번슨이라는 이름의 남자, 지난여름 메인 주에서 물에 빠져 죽은 웹스터 시베트 박사가 왔었다. 혼빔 부부, 윌리 볼테어 부부 그리고 구석에 모여 있다 누군가 접근하면 마치 염소처럼 코를 벌름거리던 블랙벅 가문의 사람들도 왔었다. 또한 아이스메이 부부, 크리스티 부부—차라리 휴버트 아우어바흐와 크리스티 씨의 아내라고 해야 할 것이 맞겠지만—와 소문에 의하면 어느 겨울 오후에 별 이유도 없이 머리카락이 솜처럼 허옇게 변해 버렸다는 에드거 비버 씨도 왔었다.

내 기억이 맞는다면 클래런스 엔다이브도 이스트에그 사람이었다. 그는 흰색 니커보커스(*무릎 밑까지 내려와 그곳에 매듭이 있는 펑퍼짐한 바지.)를 입고 딱 한 번 왔었다. 그는 그때 정원에서 에티라는 건달과 싸움을 일으켰다. 롱아일랜드의 좀 더 먼 곳에서 온 사람들은 치들 부부, O.R.P. 슈레이더 부부, 조지아 주의 스톤월 잭슨 에이브럼스 부부, 피시가드 부부, 리플리 스넬 부부가 있었다. 스넬은 교도소에 수감되기 삼 일 전에 왔는데 몹시 취해 자갈이 깔린 차도에 앉아 있다가 스웨트 부인의 차에 오른팔이 깔려 다치기도 했다. 댄시 부부도 왔었고 예순이 훨씬 넘은

S.B. 화이트베이트 그리고 모리스 A. 플린크, 해머헤드 부부와 담배 수입상 벨루가와 그 딸들도 왔다.

웨스트에그에서는 폴 부부, 멀레디 부부 그리고 세실 로벅, 세실 숀, 주 상원 의원 굴릭 그리고 '파 엑설런스 영화사'의 대주주 뉴턴 오키드, 에크하우스트, 클라이드 코언, 돈 S. 슈워츠(아들), 아서 맥카티 등이 왔었다. 모두 영화 쪽에 관련되어 있는 사람들이었다. 그리고 캐틀립 부부, 벰버그 부부, 나중에 자신의 아내를 살해한 멀둔과 형제인 G. 얼 멀둔도 왔었다. 프로모터로 일하고 있는 다 폰타노와 에드 리그로스와 제임스 B. (양아치라고 통하는) 페릿, 드종 부부, 어니스트 릴리가 왔었다. 이 사람들은 도박을 하러 온 것이었다. 페릿이 정원을 어슬렁거리고 다니면 판돈이 모두 바닥났다는 뜻이고, 이것은 그 다음날 '연합 운송'의 주가가 오를 것이라는 것을 의미했다.

클립스프링어라는 남자는 그 저택에 하도 자주 그리고 오래 머물렀기 때문에 '하숙생'으로 통했는데 그에게 다른 집이 있는지조차 의심스러울 정도였다. 연극계의 인사들로는 거스 웨이즈, 호레이스 오도너번, 레스터 마이어, 조지 덕위드, 프랜시스 불이 왔었다. 뉴욕 시에서 온 사람들은 크롬 부부, 백히슨 부부, 데니커 부부, 러셀 베티, 코리건 부부, 켈러허 부부, 듀워 부부, 스컬리 부부, S.W. 벨처, 스머크 부부, 지금은 이혼한 퀸 부부 그리고 타임즈 스퀘어에서 지하철에 뛰어들어 자살한 헨리 L. 팔메토 등이 왔었다.

베니 맥클리너핸은 항상 젊은 여자 네 명을 동반했다. 매번 다른 여자들이었지만 외모가 비슷해 늘 똑같은 여자 같았다. 그

들의 이름은 가물가물한데 재클린이라는 여자도 있었던 것 같고
콘수엘라, 글로디아, 주디 아니면 준이라는 이름도 있었던 것
같다. 그들은 모두 꽃이나 달에서 따온 예쁜 성을 갖고 있거나
미국의 엄청난 부호들의 이름을 딴 좀 더 엄숙한 이름들을 갖고
있던 것 같은데, 조금 더 캐물어 보면 아마 누구누구의 사촌인지
도 알아낼 수 있었을 것이다.

포스티나 오브라이언이 적어도 한 번쯤은 왔었던 것으로 기
억하고 베데커 가문의 딸들과 전쟁 중에 총에 맞아 코를 잃은 젊
은이 브루어, 올브럭스버거 씨와 그의 약혼녀 하그 양, 아디터
피츠피터스, 미국 재향 군인회 회장을 지낸 P. 주웨트 씨, 자신
의 운전기사라고 알려진 남자와 같이 온 클로디아 히프 양 그리
고 우리가 공작이라고 불렀지만 지금은 이름이 기억나지 않는
어느 나라의 왕자라고 하는 사람도 있었다. 이들이 모두 그해 여
름 개츠비의 저택을 찾았던 사람들이다.

7월 말의 어느 날 아침 아홉 시에 개츠비의 고급 자동차가 자
갈 깔린 길을 올라와 우리 집 문 앞에 멈추고 요란하게 경적을
울려 댔다. 그의 파티에 두 번이나 참석했고 그와 함께 수상 비
행기를 탄 적도 있고 그의 초대로 그의 저택 해변을 자주 이용하
긴 했지만, 그가 나를 찾아온 것은 이번이 처음이었다.

"잘 있었지, 친구? 오늘 나하고 점심 어때? 내 차로 함께 가
는 거야."

그는 미국인 특유의 여유로운 동작으로 자동차 대시보드 위
에 기대 몸의 균형을 잡고 있었다. 그런 동작은 젊은 시절 무거

운 물건을 들거나 오랫동안 똑바로 앉아 본 적이 없는 데다 우리
가 자주 벌이는 즉흥적이고도 긴장되는 게임들 때문에 생긴 버
릇인 것 같았다. 그의 이런 특징은 항상 격식을 차리면서도 어딘
가 불안해하는 모습으로 드러났는데 그중 하나가 잠시도 가만히
있지 않는다는 것이었다. 그는 늘 다리를 떨거나 손을 오므렸다
폈다 하곤 했다.

그는 자신의 자동차를 바라보고 있는 나를 쳐다봤다.

"차 괜찮지? 이런 차 본 적 있어?"

그는 자동차를 좀 더 잘 드러나 보이게 하려고 차에서 몸을
뗐다.

나는 본 적이 있었다. 모두가 그랬을 것이다. 짙은 크림색에
니켈 장식이 번쩍였고 여기저기가 불룩불룩 솟아 있으며 모자
상자와 도시락 상자와 연장함 등이 완벽하게 갖춰진, 그래서 여
러 방향으로 햇빛을 반사하는 그런 차 말이다. 여러 겹의 창문
아래 자리한 안락한 푸른색 가죽 시트에 앉아 우리는 시내로 출
발했다.

지난달에 그와 대여섯 차례 대화할 기회가 있었다. 하지만 나
는 의외로 그와 대화가 잘 통하지 않는다는 사실을 알게 되었다.
그로 인해 그가 꽤나 중요한 인물일 것이라고 생각했던 환상은
사라졌고, 나는 이제 그를 그저 호화로운 삶을 사는 옆집 남자
정도로만 생각하고 있었다.

그러던 차에 이렇게 개츠비와 함께 자동차를 타고 가게 된 것
이다. 웨스트에그에 도착하기도 전에 개츠비는 고상한 말투를
포기한 채 자신의 캐러멜 색 양복 무릎을 탁탁 치며 불쑥 말을

꺼냈다.

“저기, 나를 어떻게 생각해?”

나는 당황해서 대충 얼버무리고 있는데 개츠비가 그런 나의 말을 끊으며 이렇게 말했다.

“그럼 내가 살아온 인생에 대해서 좀 들어볼래? 나에 대한 온갖 소문들이 난무하는 마당에 너까지 나를 오해한다면 너무 서운하니까.”

그는 자신의 집에서 오고 갔을 자신에 대한 소문과 비난들을 알고 있었던 것이다.

“맹세코 사실만을 말할게.”

그가 선서라도 하듯 오른손을 치켜들며 말했다.

“나는 중서부 지방의 한 부유한 집안에서 태어났고 가족은 모두 죽고 없어. 미국에서 컸지만 공부는 옥스퍼드에서 했어. 집안 어른들이 모두 그 학교 출신이라서.”

그는 이 말을 하며 나를 슬쩍 쳐다보았는데 그 순간 조던 베이커가 왜 그의 말을 믿지 않는다고 이야기했는지 알 수 있었다. 그는 ‘공부는 옥스퍼드에서 했다.’라는 이야기를 아주 빨리, 거의 내뱉자마자 되삼키려는 듯 혹은 그 말이 목구멍에서 콱 막힐 것 같다는 듯 말했던 것이다. 이렇게 처음부터 의심이 들어 버린 나는 그가 하는 이야기 하나하나를 주의 깊게 들었다.

“중서부 어디?”

내가 아무렇지 않은 듯 물었다.

“샌프란시스코.”

“그렇군.”

"가족들이 모두 죽는 바람에 막대한 유산을 물려받았지."

그는 갑자기 일가족을 모두 잃은 것에 대한 기억이 아직도 자신을 괴롭히고 있다는 듯 가라앉은 목소리로 대답했다. 나는 그가 연기를 하고 있다고 생각했지만 그의 표정을 올려다보니 꼭 그렇지만도 않았다.

"그 후로는 유럽의 모든 수도를 떠돌아다니며 인도의 젊은 왕자처럼 살았어. 파리, 로마, 베니스를 돌아다녔어. 보석, 주로 루비를 수집하고 사냥을 하고 그림도 좀 그려가며 그렇게 슬픔을 이겨 보려 방황의 세월을 보냈지."

그의 말이 너무 터무니없어 웃음이 터지려고 했다. 너무나 진부하고 뻔한 이야기였다. 그저 개츠비가 터번을 쓰고 땀을 뻘뻘 흘리며 호랑이를 잡겠다고 숲을 헤치고 다니는 모습이 상상될 뿐이었다.

"그러던 중에 전쟁이 터진 거야, 친구. 내게는 외려 구원과도 같은 사건이었어. 이 기회에 죽으려 했지. 하지만 내 목숨은 마법에라도 걸린 듯 쉽게 죽지 못했어. 전쟁이 시작되었을 때 중위로 참전했는데 아르곤 숲 전투(*프랑스 동북부에 위치한 아르곤 숲에서 일어난 큰 전투.)에서 기관총 대대를 맡았어. 대원들을 데리고 너무 깊이 들어가는 바람에 보병 부대가 미처 따라오지 못한 채 아군과 적군 사이에 1킬로미터 정도의 공백이 생겼지. 당시 루이스식 기관총 열여섯 정뿐이었고 병사들도 130명이 전부였어. 그대로 2박 3일을 버텼어. 보병 부대가 도착했을 때 우리는 적군 시체 더미 속에서 독일군 사단의 휘장 세 개를 발견했고 덕분에 나는 소령으로 특별 진급을 했지. 연합국의 정부에서 훈장들을 주더군. 심지어 몬테네그로, 아드리아 연안의 그 작은 몬테네그로에서까지 훈장을 주더라고.”

개츠비는 ‘그 작은 몬테네그로’라고 큰 소리로 말하고 미소를 지으며 고개를 끄덕였다. 마치 자신이 몬테네그로의 수난의 역사를 이해하고 있으며, 그 나라 사람들의 용감한 투쟁 정신에 감동했고 그 나라의 정세까지도 완전히 이해하고 동정하고 있다는 의미의 미소였다. 결국 나의 불신은 이런 매력적인 이야기에 점령당해 수면 아래로 가라앉았다. 많은 양의 화려한 잡지들을 한꺼번에 훑어보면 비슷한 느낌이 들 것이다.

개츠비는 호주머니에 손을 넣더니 리본이 달린 작은 메달 하나를 내 손바닥 위에 올려놓았다.

“이게 바로 그 몬테네그로에서 받은 거야.”

놀랍게도 그 훈장은 진짜처럼 보였다. ‘르데리 디 다닐로, 몬테네그로 노콜라 렉스’라는 문장이 원을 따라 새겨져 있었다.

“뒷면을 봐.”

“개츠비 소령, 그의 특별한 용기를 기리며.”

나는 소리 내어 뒷면의 글자를 읽었다.

“내가 늘 갖고 다니는 게 하나 더 있는데 옥스퍼드 시절의 추억이야. 트리니티 대학(*옥스퍼드의 단과 대학 중 하나.)에서 찍은 사진인데, 내 왼쪽에 있는 사람이 지금의 돈 캐스터 백작이고.”

블레이저를 입은 여섯 명의 남자가 멀리 첨탑이 보이는 아치 아래 모여 함께 찍은 사진이었다. 지금보다 조금 어려 보이는 개츠비가 크리켓 방망이를 들고 서 있었다.

그렇다면 이 이야기가 모두 사실인 것일까? 나는 혼란스러웠다. 그러고 보니 개츠비의 저택에서 그리스의 대운하를 본 따 만든 공간 위에 걸려 있던 호랑이 가죽들을 보았고, 화려하게 반짝이는 루비를 바라보며 슬픈 표정을 짓는 그의 모습도 본 적이 있었다.

"오늘 나는 어려운 부탁을 하나 해야 할 것 같아."

그가 만족스러운 표정으로 기념품들을 주머니에 집어넣으며 다시 말을 시작했다.

"부탁을 하려면 나에 대해서도 조금 얘기를 해야 할 것 같았지. 내가 그렇고 그런 놈이면 좀 그렇잖아? 알다시피 나는 아픈 과거를 잊기 위해 방황하는 한량일 뿐일지도 모르니까."

그는 잠시 주저하는 듯하더니 이렇게 덧붙였다.

"아마도 오늘 오후에 그 얘기를 듣게 될 거야."

"점심때?"

"아니. 점심 먹고 오후에. 오늘 베이커 양을 만난다면서."

"혹시 조던에 대한 어떤 감정이 있는 거야?"

"아니야, 친구. 그저 베이커 양이 내 대신 이 문제를 말해 줄 거라는 뜻이야."

나는 '이 문제'가 무엇인지 감조차 잡을 수 없었다. 게다가 궁금하기보다는 조금 짜증이 났다. 나는 개츠비에 관한 얘기를 하려고 베이커에게 차를 마시자고 한 게 아니었다. 나는 이 부탁이 꽤나 황당한 부탁일 것이라는 생각이 들었고 그래서 잠깐이나마 개츠비의 정원에 발을 들여놓은 것을 후회했다.

그는 더 이상 말하지 않으려 했고 뉴욕 시에 가까워지자 그의 태도는 더욱 반듯해졌다. 우리는 허리에 붉은 띠를 두른 대양 횡

단 선박들이 언뜻언뜻 보이는 루스벨트 항을 지나 거뭇거뭇 색이 바랐지만 아직도 사람들이 드나드는 1900년대의 선술집들이 줄지어 늘어서 있는 빈민촌의 자갈길을 빠르게 지나갔다. 그리고 곧 '잿더미 계곡'이 옆으로 펼쳐졌다. 정비소에서 윌슨 부인이 숨을 헐떡이며 열심히 펌프질을 해 대는 모습이 언뜻 보였다.

우리는 대시보드를 날개처럼 펴고 롱아일랜드 시를 절반쯤 지나갔다. 고가 철도의 기둥 사이를 돌때 "탁, 탁, 탁." 하는 오토바이 소리가 들리며 경찰관이 굉장한 속력으로 우리를 바짝 따라왔기 때문에 우리는 잠시 멈춰야 했다.

"알았어, 알았다고. 친구!"

개츠비는 이렇게 소리친 후 속력을 늦추며 멈추었다. 그러더니 지갑에서 하얀 카드를 꺼내 경찰관의 눈앞에 대고 흔들어 보였다.

"감사합니다."

경찰관이 거수경례를 하고 이렇게 말했다.

"다음부터는 조심하겠습니다, 개츠비 씨. 실례가 많았습니다!"

"뭘 보여 준 거야? 옥스퍼드 사진이라도 보여 줬어?"

내가 물었다.

"언젠가 경찰서장이 내게 신세를 진 적이 있어. 그랬더니 매년마다 연하장을 보내오더군."

거대한 고가 다리 사이로 내리쬐는 햇빛은 지나는 차들 위로 하얗게 부서지며 반짝였다. 강 건너 해안에는 각설탕 같은 도시가 솟아 있었다. 청렴한 돈으로 세우고 싶었던 도시였다. 퀸즈

버러 다리에서 바라보는 뉴욕은 언제 봐도 새로웠으며 세상의 모든 신비와 아름다움에 대한 허황된 첫 약속을 간직하고 있었다.

한 구의 시신이 꽃으로 장식된 영구차에 실려 지나가고 있었고, 차양을 내린 마차 두 대와 망자의 친구들을 태운 조금 더 밝은 분위기의 마차들이 그 뒤를 따르고 있었다. 그들은 남동부 유럽인 특유의 짧은 윗입술과 슬픈 눈빛으로 우리를 내려다보았다. 이런 슬픈 휴일에, 개츠비의 화려한 차를 보았을 그들을 생각하니 기분이 조금 나아졌다. 우리가 블랙웰즈 섬(*현재는 루스벨트 섬으로 이름이 바뀐 뉴욕 주 퀸즈와 맨해튼 사이에 위치한 작은 섬.)을 지날 때 백인 운전기사가 탄 리무진 한 대가 우리 앞을 지나갔다. 그 안에는 잘 차려입은 흑인 남자 둘과 여자 하나가 타고 있었다. 그들은 서로 경쟁이라도 하듯 달걀 노른자위 같은 눈동자를 굴리며 우리를 쳐다보았는데 나는 그 모습에 크게 웃고 말았다.

'다리를 넘어왔으니 이제 무슨 일이든 일어날 수 있는 거야. 무슨 일이든…….'

나는 생각했다. 그러니 개츠비 같은 사람의 존재도 있을 수 있는 일이라고 생각했다.

떠들썩한 정오였다. 나는 선풍기가 잘 구비된 42번가의 지하 레스토랑에서 개츠비와 점심을 먹기로 했다. 바깥 거리의 햇살 때문에 눈을 껌뻑거리며 그를 찾아 둘러보았는데 그는 대기실에서 다른 사람과 이야기를 나누고 있었다.

"캐러웨이, 이쪽은 내 지인 울프심 씨야."

작은 체구에 납작한 코가 유난히 눈에 띄는 유대 인 남자였다. 그는 큰 머리를 들며 나를 쳐다보았는데 양쪽 콧구멍으로 코털이 가득 자라 있었다. 어둠 속에서 약간 시간이 지난 후에야 나는 그의 작은 눈을 마주 볼 수 있었다.

"그래서 내가 그 자식을 한 번 쳐다보았다 안 하나⋯⋯."

울프심이 무겁게 악수를 하며 이렇게 말했다.

"⋯⋯그래서 내가 어찌 했을 것 같은가?"

"무슨 말씀이신지요?"

나는 정중하게 되물었지만 그는 내게 말하고 있는 것이 아니었다. 그는 나와 악수를 끝내자마자 다시 그 코를 개츠비를 향해 돌렸던 것이다.

"카츠포에게 돈을 주면서 내가 이렇게 말했제. '좋다, 카츠포. 이놈이 입을 다물 때까지는 단 한 푼도 주면 안 된데이.'라고 말이다. 그랬더니 그놈이 그 자리에서 바로 입을 다물었다 이거제."

개츠비는 우리 둘의 팔을 이끌고 레스토랑 안으로 들어섰다. 울프심은 막 다른 말을 꺼내려다 다시 삼켰고 이미 내뱉었던 말들은 잠꼬대처럼 사그라졌다.

"하이볼(*위스키나 브랜디에 소다수나 물을 타 희석시킨 음료.)로 드릴까요?"

수석 웨이터가 물었다.

"레스토랑이 꽤 괜찮네. 하지만 길 건너편 레스토랑보다는 못한 거 같지 않나?"

울프심이 천장에 그려진 장로교회풍의 요정을 올려다보며 말했다.

"그래요, 하이볼로 주십쇼."

개츠비가 웨이터에게 주문한 뒤 울프심에게 말했다.

"거긴 너무 덥지요."

"덥고 좁은 건 맞지만서도……. 허지만 거기서는 추억이 많제."

울프심이 말했다.

"어느 레스토랑이요?"

내가 물었다.

"옛날 메트로폴."

"옛날 메트로폴이라."

울프심은 침울한 얼굴로 생각에 잠겼다.

"죽은 사람과 떠나간 사람들 얼굴로 득실거리는 곳 아이가. 이제 영원히 떠난 친구들이제. 로즌설(*실존했던 갱의 멤버로 1912년 메트로폴 호텔에서 살해되었다.)이 거서 총에 맞았던 일은 평생 잊을 수가 없을 기다. 그때 우린 여섯이서 테이블에 앉아 있었는데, 로지는 밤새도록 부어라 먹어라 마셔 댔제. 새벽이 다 됐는데 웨이터가 그에게 와서는 밖에서 누가 기다린다고 하드라. 로지는 '그러지.'라고 말하면서 자리에서 일어나려고 했제. 근데 나는 말렸단 말이다. '만나고 싶은 사람이 직접 와서 보라고 해라, 로지. 예서 한 발짝도 나가면 안 된다.' 새벽 네 시쯤이었으니 블라인드를 올려 봤으면 밝은 새벽빛을 볼 수도 있었겠제."

"그래서 그 사람이 나갔나요?"

나는 순진한 마음으로 물었다.

“나갔제, 나가 버렸제.”

분노가 느껴지는지 울프심의 코가 나를 향해 번쩍하고 빛났다.

“그는 문 밖으로 나가며 나한테 이렇게 말했제. ‘웨이터가 내 커피 치우지 못하게 하소.’ 그러더니 바로 길가로 나갔고 놈들이 바로 그의 불룩한 배에다 대고 총을 쐈다는 기제. 세 방이었제. 그리고 그대로 차를 타고 달아나 버린 기다.”

“그중 네 명이 전기의자에서 사형을 당했지요?”

내가 기억나는 것을 말했다.

“베커까지 합하면 모두 다섯이제, 와.”

그는 나를 향해 흥미롭다는 표정으로 코를 벌름거리며 대꾸한 후 이렇게 말했다.

“그런데 거래처를 찾고 있는 기제?”

나는 갑작스러운 물음에 당황했다. 개츠비가 내 대신 대답했다.

“아, 아닙니다. 이 친구는 아닙니다.”

그가 정색하며 말했다.

“아니라꼬?”

“이 사람은 그냥 친구예요. 그 문제는 나중에 얘기하자고 말씀드렸지 않습니까.”

“어이쿠, 이거 미안하게 됐소. 내가 사람을 잘못 봐 부렀네.”

육즙이 가득한 고기 요리가 나오자 울프심은 그 순간부터 옛 메트로폴에 대한 감상적인 추억을 싹 잊은 듯 놀라운 식욕으로 먹기 시작했다. 그는 먹는 도중에 쉴 새 없이 식당을 살폈는데 등을 돌려 바로 뒤에 앉은 사람들까지 살폈다. 내가 아니었다면 식탁 밑도 들어서 살필 기세였다.

"저기, 친구."

개츠비가 내 쪽으로 몸을 기울이며 말했다.

"아침에 차 타고 올 때 나 때문에 기분 나빴던 건 아니지?"

그는 내게 미소 지어 보였지만 나는 그 미소를 외면했다.

"비밀 같은 건 질색이야."

내가 대답했다.

"게다가 왜 툭 터놓고 원하는 걸 말하지 않는지 이해도 되지 않아. 그리고 대체 내가 왜 그 문제를 베이커에게 들어야 하지?"

"비밀 같은 것은 아니야. 알다시피 베이커가 운동선수잖아. 운동선수는 정의로우니까……. 그리고 뭐, 나쁜 일도 아니고."

개츠비가 정색하며 말했다. 그러다가 갑자기 시계를 보더니 자리에서 황급히 일어나 울프심과 나를 남겨 둔 채 밖으로 나갔다.

"전화를 걸러 가는 거제."

개츠비의 뒷모습을 눈으로 쫓던 울프심이 말했다.

"좋은 친구제, 안 그런가? 얼굴도 잘생기고 신사에다가."

"네."

"오그스파드도 나오고."

"아, 네."

"그 영국의 오그스파드 말이제. 오그스파드 대학이라고 들어 보셨는가?"

“네, 들어 봤습니다.”

“세계에서 제일 유명한 대학 중 하나라 안 하나.”

“개츠비를 오래 알고 지내셨나요?”

내가 물었다.

“몇 년 됐제.”

그가 뿌듯하다는 듯 대답했다.

“전쟁 직후에 저 아를 만났는데 행운아가 따로 없었제. 한 시간 얘기하고 나니 괜찮은 종자라는 게 바로 감이 왔던 기라. ‘집에 데려가 어머니랑 여동생이랑 소개시켜 주면 딱 좋겠네.’라고 생각했으니.”

그는 잠시 말을 끊었다가 이렇게 말했다.

“아, 내 소매 단추를 보는 건감?”

나는 그 단추를 보고 있지 않았다. 하지만 그가 그렇게 말하는 바람에 자연스럽게 시선이 그쪽으로 갔다. 왠지 낯설지 않은 상아로 만든 단추였다.

“사람의 최상급 어금니로 만든 거제.”

그가 말했다.

“그렇군요. 참 기발하네요.”

나는 단추를 자세히 들여다보며 말했다.

“그라지.”

그는 소매를 코트 속으로 넣었다. 그리고 이렇게 말을 이었다.

“개츠비는 여자관계에 있어 아주 조심스러워 해. 남의 마누라나 넘보고 그럴 사람이 아니제.”

자신이 본능적으로 신뢰하고 있는 사람이 돌아와 테이블에 앉자 울프심은 커피를 한 입에 마시고는 돌연 자리에서 일어났다.

"점심 잘 먹었네. 젊은 사람들이 귀찮아 하기 전에 난 이만 일어나겠소."

그가 말했다.

"왜 벌써 가십니까, 마이어 씨."

개츠비가 말렸지만 성의도 진심도 없어 보였다. 울프심은 마치 축성이라도 드리듯 손을 들어 올렸다.

"호의는 고맙지만 나하고는 세대 차이가 나지 않은가. 스포츠나 젊은 아가씨들이나, 이런 얘기 재미나게들 허고……."

그는 다음 말은 알아서 상상하라는 듯 손을 한 번 더 흔들어 보이고는 이렇게 매듭지었다.

"나는 올해 쉰이나 먹었으니께, 늙은이가 껴 봐야 주책이지."

악수를 하고 돌아설 때 보니 그의 슬픈 코가 바르르 떨리고 있었다. 나는 혹시 내가 말실수를 한 게 있었나 싶었다.

"가끔 저렇게 감상적으로 군다니까. 오늘은 또 대체 왜 저러시는지. 뉴욕 일대에선 꽤나 독특한 사람으로 알려져 있는 사람이야. 브로드웨이에서 거의 살다시피 하지."

개츠비가 설명했다.

"대체 뭐 하는 사람인데? 연극배우?"

"아니."

"그럼 치과 의사?"

"마이어 울프심, 저 사람이? 아니야. 저 양반, 도박사야."

개츠비는 이렇게 말하고 살짝 주저하는 듯하더니 이렇게 덧붙였다.

"1919년 월드시리즈 승부 조작. 그거, 바로 저 양반이 벌인 일이지."

"월드시리즈 조작?"

나는 놀라 되물었다.

참으로 아찔한 발상이었다. 1919년의 월드시리즈 승부 조작 사건에 대해 듣긴 했지만 나 같은 사람은 그저 그런 사건은 어떤 어쩔 수 없는 우연의 결과로 발생한 사건이라고 생각하고 있었던 것이다. 한 사람이 오천만 명이나 되는 사람들의 신뢰를 담보로 그런 장난을 칠 수 있다는 것 자체가 상상되지 않았던 것이다. 무언가를 훔쳐 내기 위해 금고 전체를 폭파시킨 것과 같은 짓이다.

"그게 어떻게 가능했지?"

일 분이 지나서야 나는 겨우 이렇게 물었다.

"그냥 기회를 잡았던 거지."

"근데 왜 감옥에 안 갔어?"

"잡아넣기는 힘들었겠지. 저 양반, 보통 머리가 아니거든."

점심은 내가 사겠다고 우겼다. 붐비던 레스토랑 저쪽에서 톰 뷰캐넌이 눈에 띈 건 계산을 끝내고 웨이터가 잔돈을 가져왔을 때였다.

"잠시 저쪽으로 가자. 인사해야 될 사람이 있어."

내가 말했다. 우리를 발견한 톰이 벌떡 일어나 우리 쪽으로 대여섯 걸음 걸어왔다.

"대체 그동안 어디 있었나? 너한테 전화도 없다고 데이지가 얼마나 화났는지 알아?"

그가 물었다.

"이쪽은 개츠비 씨, 그리고 이쪽은 뷰캐넌 씨."

그들은 짧게 악수를 나누었지만 나는 개츠비의 얼굴이 당혹감으로 굳어지는 것을 보았다.

"그래, 어떻게 지냈나? 오늘은 또 어떻게 이렇게 멀리까지 식사하러 오게 됐고?"

"이 친구와 점심을 먹으러……."

나는 이렇게 말하며 개츠비를 향해 몸을 돌렸지만 그는 이미 그 자리에 없었다.

"1917년 10월 어느 날이었어요…….

(그날 오후 플라자 호텔 커피숍에서 조던 베이커는 딱딱한 의자에 앉아 자세를 꼿꼿이 유지한 채 이렇게 말했다.)

……그날 보도와 잔디밭을 왔다 갔다 하며 걷고 있었어요. 잔디밭 쪽이 기분이 더 좋았죠. 밑창이 고무로 된 영국산 구두를 신고 있었는데 부드러운 잔디에 닿는 느낌이 좋았어요. 새로 산 체크무늬 스커트도 입고 있었는데 바람이 불면 살짝살짝 날리는 기분도 좋았고요. 집집마다 문 앞에 걸려 있는 빨갛거나 파랗거나 하얀 현수막들이 팽팽히 펼쳐지며 '탓, 탓, 탓.' 하는 소리를 냈어요.

잔디밭도, 깃발도, 모두 데이지 페이 언니네 집의 것이 제일 컸어요. 저보다 두 살이 많으니까 그때 열여덟 살이었죠. 루이빌 여자애들 중에 제일 유명했어요. 언니는 항상 하얀 옷을 입고 흰색 로드스터(*차체가 낮고 천정이 없으며 두 개의 좌석을 가진 스포츠카 형태의 작고 세련된 자동차.)를 몰고 다녔어요. 집에는 하루 종일 언니랑 통화하길 원하는 사람들의 전화가 울려 댔고, 그녀에게 반한 캠프 테일러의 젊은 장교들이 그녀를 독차지하려고 '제발 한 시간만이라도!'라고 외치며 쫓아다녔죠.

그날 언니네 집 건너편에서 보니 언니의 흰색 로드스터가 길모퉁이에 세워져 있었고 그 안에 처음 보는 중위 한 명이 그녀와 함께 앉아 있었어요. 서로에게 완전히 푹 빠져서 제가 일이 미터 떨어진 곳까지 가까이 가도 알아채지 못할 정도였어요.

'안녕, 조던. 이리 좀 와 보렴.'

그런데 그녀가 저를 부르더라고요? 그녀가 저와 뭔가 할 말이 있다는 것 자체에 기분이 우쭐해졌어요. 저는 아는 언니들 중에 데이지 언니를 제일 좋아했거든요. 그녀는 저보고 붕대를 만들러 적십자 사무실에 가는 길이냐고 물었고 저는 그렇다고 대답했어요. 그러더니 자기는 갈 수 없다고 전해 달라고 말하더라고요. 그 장교는 언니가 저에게 이런 말을 하는 동안에도 내내 그녀를 쳐다보고 있었어요. 젊은 아가씨라면 누구나 그런 시선을 받고 싶을 테지요. 낭만적이었어요. 지금까지 기억나는걸요. 그 장교의 이름이 바로 제이 개츠비였어요. 저는 그 뒤로 사 년이 넘도록 그 사람을 다시 보지 못했죠……. 그리고 심지어 한참 후에 롱아일랜드에서 만났을 때도 그가 그때 그 사람인 줄은 꿈에도 몰랐어요.

그게 1917년이었어요. 다음해부터는 저도 남자 친구들을 만났고 골프 시합도 다니게 되면서 언니를 자주 만나지 못했어요. 그녀는 꼭 그녀보다 나이가 많은 사람들을 만나곤 했어요. 그러다 이상한 소문이 돌았죠. 어느 겨울밤에 언니가 해외로 파병 가는 군인에게 작별 인사를 하러 뉴욕에 간다고 짐을 쌌다가 언니네 엄마한테 들켜 버렸다는, 그래서 뉴욕에 가지 못하게 됐고 몇 주일 동안 가족들과 대화도 하지 않았다는 소문이었어요. 그 일이 있은 후 언니는 더 이상 군인들과는 사귀지 않았대요. 평발이거나 눈이 나빠 군대에 갈 수 없는 남자들하고만 어울리기 시작했죠.

하지만 그 다음해 가을쯤이 되었을 때 언니는 다시 활발해지기 시작했어요. 세계 대전이 휴전에 들어간 뒤 사교계에 데뷔했고 2월에는 뉴올리언스 출신 남자와 약혼했다는 얘기까지 들렸죠. 그런데 6월에는 생뚱맞게 시카고에 사는 톰 뷰캐넌하고 결혼했어요. 루이빌에서는 전례 없던 화려한 결혼식이었어요. 기차 특실 칸을 네 칸이나 빌려 백 명이 넘는 하객을 초대했고 실바크 호텔 한 층을 통째로 빌려 결혼식을 열었어요. 결혼식 전날에 35만 달러짜리 진주 목걸이를 언니에게 선물했죠.

저는 신부 들러리였어요. 결혼식 전날 파티가 시작되기 삼십 분쯤 전에 언니 방으로 올라갔는데, 언니는 꽃으로 장식된 화려한 드레스를 입은 채 6월의 여름밤처럼 아름다운 모습으로 침대에 누워 있었어요. 잔뜩 취한 상태였지요. 한 손에는 소테른 와인 병이 들려 있었고 다른 한 손에는 편지가 들려 있었어요.

'축하해 줘.'

그녀가 중얼거렸어요.

'태어나서 처음 마셔 본 술인데 너무 좋은걸.'

'언니, 대체 왜 이래?'

저는 무서웠어요. 여자가 그렇게 취한 건 처음 봤어요. 정말로.

'이거 있지.'

언니는 침대 주변을 더듬거리며 쓰레기통을 찾아 그 속에 버려졌던 진주 목걸이를 꺼내곤 제게 이렇게 말했어요.

'이거 갖고 내려가서 임자가 누구든 주인한테 돌려줘. 가서 데이지가 마음이 변했다고 전해줘. 데이지의 마음이 변했다고!'

그녀는 울기 시작했어요. 울고 또 울었어요. 저는 방을 뛰쳐나와 언니네 가정부 아주머니를 찾아 방문을 잠그고 차가운 물을 받은 욕조에 언니를 억지로 집어넣었어요. 그래도 들고 있던 편지는 놓으려 하지 않더라고요. 욕조 속에도 그 편지를 들고 들어가더니 물에 담근 다음 두 손으로 짜서 젖은 공처럼 만들었어요. 그리고 나보고 그것을 비누 받침대 위에 올려놓으라고 하더군요. 그건 결국 눈처럼 다시 조각조각 나 흩어져 내렸어요.

언니가 아무 말도 하지 않아서 우리는 암모니아 냄새를 맡게 해 정신이 들게 만들었어요. 이마에 얼음을 얹어 주고 다시 드레스를 입혔죠. 삼십 분쯤 뒤 그녀가 다시 방에서 나왔을 때는 진주 목걸이가 오롯이 그녀의 목에 걸려 있었고 그렇게 그 일은 무마됐어요. 다음날 다섯 시에 그녀는 아무 일도 없었다는 듯 톰 뷰캐넌과 결혼식을 올렸고 석 달 예정을 잡고 남태평양으로 신혼여행을 떠났어요.

두 사람이 신혼여행에서 돌아온 후 샌타바버라(*캘리포니아

주 태평양 연안에 위치한 도시.)에서 만나 보니 남편에게 그렇게 빠져 있을 수가 없었어요. 그가 잠시라도 방을 나갈 때면 방 안을 서성이며 '톰은 어딜 간 거지?'라며 불안해했고 그가 돌아올 때까지 멍한 표정이기 일쑤였어요. 해변에서는 남편의 머리를 무릎에 대고 한 시간씩 그의 눈가를 쓰다듬으며 행복해했어요. 그들의 모습은 감동적이기까지 했지요. 8월이었어요. 제가 샌타바버라를 떠나고 일주일 뒤 톰의 차가 벤투라 고속도로(*로스앤젤레스와 샌타바버라 사이를 잇는 고속도로.)에서 왜건을 쳐서 앞바퀴가 빠지는 사고가 있었는데 동승했던 여자의 팔이 부러지는 바람에 신문에 나게 됐죠. 샌타바버라 호텔에서 객실 청소를 하는 여자였어요.

이듬해 4월에 언니는 딸을 출산했고 그들 부부는 일 년 동안 프랑스로 여행을 다니며 살았던 것 같아요. 그동안 저는 칸(*프랑스 리비에라 해안에 있는 도시.)에서 한 번, 도빌(*프랑스 서북부 해안에 있는 도시.)에서 한 번 그들을 만났고요. 그 후로 그들은 다시 시카고로 돌아와 정착했어요. 이 부분은 당신도 아시죠? 시카고에서 언니의 인기가 대단했죠. 아무튼 그들 부부는 젊고 돈 많은 날라리들과 주로 어울려 다녔는데 언니는 그래도 평판이 아주 좋았어요. 언니가 술을 마시지 않아서였겠죠. 늘 술에 취한 사람들 사이에서 혼자 술을 마시지 않으니 장점이 많죠. 쓸데없는 말도 안 하고 설사 실수를 한다 해도 잘 무마할 수 있잖아요. 언니는 바람 같은 것을 피울 사람은 절대 아니지만……. 어쨌든 언니의 목소리에는…… 뭔가 다른 게 있었어요.

그리고 6주 전, 언니는 몇 년 만에 처음으로 그 개츠비의 이름을 다시 들은 거예요. 제가 당신에게 물었죠. 기억나세요? 웨스트에그에 사는 개츠비를 아냐고 물었던 거……. 당신이 돌아간 후 데이지는 제 방에 와서 저를 깨우더니 묻더군요.

'무슨 개츠비?'

그래서 제가 말해 줬는데…… 저는 잠이 다 깨지 않아 비몽사몽 상태라…… 어쨌든 그랬더니 그녀가 떨리는 목소리로 자기가 알고 있는 사람이라고 말하더군요. 저는 그때서야 비로소 그 하얀 자동차에 타고 있던 장교와 개츠비를 연결 지어 생각할 수 있게 되었어요."

조던 베이커가 이 모든 이야기를 마쳤을 때는 우리가 플라자 호텔을 떠난 지 삼십 분이 지난 후였다. 우리는 관광용 사륜마차를 타고 센트럴 파크를 지나고 있었다. 영화계 스타들이 많이 모여 사는 웨스트 50번가의 아파트들 너머로 태양이 지고 있었고, 풀밭 위에 모인 어린 소녀들의 귀뚜라미 같은 맑은 목소리들이 그 뜨거운 황혼 속으로 날아오르고 있었다.

나는 아라비아의 족장
그대의 사랑은 나의 것
그대가 잠들어 있는 밤에
그대의 텐트 안으로 몰래 들어가리라—

"신기한 우연이네."
내가 말했다.

"절대 우연이 아니에요."

"왜?"

"개츠비는 일부러 언니의 집이 보이는 만 반대쪽 집을 산 거니까요."

그렇다면 6월의 어느 밤에 그가 그토록 애타게 바라보던 것은 밤하늘의 별만이 아니었던 것이다. 개츠비는 아무런 목적도 없는 호화로움의 자궁 속에서 벗어나 생명력을 갖춘 채 내게 다가왔던 것이다.

"그가 알고 싶어 해요……."

조던이 말을 이었다.

"혹시 당신이 언제쯤 언니를 당신 집으로 초대하고 자신도 불러 줄 수 있는지 말예요."

이 겸손하기 그지없는 부탁에 나는 놀랐다. 그는 오 년을 기다려 잘 알지도 못하는 남자의 집에 잠시 초대받기 위해, 우연히 날아드는 나방들에게 별빛을 나눠 줄 대저택을 구입하고 매일 밤 파티를 열었던 것이다.

"그런 작은 부탁을 하려고 내게 이 모든 얘기를 한 거란 말이야?"

"그는 두려운 거예요. 너무 오래 기다렸으니까요. 또 당신에게 민폐를 끼치는 게 아닌가 하는 생각도 있겠고……. 그래도 속으로는 이 일이 성사되길 얼마나 원하고 있는지 몰라요."

뭔지 모르게 끌리지 않았다.

"너한테 직접 만나게 해 달라고 부탁할 수도 있지 않아?"

"그는 언니에게 자신의 집을 보여 주고 싶어 해요. 당신의 집이 바로 그 옆에 있잖아요. 언젠가는 언니가 그가 여는 파티에 우연이라도 참석하길 바랐던 것 같아요. 하지만 그녀는 오지 않았죠. 그래서 할 수 없이 그녀를 아는 사람을 찾고 있었고 그렇게 해서 찾아낸 사람이 바로 저였죠. 그는 바로 댄스파티에 저를 초대했고요. 개츠비가 얼마나 공을 들여 이 일을 추진해 왔는지 당신은 상상도 못할 거예요. 저는 그런 것도 모르고, 그럼 내가 자리를 만들 테니 뉴욕에서 점심을 함께 먹는 건 어떠냐고 물었는데 버럭 화를 내더군요.

'그렇게 하는 것은 싫어! 바로 옆집에서 만나고 싶어.'

이렇게 말이죠. 당신이 톰과 특별한 사이라는 것을 말해 주자 이 계획을 모두 포기하려고 했어요. 그 사람은 톰에 대해 아는 게 거의 없더라고요. 혹시 언니의 이름을 볼 수 있을까 해서 몇 년 동안 신문을 읽었다는데 언니의 이름만 몇 번 봤을 뿐 톰에 대해서는 별로 기사가 없었대요."

저녁이 깊어지고 있었다. 우리가 탄 마차가 작은 다리 아랫길로 들어섰을 때 나는 한 팔로 조던의 구릿빛 어깨를 감싸 안아 내게로 끌어당기며 함께 저녁을 먹자고 말했다. 갑자기 데이지와 개츠비에 대한 생각은 머릿속에서 완전히 지워졌다. 세상을 냉소적으로 바라보며 깔끔하고도 강인하며 조금 단순하기도 한, 내 팔에 안겨 유쾌히 웃고 있는 이 여자가 전부인 듯 느껴졌다. 기분 좋은 느낌과 함께 이런 말이 내 귓가에 울려 댔다.

'이 세상에는 쫓기는 자와 쫓는 자 그리고 바쁘게 뛰는 자와 지쳐 버린 자가 있을 뿐이다.'

"언니도 자신의 삶에 뭔가는 있어야 하잖아요."

조던이 내게 중얼거렸다.

"데이지가 개츠비를 만나고 싶어 하는 거야?"

"언니는 아직 아무것도 몰라요. 개츠비도 언니가 이 사실을 모르길 원하고요. 당신이 그냥 언니에게 차를 마시러 오라고 초대만 해 줘요."

짙은 나무들이 벽처럼 빽빽이 늘어선 곳을 지나고 59번가가 시작되는 곳에 들어서자 흐릿하지만 아늑한 불빛이 공원을 비추고 있었다. 개츠비나 뷰캐넌과는 달리 나에게는 어두운 차양 밑이나 현란한 간판을 따라 떠오르는 여자가 없었다. 나는 내 옆에 있는 이 여자를 끌어당겼다. 창백하고도 냉소적인 베이커의 입가로 미소가 떠올랐다. 나는 베이커를 내 얼굴 쪽으로 가까이 끌어당겼다.

5

그날 밤 웨스트에그의 집에 돌아왔을 때 잠시였지만 나는 우리 집에 불이 난 줄 알았다. 새벽 두 시가 다 된 시간이었는데도 웨스트에그 지역의 한 모퉁이 전체가 번쩍였기 때문이다. 그 불빛은 관목 사이사이를 통과하며 몽환적으로 빛났고 길가의 전선들을 비춰 번쩍이게 만들었다. 나는 길모퉁이를 돌아선 다음에야 비로소 그것이 집 전체를 환하게 밝힌 개츠비의 저택이라는 것을 알게 되었다.

또 파티가 열리고 있는 것이라 생각했다. 파티 중에 '숨바꼭질'이나 '상자에 가두기' 등의 놀이를 할 때면 집 안의 모든 문과 창들을 열어 놓고 게임 장소로 활용했기 때문이다. 하지만 집은 조용했다. 나무에 스치는 바람이 전깃줄을 흔드는 바람에 집이 어둠을 향해 윙크를 하는 것처럼 불빛이 끔뻑거리고 있을 뿐이었다. 내가 타고 온 택시가 돌아가자 개츠비가 잔디밭을 가로질러 내게로 걸어왔다.

"무슨 박람회 전시장 같군."

내가 말했다.

"그래?"

그는 공허하게 자신의 집 쪽으로 눈길을 돌리며 말을 이었다.

"방들을 좀 돌아보고 있었어. 코니아일랜드(*뉴욕 시 맨해튼 근교 브루클린에 있는 유원지.)에 가지 않겠어? 네 차로."

"그러기에는 시간이 너무 늦지 않았나."

"그럼 수영장에라도 가 볼까? 여름 내내 한 번도 들어가 본 적이 없네."

"난 좀 자고 싶은데……."

"할 수 없지."

그는 조바심을 감추며 나를 기다렸다.

"베이커하고 얘기했어."

내가 잠시 뒤 말을 꺼냈다.

"내일 데이지한테 전화해 우리 집에 차를 마시러 오라고 할 게."

"그렇군."

그가 아무렇지도 않다는 말했다.

"괜히 부담만 주는 것 같네."

"언제가 괜찮아?"

"언제가 괜찮냐고? 나?"

그가 되물었다.

"말했잖아, 부담 주고 싶지 않다고."

“그럼 내일 모레도 괜찮아?”

그는 잠시 생각하더니 내키지 않다는 듯 말했다.

“잔디를 좀 깎아야 할 거 같긴 한데.”

우리는 동시에 잔디를 내려다보았다. 엉망인 내 쪽 잔디밭과, 색이 짙고 잘 관리된 그의 잔디밭 사이의 경계선은 매우 뚜렷했다. 혹시 우리 집 잔디를 말하는 걸까?

“그리고 그것 말고도 작은 문제가 하나 더 있는데…….”

그가 애매모호하게 말했다.

“그럼 며칠 더 미룰까?”

내가 물었다.

“아, 그런 게 아니라…….”

그는 이렇게 말을 시작한 후 계속 우물쭈물하다 말을 이었다.

“그냥 내 추측인데, 수입이 그렇게 많은 편은 아니지?”

“그렇지.”

내가 이렇게 대답하니 그는 확신에 차 이렇게 말했다.

“그럴 거라고 생각했어. 기분 나쁘게 생각하지는 말고, 알다시피 내가 부업으로 작은 사업을 하나 하고 있잖아. 그래서 말인데, 만약 네 연봉이 그렇게 세지 않다면……. 참, 증권 회사에서 일하는 거 맞지?”

“어.”

“그럼 너도 관심이 좀 생길 거야. 시간도 별로 안 들고 그저 약간만 투자하면 되는데……. 보안에는 신경을 좀 쓰긴 해야 하지만.”

다른 상황이었다면 이 제안은 내 인생에서 중요한 순간이 되었을 것이다. 하지만 그의 이 제안은 내가 진행하려는 일에 대한 보답 차원이라는 것이 분명했기 때문에 나는 그 자리에서 거절했다.

"지금 하는 일만 해도 너무 바빠서."

내가 말했다.

"하면 좋겠지만 시간이 없을 것 같네."

"울프심하고 하는 일은 아니야."

개츠비는 내가 지난번 점심때 들었던 그 '사업 거래처'라는 말에 신경이 쓰이는 모양이었다. 나는 그런 것이 아니라고 분명히 해 주었다. 그는 내가 뭔가 더 말해 주기를 바라며 조금 더 기다렸지만 나는 너무 피곤했고 그는 할 수 없이 자신의 집으로 돌아갔다.

그날 밤 나는 기분이 좋고 행복했다. 현관에 들어서면서부터 깊은 잠 속으로 빠져 버렸고 그래서 개츠비가 코니아일랜드에 정말 갔는지, 또는 집에 불을 켜 놓고 얼마나 열심히 방을 둘러보았는지 알지 못한다. 다음날 아침 나는 사무실에서 데이지에게 전화를 걸었다. 우리 집으로 차를 마시러 오라는 초대였다.

"너 혼자 왔으면 좋겠다."

나는 그녀에게 당부했다.

"뭐라고?"

"톰은 데리고 오지 말라고."

"톰이 누구야아?"

그녀는 순진하다는 듯 물었다.

약속 당일은 비가 많이 내렸다. 열한 시가 되었고 비옷을 입은 사람이 잔디 깎는 기계를 끌고 우리 집 문을 두드리며 개츠비 씨가 보냈다고 했다. 그제야 나는 핀란드 도우미 아주머니를 다시 부른다는 것을 깜빡했다는 사실을 깨달았다. 나는 차를 몰고 웨스트에그 빌리지에 나가 빗물에 씻겨 깨끗해진 골목들을 돌아다녀 그녀를 찾아낸 뒤 컵 몇 개와 레몬과 꽃을 조금 샀다.

꽃은 살 필요가 없었다. 두 시쯤에 개츠비가 배달시킨 엄청난 수의 화분들이 도착했다. 마치 온실을 통째로 옮겨 놓은 듯했다.

한 시간이 지나자 문이 거칠게 열리며 개츠비가 긴장한 기색이 역력한 모습으로 나타났다. 흰색 양복에 은색 셔츠와 금빛 타이를 하고 있었다.

"준비는 다 잘되어 가지?"

그가 재촉하듯 물었다.

"잔디라면 완벽해졌지."

"무슨 잔디?"

그가 모르는 척 물었다.

"아, 잔디."

그러고는 이렇게 대꾸했다. 그는 창밖을 보고 있었지만 딱히 무언가를 보고 있는 것 같지는 않았다.

"보기 좋네."

개츠비가 무덤덤하게 말했다.

"신문을 보니 비는 네 시쯤 그친다고 하더군. 〈저널〉지에서

언뜻 봤어. 준비는 모두 되었지? 차 마시는 데 필요한 것들이
랑…….”

내가 음식 창고로 개츠비를 데리고 갔는데 개츠비는 핀란드
도우미가 못마땅한 눈치였다. 우리는 내가 마트에서 사 온 한 상
자의 레몬 케이크를 살펴보았다.

“이 정도면 괜찮아?”

내가 물었다.

“좋아. 훌륭해…….”

그러더니 그는 힘없는 목소리로 덧붙였다.

“……친구.”

비는 세 시 반쯤 되어 약해지다가 촉촉한 안개비로 변했다.
안개 속에서 이따금씩 가는 빗방울이 이슬처럼 약하게 흩날렸
다. 개츠비는 클레이의 『경제학』을 뒤적이다가 주방에서 도우
미 아주머니가 마룻바닥 위를 걷는 소리에도 깜짝깜짝 놀랐다
가 밖에 큰 사건이라도 일어난 듯 창 쪽을 보기도 했다. 그러더
니 그는 결국 자리에서 벌떡 일어나 집에 가야겠다고 중얼거렸
다.

“왜 그래?”

“아무도 안 오잖아. 시간이 벌써 이렇게 됐는데!”

그는 곧 다른 볼일이라도 있는 것처럼 손목시계를 들여다보
며 말했다.

“이렇게 마냥 기다려야만 하나!”

“바보처럼 그러네, 아직 네 시도 안 됐어.”

내가 억지로 말리기라도 했다는 것처럼 개츠비는 비참하다는

듯 다시 자리에 앉았다. 그때였다. 자동차 한 대가 우리 집의 좁은 길로 들어오는 소리가 들렸다. 우리는 함께 벌떡 일어났다. 나는 약간 경황없이 밖으로 나갔다.

남아 있던 빗방울이 떨어지고 있는 라일락 나무 밑으로 커다란 오픈카 한 대가 세워져 있었다. 데이지는 보라색 삼각 모자 아래로 살짝 고개를 숙이고 있었는데 밝고 황홀한 미소를 띠며 나를 바라봤다.

"여기가 오빠네 집이야?"

생기 넘치는 물결을 닮은 그녀의 목소리는 빗속에서 기운을 주는 활력소 같은 것이었다. 나는 그녀의 올라갔다 내려갔다 하는 소리를 귀로만 따라갈 수밖에 없었다. 물감으로 그려 내린 것처럼 젖은 머리카락 한 가닥이 뺨에 흘러내려와 있었다. 자동차에서 내리는 그녀를 도와주려고 잡은 손은 빗물에 젖어 반짝였다.

"나를 사랑하기라도 하나요?"

그녀가 내 귀에 대고 작게 속삭였다.

"그게 아니라면 왜 혼자만 오라고 한 거야?"

"그건 래크렌트 성(*영국의 소설 제목이며 작품의 결말에서 성의 소유자가 누구인지 끝까지 밝혀지지 않아서 대답을 하고 싶지 않을 때 쓰는 클리셰다.)의 비밀이야. 기사에게는 멀리 가서 한 시간 정도 후에 오라고 일러둬."

"퍼디, 한 시간 후에 돌아와 줘요."

그녀는 기사에게 이렇게 말하고 나서 엄숙한 목소리로 덧붙였다.

"저 사람 이름은 퍼디예요."

"휘발유도 그의 코에 영향을 끼칠까?"

"잘 모르겠는데 그건 왜요?"

데이지가 순진하게 물었다.

우리는 집 안으로 들어갔는데 당혹스럽게도 거실에 아무도 없었다.

"이상하네!"

내가 소리를 질렀다.

"뭐가 이상해요?"

현관문에서 가볍지만 기품 넘치는 노크 소리가 들려왔다. 데이지는 문 쪽으로 고개를 돌렸고 내가 나가서 문을 열었다. 개츠비는 귀신처럼 창백한 얼굴로 두 손을 주머니에 찔러 넣은 채 슬픈 표정을 지으며 현관문 앞에 서 있었다.

그는 두 손을 여전히 주머니에 넣은 채 내 옆을 지나 복도로 걸어 들어갔다. 그리고 마치 줄타기를 하는 것처럼 몸을 홱 돌려 거실 안으로 들어갔는데 그 모습이 조금도 우스꽝스러워 보이지 않았다. 나는 두근거리는 심장 소리를 들으며 점점 거세지는 빗줄기를 막기 위해 문을 닫았다.

삼십 초 정도 정적이 흘렀다. 그러고는 곧 목이 멘 듯한 중얼거림과 짧은 웃음소리가 들렸다. 그리고 애써 만든 데이지의 맑은 목소리가 들렸다.

"다시 만나게 되어 정말 기쁘게 생각해요."

그리고 말이 끊겼고 그 침묵은 오래 이어졌다. 나는 더 이상 할 일이 없었기 때문에 방 안으로 들어갔다.

개츠비는 여전히 두 손을 호주머니에 넣은 채 아무렇지 않다는 표정으로 벽난로 틀에 몸을 기대고 서 있었다. 머리를 최대한 뒤로 젖히고 있어서 벽난로 위의 고장 난 시계에 닿을 정도였다. 자세는 그렇게 하고 있었지만 그의 열정적인 눈동자는, 약간은 겁을 먹은 채로 의자에 앉아 우아한 자세를 유지하고 있는 데이지를 향해 고정되어 있었다.

"날 기억하는지."

개츠비가 중얼거렸다.

그가 나를 힐끔 보았는데 그의 입술은 웃으려다 만 채 반쯤 벌어져 있었다. 다행히도 그 순간 시계가 그의 머리에 눌려 위험하게 옆으로 기울었다. 그는 몸을 돌려 손으로 시계를 붙잡아 제자리에 올려놓고는 경직된 자세로 소파에 앉았다. 팔꿈치를 팔걸이에 올려놓고 손으로 턱을 괴었다.

"시계를 건드렸네, 미안해."

그가 말했다.

이제는 내 얼굴이 다 화끈거렸다. 머릿속에 많은 말들이 있긴 했지만 아무 말도 할 수 없었다.

"어차피 고장 난 시곈데, 뭐."

나는 두 사람을 향해 바보 같은 말을 했다.

잠시 우리 셋 모두는 그 시계가 바닥에 떨어져 산산이 부서지기라도 한 것처럼 굴고 있었다.

"몇 년 만이죠?"

데이지는 애써 아무렇지 않은 듯한 목소리로 말했다.

"11월이면 꼭 오 년째지."

개츠비는 기계적으로 대답했다. 그리고 그런 태도에 우리는 잠시 당황했다. 두 사람 모두 나의 눈치를 보는 것 같아 부엌에라도 들어가 차를 만들어 오려 했지만 하필이면 그때 핀란드 도우미 아주머니가 쟁반을 들고 들어왔다.

찻잔과 케이크가 바쁘게 오가는 가운데 어떤 예절 같은 것이 자연스럽게 생겨났고 나와 데이지가 얘기를 나누는 동안 개츠비는 긴장되고 슬픈 눈으로 우리 둘을 진지하게 번갈아 보았다. 하지만 이렇게 조용히 있다가 헤어지자고 이 자리를 만든 것이 아니기에 나는 기회가 오자 양해를 구하고 자리에서 일어섰다.

"어디 가?"

개츠비가 놀라며 물었다.

"금방 와."

"그럼 가기 전에 나 좀 잠깐 봐."

개츠비는 나를 따라 부엌까지 들어와 문을 닫으며 이렇게 속삭였다.

"오, 맙소사!"

그의 목소리는 절망적이었다.

"왜 그래?"

"나 정말 바보 같았지? 정말 끔찍한 실수였어, 그건."

그가 머리를 좌우로 흔들며 말했다.

"당황해서 그런 거니까 괜찮아."

나는 이렇게 말했다. 그리고 이렇게 덧붙였다.

"데이지 역시 당황하고 있는걸, 뭐."

"데이지가 당황했다고?"

그가 믿을 수 없다는 듯 되물었다.

"너만큼이나."

"앗, 너무 큰 소리로 말하지는 말아."

"넌 지금 너무 어린애처럼 굴고 있어. 게다가 데이지를 저렇게 혼자 내버려 두고!"

나는 화를 내며 말했다. 그는 손을 들어 내 말을 막더니 어떤 원망의 표정으로 나를 노려보고는 조용히 문을 열고 거실로 돌아갔다. 나는 그 눈빛을 지금도 잊을 수가 없다.

나는 뒷길로 나와 집 주변을 걷기 시작했다. 삼십 분 전 개츠비가 초조하게 그랬을 것처럼 말이다. 그리고 잎이 무성하며 마디가 울퉁불퉁한 커다랗고 검은 나무 아래로 뛰어갔다. 비가 다시 세차게 내리기 시작했다. 개츠비의 정원사가 잘 깎아 주긴 했어도 우리 집 잔디에는 워낙 빈틈이 많아 작은 진흙구덩이와 웅덩이 같은 것들이 곳곳에 생겨 있었다. 나무 밑에서 보이는 것은 개츠비의 거대한 저택뿐이었다. 하는 수 없이 나는 교회의 종탑을 바라보는 칸트처럼 삼십 분도 넘게 그것을 바라보았다. 십 년 전에 한 양조업자가 그 시절 유행에 따라 지은 집이었다. 그 양조업자가 근처에 있는 작은 집들의 주인에게 지붕을 모두 짚으로 덮는다면 오 년 동안 세금을 대신 내주겠다고 했다는 소문이 있었다. 하지만 이웃들이 그 제안을 거절하는 바람에 그는 으리으리한 가문의 건설을 향한 의욕을 잃은 것 같았다. 그 후로 그 집안은 잘 되는 일이 별로 없었고, 그가 죽자 그의 자녀들은 문에서 검은 화환을 치우기도 전에 집을 팔아 버렸다. 미국인들은

어쩌다 아예 농노가 되고 싶어 하는 경우는 있어도 절대로 소작
농은 되지 않으려는 법이다.

삼십 분이 지나자 다시 해가 나기 시작했다. 음식 배달차가
개츠비네 하인들의 저녁거리를 싣고 저택의 차도를 따라 올라
오고 있었다. 지금으로선 개츠비가 저녁에 단 한 술도 뜨고 싶
지 않을 거라고 생각했다. 저택 위쪽의 창문들이 한 하녀에 의
해 열리기 시작했다. 그녀는 창문을 열며 창문마다 잠깐씩 중
앙의 큰 내닫이창으로 몸을 내밀어 모습을 보이더니 정원을 향
해 침을 뱉기도 했다. 이제 나도 두 사람한테 돌아가야 할 시간
이었다. 빗줄기는 마치 두 남녀의 속삭임과 감정 기복에 영향
을 받는 듯 굵어졌다 약해졌다 반복했다. 비가 멎고 사방이 조
용해진 지금 집 안에도 역시 고요가 내려앉아 있는 느낌이었
다.

나는 집 안으로 들어갔다. 가스레인지를 뒤집어엎지 않았을
뿐 부엌에서 시끄러운 소리를 있는 대로 만들어 인기척을 낸 다
음이었다. 하지만 두 사람은 아무 소리도 못 들은 것 같았다. 그
들은 긴 의자의 양쪽 끝에 앉아, 마치 누군가 어떠한 질문을 던
진 직후이거나 그 질문이 마치 허공에 떠 있기라도 한 듯 서로를
마주 보고 앉아 있을 뿐이었다. 아까의 당황했던 모습은 전혀 찾
아볼 수 없었다. 데이지의 얼굴은 눈물로 얼룩져 있었다. 내가
들어가니 그녀는 벌떡 일어나 거울 앞으로 가 손수건으로 눈물
자국을 닦기 시작했다. 하지만 개츠비는 아니었다. 그에게는 많
은 변화가 있었다. 그는 말 그대로 찬란한 빛을 내뿜고 있었다.
행복이나 만족감을 드러내는 말이나 몸짓은 없었지만, 그로부터

새로운 행복에 대한 빛이 뻗어 나와 반사되어 작은 공간을 가득
채우고 있었다.

"아, 친구 왔군!"

그는 마치 나를 몇 년 동안이나 만나지 못했던 것처럼 반갑게
맞았는데 순간 악수라도 청할 듯한 기세였다.

"비는 그쳤어."

"그래?"

그는 내 말을 듣고서야 방 안을 눈부시게 비추고 있는 햇살을
깨달은 것 같았다. 그는 기상 캐스터처럼 일상적인 햇빛을 보고
도 열정적으로 감탄했다. 그리고 이 소식을 데이지에게 전했다.

"어때? 비가 그쳤다는군."

"잘됐다, 제이."

예기치 않은 기쁨에 대해 이렇게 대답하는 그녀의 목소리는
아픔과 슬픔 그리고 아름다움으로 가득 차 있었다.

"닉과 데이지를 우리 집에 초대하고 싶어. 집도 구경시켜 주
고 싶고."

그가 말했다.

"나도 같이?"

"물론이지, 친구."

데이지는 얼굴을 정리하기 위해 위층 세면실로 올라갔고―
나는 화장실에 걸어 둔 오래된 수건이 생각나 창피했지만 이미
늦었다.―그동안 개츠비와 나는 앞마당에 서서 그녀를 기다렸
다.

"우리 집 괜찮지? 집 전체에 햇빛이 쫙 들고."

그가 나에게 물었다. 나는 그 집이 훌륭하다는 데 동의했다.

"저 집을 살 돈을 버는 데 꼬박 삼 년이 걸렸어."

그의 두 눈이 아치꼴 문 하나하나를 그리고 네모꼴 탑을 응시하며 말했다.

"재산을 상속받았다고 하지 않았어?"

"받았지. 하지만 그 혼란기에 다 날려 버렸지. 그 전쟁 통에 말이야."

그는 자신이 지금 무슨 말을 하고 있는지도 모르는 것 같았다. 내가 무슨 사업을 하는 거냐고 묻자 그는 "그건 내 문제고." 라고 대답한 뒤 자신이 잘못된 대답을 했다는 사실을 곧 깨달았는지 바로 이렇게 고쳤기 때문이다.

"아, 여러 가지 일을 했지. 제약, 석유 사업 등을 했어. 지금은 다 그만두었지만."

그리고 조금 더 경계의 눈빛을 담아 나를 보며 이렇게 덧붙였다.

"그날 밤 내가 제안한 것은 생각해 봤어?"

내가 채 대답하기도 전에 데이지가 집에서 나왔다. 그녀의 드레스에 두 줄로 나란히 달려 있는 놋쇠 단추가 햇빛을 받아 반짝거렸다.

"저 큰 집이에요?"

그녀가 손으로 가리키며 소리쳤다.

"괜찮아?"

"정말 멋지다. 하지만 어떻게 저렇게 큰 집에 혼자 살 수 있을까."

"밤낮으로 재미있는 사람들로 북적이기 때문에 괜찮아. 흥미로운 일을 하는 사람들, 유명한 사람들 말이야."

해협을 따라 걸어가는 지름길을 두고 우리는 큰길로 내려가 커다란 후문을 통해 그의 집으로 들어갔다. 데이지는 연신 황홀한 표정을 지으며 중세 봉건 영주의 저택 같은 건물의 외관과 정원에 찬사를 보냈다. 그녀는 코끝을 찌르는 수선화 향기와 그윽한 산사나무 향기와 자두나무 꽃향기에 취해 있었다. 그리고 마침내 제비꽃의 옅은 금빛 향기에 감탄하며 호들갑을 떨었다. 이상한 것은 우리가 대리석 계단까지 다가갔는데도 문을 드나드는 화려한 드레스 자락도 눈에 띄지 않고, 나무 사이의 새들의 지저귐 말고는 아무 소리도 들리지 않았다는 것이다.

마리 앙투아네트풍으로 꾸며진 음악 감상실과 왕정복고 시대풍의 살롱들을 지나갈 때, 나는 우리가 다 지나갈 때까지 숨을 죽이고 조용히 있으라는 명령을 받은 손님들이 소파와 테이블 뒤에 숨어 있는 것은 아닐까 생각했다. 개츠비가 '머튼 대학 도서관'(*옥스퍼드 대학교에서 속한 단과 대학이며, 개츠비의 서재는 그 대학의 도서관을 본 따 만들었다.)의 문을 닫는 순간 나는 올빼미 안경의 사나이가 내는 유령 같은 웃음소리를 언뜻 들은 것도 같았다.

우리는 위층으로 올라가 장밋빛과 라벤더 빛 실크로 장식되고 온갖 꽃들로 생기가 넘치는 고풍스러운 침실과 드레스 룸과 당구장 그리고 깊은 욕조가 있는 욕실을 지나갔다. 한 번은 어느 방에 들어갔더니 머리가 부스스한 남자가 파자마 바람으로 바닥에서 운동을 하고 있기도 했다. 그는 '하숙생' 클립스프링어였다. 나는 그날 아침 그가 정신없이 해변을 배회하는 것을 보았다. 그리고 드디어 우리는 침실과 욕실과 애덤식(*건축가 애덤 형제의 스타일로 신고딕 양식이다.) 서재로 된 개츠비의 방으로 들어갔다. 우리는 그곳에 앉아 그가 찬장에서 꺼내 온 샤르트뢰즈 술을 한 잔씩 마셨다.

데이지를 향한 개츠비의 눈빛은 단 한 번도 멈추지 않았다. 그는 지금 그녀의 사랑스러운 눈동자가 보이는 반응 정도에 따라 자기 집의 모든 것을 재평가 받고 있었다. 가끔씩 그는 그녀가 돌아온 것으로 인해 자신이 가진 모든 것이 더 이상 존재하지 않는 것이 되어 버렸다는 듯 멍하게 자신의 소유물들을 둘러보곤 했다. 그는 넋 놓고 있다가 계단에서 굴러떨어질 뻔하기도 했다.

그의 집에서 가장 소박한 것은 그의 침실이었다. 화장대 위에 놓인 순금 화장 도구만 제외하곤 말이다. 데이지는 기쁨에 찬 얼굴로 브러시 빗을 집어 들어 머리를 빗었다. 개츠비는 그런 그녀를 보며 의자에 앉아 눈을 가리고 웃음을 터뜨렸다.

"참 재미있지, 친구?"

그는 유쾌하게 말했다.

"나는 할 수가…… 내가 하려고 하면……."

그의 정신 상태는 이제 두 번째 단계를 지나 세 번째 단계에 접어들고 있었다. 첫 번째 단계는 당황이었고 그다음에는 감당하기 힘들 정도의 기쁨이었다. 지금은 그다음 단계인 감탄에 와 있었다. 그녀가 자신의 앞에 있는 것이다. 그는 아주 오랫동안 그 꿈에 몰두했고 그것만을 바라 왔다. 이제 어마어마한 집념으로 꿈꾸던 바로 그 순간이 온 것이다.

그 반작용으로 너무 많이 감아 놓은 시계의 태엽처럼 그것이 서서히 풀리고 있었다.

잠시 뒤 그는 정신을 가다듬고 양복과 실내복 그리고 넥타이와 와이셔츠가 벽돌처럼 높이 쌓여 있는 커다란 옷장 두 개를 열어 보였다.

"영국에 옷을 사서 보내 주는 사람이 있어. 계절마다 새 옷들을 선택해 보내오는 거지."

그는 와이셔츠 더미 하나를 끄집어내어 우리 앞에 던져 놓았다. 얇은 면 셔츠, 두꺼운 실크 셔츠, 고급의 플란넬 셔츠는 잘 개어 있던 자국들을 펼치며 테이블 위로 하나씩 떨어졌다. 우리가 감탄하는 동안 그는 더 많은 셔츠를 내왔다. 부드러운 소재의 비싼 명품 셔츠들은 점점 더 높이 쌓여 갔다. 줄무늬 셔츠, 산홋빛 체크무늬 셔츠, 풋사과 빛 푸른 셔츠, 인디언 블루의 이니셜이 새겨진 라벤더 색 혹은 연주홍색의 셔츠들이었다. 갑자기 데이지가 얼굴을 셔츠 더미에 파묻더니 울음을 터뜨렸다.

"너무나 아름다운 셔츠들이야."

겹겹이 쌓인 셔츠 더미 속에 그녀의 울음소리가 파묻혔다.

"슬, 슬퍼서 그래……. 이렇게…… 아름다운 셔츠들은 본 적이 없으니까."

집 안을 둘러본 후 저택의 마당과 수영장 그리고 수상 비행기와 꽃으로 그득한 한여름의 정원을 둘러볼 계획이었다. 하지만 창밖으로 다시 비가 내리기 시작했고 우리는 나란히 서서 롱아일랜드 해협의 파도치는 수면을 바라보았다.

"안개만 없었더라면 만 건너에 있는 너희 집이 보였을 거야. 집 선착장 끝에는 매일 초록불이 켜져 있던데."

개츠비가 말했다. 데이지가 갑자기 개츠비에게 팔짱을 끼었다. 하지만 그는 자신이 지금 한 말에 온통 정신을 집중하고 있는 듯했다. 그 불빛이 갖고 있던 엄청난 의미가 이제 영원히 사라질 거라는 생각이 들었는지도 모르겠다. 데이지와 그를 갈라놓았던 엄청난 거리와 비교해 보면 그 불빛은 손을 대면 만질 수 있을 정도로 가까이 있었던 듯했다. 달 가까이에 있을 어느 별처럼 그렇게 가깝게 보였던 것이다. 하지만 이제 그것은 선착장에 켜져 있는 평범한 초록 불빛에 그치게 되었다. 그에게 마법을 부려 주었던 것 중 하나가 줄어든 것이다.

나는 방 안을 돌아다녔다. 어스름 속에서 서서히 형체를 잃어가는 다양한 사물들을 살펴보다가 그의 책상 위 벽에 걸린 사진에 눈이 갔다. 요트복 차림을 한 나이가 지긋한 남자의 사진이었는데 꽤 컸다.

"누구야?"

"저분? 댄 코디."

왠지 낯설지 않은 이름이었다.

"지금은 돌아가셨지만 한때 아주 가깝게 지냈던 분이지."

장식장 위에는 개츠비 사진도 있었는데 요트복을 입은 채 찍은 사진이었다. 거만하게 고개를 뒤로 젖히고 있는 모습으로 열여덟 살 정도 되어 보였다.

"그 사진 정말 멋져요!"

데이지가 소리쳤다.

"올백 머리네! 이런 머리를 한 건 한 번도 본 적 없는데, 요트도 멋지다."

"이것 좀 보지."

개츠비가 재빨리 말했다.

"스크랩해 놓은 것들이야. 데이지, 네가 나온 기사들이야."

그들은 선 채로 개츠비의 스크랩들을 하나하나 살폈다. 내가 개츠비에게 루비들을 좀 보여 달라고 말하려는 순간 전화벨이 울렸고 개츠비는 수화기를 집어 들었다.

"그래, 음…… . 지금은 곤란한데. 지금은 곤란하다니까. '작은' 도시라고 말했잖아. 그래, 작은 도시가 어디인지는 그 친구가 잘 알고 있겠지. 디트로이트를 보고 작은 도시라고 말하는 애를 어디에 써먹나?"

그는 전화를 끊었다.

"빨리 이쪽으로 와 봐요!"

데이지가 창가에서 소리쳤다, 비는 여전했지만 서쪽에서부터 차츰 잦아들고 있었다. 수평선 위로 분홍빛과 금빛으로 빛나는 구름들이 가득 피어오르고 있었다.

"저것 좀 봐."

그녀가 속삭였다.

"저 분홍색 구름들 중 하나를 갖고 싶다. 거기다가 당신을 태우고 이리저리 밀고 다녀야지."

나는 자리에서 빠지고 싶었지만 그들은 날 놓아주지 않았다.

아마 내가 있는 것이 두 사람의 기쁨을 더 만족시킨다고 느끼는 것 같았다.

"아, 우리 이렇게 하자. 클립스프링어에게 피아노를 쳐 달라고 하지."

개츠비가 제안했다.

개츠비는 방을 나서며 "유잉!"이라고 누군가를 불렀다. 그리고 잠시 뒤 어리둥절한 표정의 약간 피곤해 보이며 뿔테 안경을 쓴 사람과 함께 방으로 돌아왔다. 그는 목 부분이 터진 티셔츠와 흐린 색의 면바지를 입고 운동화를 신고 있었다.

"운동하시는 것을 방해했나요?"

데이지가 예의바르게 물었다.

"자고 있었습니다!"

클립스프링어는 당황하여 큰 소리로 대답했다.

"제 말은…… 잠을 자고 있었다는…… 그리고 일어나서……."

"클립스프링어 피아노 연주 실력은 수준급이야. 그렇지, 유잉?"

개츠비가 그의 말을 자르며 말했다.

"그렇게까지는…… 아니, 거의 못 친다고 봐야 하는데. 하도 오랫동안 연습을 안 해서……."

"자, 모두 1층으로 내려갑시다."

개츠비가 그의 말을 자르며 말했다. 그가 스위치를 올리자 집 안 전체에 불이 켜졌고 어두웠던 창들에 마법처럼 환하게 불이 들어왔다.

개츠비는 음악실에 들어가 피아노 옆에 있는 외등을 켰다. 그는 떨리는 손으로 데이지에게 담뱃불을 붙여 주었다. 그리고 멀리 떨어져 있는 긴 의자에 그녀와 함께 앉았다. 마루 위로 반사되는 희미한 빛 말고는 어떤 빛도 없는 방 한구석의 어둠 속에서 말이다.

클립스프링어는 〈사랑의 둥지〉를 연주했다. 그리고 의자에 앉은 채 몸을 돌려 서글픈 얼굴로 개츠비에게 이렇게 말했다.

"보시다시피 연습을 통 안 했다니까요. 제가 못한다고 그랬잖아요. 연습을 하나도……."

"거 참 말 많네. 그냥 쳐!"

개츠비는 거의 명령조였다.

아침에도,

저녁에도,

우리는 즐겁지 아니한가—

창밖은 바람이 더 거세지고 있었다. 먼 바다에서는 번개마저 치고 있었다. 웨스트에그의 불빛이 모두 켜졌다. 사람들을 실은 전동차가 뉴욕을 지나 빗속을 뚫고 집을 향해 돌진하고 있었다. 인간의 내면에 깊은 변화가 일고 흥분이 공기 속으로 퍼져 나가는 그런 시간이었다.

한 가지만 분명하고 아무것도 분명치 않지.

부자는 더욱 부자가 된다는 것,

가난한 사람에게 생기는 건 아이들뿐이란 것.
그러는 동안,
그러는 사이—

　나는 그만 돌아가기 위해 그에게 인사를 하러 다가갔을 때 그의 얼굴에는 당혹감이 깃들어 있었다. 지금 느끼고 있는 이 행복에 대해 어떤 의심이 생긴 듯한 표정이었다. 그랬다. 오 년의 세월이었다. 심지어 그날 오후에도 벌써, 눈앞에 있는 데이지가 한순간이나마 그의 꿈에 미치지 못하는 순간이 있었을지도 모르겠다. 물론 데이지의 잘못은 아니다. 전적으로 그가 품어 왔을 거대한 환상 때문이었을 것이다. 그 환상의 힘은 그녀를 초월하여 모든 것을 뛰어넘었다. 그런 창의력 넘치는 환상은 그녀를 넘어서고 모든 것을 넘어서 있었다. 그는 스스로 만들어 낸 독창적인 열정 속에서 하루하루 부풀어 갔고, 자신의 길 앞에 떠도는 빛나는 깃털들로 그 환상을 장식해 왔던 것이다. 그 어떠한 열정도, 그 어떠한 순수함도, 한 남자가 가진 자신의 공허한 영적 환상의 기대에는 미치지 못할 것이다.
　내가 그를 바라보는 동안 그는 조금이나마 수습하는 듯했다. 그는 그녀의 손을 꼭 잡고 있었고, 그녀가 작은 목소리로 귓가에 뭐라 속삭이자 감정이 북받치는 듯 그녀를 향해 몸을 돌렸다. 지금 생각해 보면 물결처럼 파도치는 그녀의 음성에 그도 완전히 사로잡힌 것 같았다. 그녀의 목소리는 아무리 오래 꿈꾸어도 결코 질리지 않을 불멸성이 있었다.
　그들은 나를 아예 잊은 것 같았지만 데이지가 나를 발견하고 손을 내밀었다. 개츠비는 여전히 나를 인식하지 못하고 있었다. 나는 다시 한 번 그들을 바라보았다. 그들도 나를 돌아보긴 했다. 어떤 강렬한 열정에 사로잡혀 있는 채였지만 말이다. 나는 그들을 그곳에 남겨 두고 방을 나와 대리석 계단을 내려왔고 빗속으로 걸어 들어갔다.

6

그 무렵이었다. 어느 날 아침, 어느 야심 찬 젊은 기자가 개츠비의 집으로 찾아와 다짜고짜 할 말이 없느냐 물었다.

"무슨 할 말 말입니까?"

개츠비가 정중하게 물었다.

"아뇨, 뭔가 밝히고 싶은 것이 있으실까 해서요."

두 사람이 그렇게 오 분 정도 옥신각신한 끝에 그 기자는 신문사 편집실에서 이름을 밝힐 수 없는, 또는 자신도 잘 알지 못하는 누군가로부터 어떤 제보를 받았고 그 사건에 개츠비가 개입되어 있다는 것을 알게 되었다고 실토했다. 그 기자는 쉬는 날임에도 불구하고 특유의 직업 정신을 발휘해 뭔가를 '알아보러' 서둘러 찾아온 것이었다.

마구잡이로 총을 쏘아 댄 격이긴 했지만 기자의 예감은 어쨌든 적중했다. 개츠비의 환대 속에 파티로 초대되어 아름아름 그의 과거를 알게 되고 추측하게 된 수백 명의 사람들이 퍼뜨린 소문은 여름 내내 부풀어 마침내 기삿거리의 실마리를 안겨 준 셈이었다. '캐나다로 통하는 지하 파이프라인'(*금주법이 행해진 기간 동안 캐나다로부터 술을 밀수한다고 알려진 지하 통로.)에 대한 소문의 중심에는 언제나 개츠비가 있었고, 개츠비가 집에서 사는 것이 아니라 집처럼 생긴 배에 살면서 롱아일랜드 해안을 은밀히 오간다는 이야기도 있었다. 나는 어째서 노스다코타 출신의 제임스 개츠가 이런 근거 없는 소문들에 대하여 만족감을 느꼈는지 그리고 대체 왜 그대로 두었는지 이해할 수 없었다.

제임스 개츠―이것이 바로 그의 진짜 이름, 아니 적어도 법적 본명이었다. 열일곱 살, 진정으로 인생이 시작되던 그 특별한 순간에 그는 자신의 이름을 제이 개츠비로 바꾸었다. 댄 코디의 요트가 슈피리어 호수에서 가장 위험한 곳에 닻을 내리는 것을 보았을 때였다. 낡은 운동복을 입고 해변을 서성이던 그날 오후만 해도 그는 제임스 개츠였다. 하지만 배를 빌려 '투올로미 호'로 다가가 코디에게 삼십 분 후에 바람이 불어 배가 산산조각이 날 것이라 말해 주는 순간 그는 이미 제이 개츠비가 되어 있었다.

어쩌면 그는 이미 오래전부터 그 이름을 준비해 두고 있었는지 모르겠다. 개츠비의 부모는 무능력하고 불운한 농사꾼이었다. 그는 마음속으로 그런 부모를 절대로 받아들일 수 없었으리라. 롱아일랜드 웨스트에그에 사는 제이 개츠비, 이 인물은 그의 상상이 빚어낸 스스로의 이상향이었다.

그는 신의 아들이어야만 했다. 따라서 그는 '하느님 아버지의 일'-그러니까 거창하면서도 대중적이며 아름다운 일을 이어받아야만 했다. 그래서 그는 열일곱 살의 수준에 맞게 제이 개츠비라는 인물을 만들어 낸 뒤 이 이상향에 충실했다.

일 년이 넘는 시간 동안 슈피리어 호수의 남쪽에서 조개를 캐거나 연어를 잡는 일로 겨우 입에 풀칠하며 살아갔다. 힘든 일을 하는 동시에 나태한 일상을 반복하며 그의 몸은 자연스럽게 구릿빛으로 그을고 단단해졌다. 그는 여자를 일찍 알았다. 하지만 자신에게 도움이 되지 않는다는 이유로 그들을 무시하기 시작했다. 젊은 여자들은 무지했기 때문에 무시했고 그렇지 않은 여자들은 자기애가 강한 그가 너무나도 당연하게 여기는 일들에 관해 잔소리를 했기 때문에 무시했다.

하지만 개츠비의 마음에는 언제나 거친 폭풍우가 일었다. 깊은 밤에는 잠들지 못한 채 이상한 환상에 시달렸다. 세면대 위의 시계가 똑딱똑딱 소리를 내고 달빛이 방바닥에 널브러진 옷가지들을 은은하게 비추는 동안 표현할 수 없는 화려한 우주가 그의 머릿속에서 실타래를 풀고 있었다. 매일 밤 그는 졸음이 몰려와 생생한 장면을 망각의 포옹이 감싸 버리기 전까지 새로운 환상들을 계속해서 만들어 냈다. 얼마 동안 이런 환상은 그의 상상력의 배출구 역할을 했다. 그 환상은 지금의 현실이 진짜가 아니라고 달콤하게 속삭였고, 이 세상의 반석이 요정의 날개 위에서도 안전하게 세워질 수 있다는 약속을 주었다.

열일곱 살의 첫출발을 맞이하기 몇 달 전 그는 미래의 영광을 본능적으로 직감했다. 그는 미국 남부 지방 미네소타 주의 루터교의 대학교에 입학했고 그곳에서 이 주간을 버텼다. 하지만 자신의 운명을 걸기에 그 대학은 너무나 무심하고 냉정했으며 학비를 벌기 위해 시작한 경비원 일도 마음에 들지 않았다. 개츠비는 슈피리어 호수로 돌아왔고 새로운 일거리를 구하러 다녔다. 댄 코디의 요트가 호수의 얕은 수심으로 닻을 내리던 그날도, 그는 그렇게 일거리를 찾아 헤매고 있었던 것이다.

댄 코디는 당시 쉰 살이었다. 네바다 은광과 유콘 광산이 만들어 낸 거물이었다. 1875년 이후 모든 광산의 금맥이 활발해지며 재벌이 된 사람이었다. 특히나 몬테나의 구리 사업은 그에게 막대한 재산을 안겨 주었다. 하지만 그러는 동안 그의 정신은 나약해져 갔다. 그리고 이를 눈치챈 수많은 여자들이 그의 돈을 얻기 위해 혈안이 되었다. 그중 엘라 케이라는 여기자 생활을 했던 여자는 그의 병약함을 이용해 맹트농 부인(*프랑스의 국왕 루이 14세의 애첩이며 실제 주도권을 행사했다.)처럼 코디를 요트에 태워 바다로 내보냈고 이 사건은 1902년 신문에 대서특필 되기도 했다. 그렇게 그는 오 년 동안 날씨 좋은 해안을 따라 요트 여행을 하다 '작은 소녀'란 이름이 붙은 만 앞에서 제임스 개츠와 운명적인 만남을 하게 된 것이다.

노에 몸을 기대고 난간이 둘러진 갑판을 올려다본 개츠비에게 그 요트는 세상의 모든 아름다움과 화려함 그 자체였다. 그는 아마 코디를 향해 미소를 지었을 것이었다. 어쩌면 자신이 미소를 지으면 사람들이 좋아한다는 것을 알고 있었는지도 모르겠다. 코디는 그에게 몇 개의 질문을 던졌다.(그리고 그 질문 중 하나가 그의 이름이었을 것이고 그때부터 새 이름을 사용하게 되었으리라.) 코디는 곧 그 청년이 야무지면서도 대단한 야심을 품었다는 것을 알게 되었다. 며칠 뒤 코디는 그를 덜루스(*슈피리어 호수 서쪽 끝에 있는 항구 도시.)에 데리고 가 푸른색 상의와 흰색 면바지 여섯 벌 그리고 요트 모자를 사 주었다. 그리고 얼마 후 '투올로미 호'가 서인도 제도와 바버리 해안을 향해 항해하고 있을 때 개츠비도 그 요트에 함께 타고 있었다.

개츠비는 곧 정확한 임무가 정해지지 않은 채 코디에게 고용되었다. 때로는 집사로서, 때로는 항해사나 조타수로서, 때로는 비서로서, 또 언젠가는 보디가드의 역할을 하면서 그는 늘 코디와 함께하게 되었다. 코디는 자신이 술에 취하면 어떤 황당한 일을 벌이는지 잘 알고 있었다. 그래서 개츠비를 곁에 두고 우발적인 상황에 대처하게 했다. 두 사람의 관계는 그렇게 오 년 동안 지속되었다. 그들은 요트를 타고 미 대륙을 세 번이나 횡단했다. 만약 어느 날 밤 보스턴에서 엘라 케이가 요트에 합류한 뒤 일주일 후에 댄 코디가 갑작스럽게 죽는 사고가 나지 않았다면 아마 둘은 지금까지도 여전히 함께 있었으리라.

나는 아직도 개츠비의 침실에 걸려 있던 그 흰머리의 강직하면서도 무표정한, 그러면서도 혈색이 좋던 사람의 사진이 기억난다. 그는 미국 역사의 한 시기에 동부의 해안으로 창녀와 술집의 무자비한 폭력성을 들여온 장본인이었다. 개츠비가 술을 거의 마시지 않는 것도 어찌 보면 댄 코디 때문이었으리라. 가끔씩 정신없는 파티의 중간중간 여자들이 그의 머리 위로 샴페인을 붓곤 했지만 개츠비는 절대 술을 마시지 않았다.

댄 코디는 그에게 유산을 남겼다. 2만 5천 달러의 돈이었지만 개츠비는 그것을 받지 못했다. 그는 법에 무지했으며 대응 능력도 없었다. 그의 유산은 모두 엘라 케이가 가져갔다. 그에게 남은 것은 댄 코디에게 직접 전수받은 '살아가는 방법'과 '제이 개츠비'라는 그가 꿈꿔 온 이상향에 대한 윤곽이었다.

내가 개츠비로부터 이런 이야기를 들은 것은 한참 후였다. 내가 지금 이 이야기를 적는 이유는 개츠비와 개츠비의 집안에 대한 엉뚱하고도 사실과 거리가 먼 소문들을 정확히 하고 싶어서이다. 그는 이 이야기를 무척 혼란스러운 시기에 해 주었는데, 내가 그에 관한 이야기들을 모두 믿던가 아니면 모두 부정하든가 결정해야 하는 시점이었다. 그래서 나는 개츠비가 비교적 평탄하게 지낼 수 있었던 이 시점에서 이야기를 하려는 것이다.

당시에 나는 그의 연애사와 관련해서 일종의 휴식기를 보내고 있었다. 지난 몇 주 동안 나는 그를 만나거나 전화 통화를 한 적도 없었다. 나는 조던과 많은 시간을 보냈고 그녀의 나이 지긋한 숙모의 기분을 맞추느라 많은 시간을 뉴욕에서 보냈다. 그러다 마침내 어느 일요일 오후 나는 그의 저택에 가게 되었다. 내가 도착하고 채 이 분도 되지 않아 누군가가 톰 뷰캐넌과 함께 술 한잔하자고 찾아왔다. 나는 당혹스러울 수밖에 없었다. 게다가 더 놀라웠던 것은 이제껏 그런 일이 한 번도 없었다는 것이다.

일행은 말을 타고 왔는데 모두 세 명이었다. 톰 뷰캐넌과 슬론이라는 이름의 남자 그리고 갈색 승마복을 입은 예쁘장한 얼굴의 여자였다. 여자는 예전에 몇 번 와 본 적이 있는 태도였다.

"만나서 반갑습니다. 이렇게 찾아 주셔서 감사합니다."

개츠비가 현관에 서서 말했다. 그들이 그렇게 겉치레 예의를 좋아한다고 생각하는 듯했다.

"앉으십시오. 파이프 담배나 시가를 피우시겠습니까? 술은 곧 준비하겠습니다."

그는 종을 울리며 방 안을 바쁘게 움직였다.

개츠비는 톰이 왔다는 사실에 크게 격양되었다. 그들이 찾아온 목적이 한잔하려는 것이란 사실을 알고 있었고, 그들에게 뭔가를 내주기 전까지는 계속 그렇게 불안할 수밖에 없을 것 같았다. 슬론 씨는 아무것도 마시려 하지 않았다.

"레모네이드라도 드릴까요?"

"아뇨, 괜찮습니다."

"그럼 샴페인은 어떠세요?"

"아뇨, 괜찮습니다……."

"죄송합니다……."

이런 대화가 오가다 개츠비가 마침내 화제를 돌려 물었다.

"승마는 즐거우셨는지요?"

"이 근처가 말을 타기에 좋더군요."

"제 생각으로는 자동차들 때문에……."

"물론 그렇긴 하지만요."

개츠비는 마치 처음 만나 소개를 받은 듯 대하는 톰을 더 이상 두고 볼 수 없었다.

"뷰캐넌 씨, 전에 뵌 적이 있는 것 같습니다만."

"아, 그런 것 같습니다."

톰은 퉁명스럽긴 하지만 예의 바른 말투로 대답했다.

“이 주 전쯤이었습니다.”

“그렇군요. 여기 있는 닉과 함께 계셨죠.”

“아내 되시는 분을 알고 있습니다.”

개츠비가 거의 공격에 가까운 말투로 말했다.

“그러십니까?”

톰은 이렇게 대꾸하며 내 쪽으로 고개를 돌렸다.

“닉, 이 근처에 사는 거야?”

“바로 옆집이야.”

“그래?”

슬론 씨는 대화에 끼지 않은 채 거만하게 몸을 뒤로 젖히고 의자에 기대 앉아 있었다. 여자도 처음에는 말이 없었지만 하이볼 두 잔을 마신 후 기분이 좋아졌는지 이렇게 물었다.

“개츠비 씨, 우리 모두 다음 파티에 참석해도 괜찮겠죠?”

“물론입니다. 제가 영광이지요.”

“고맙소. 자, 그럼 이제 그만 일어날까요?”

슬론 씨는 고마운 것 같지 않으면서도 그렇게 대꾸했다.

“서둘러 가실 필요가 뭐 있으십니까. 괜찮으시다면 저녁 식사라도 대접하고 싶습니다. 뉴욕에서 손님들이 더 오실 것 같기도 합니다.”

개츠비는 간곡한 어조로 부탁했는데 아마도 이제 마음이 조금 편해진 데다 톰에 대해 좀 더 알고 싶어졌던 것 같다.

“그럼 저희가 식사를 초대하는 건 어때요? 두 분 모두요.”

여자가 긍정적으로 말했다. 나도 포함한다는 말이었다.

“자, 갑시다.”

슬론 씨가 자리에서 일어나며 이렇게 말했다. 하지만 그녀에게만 하는 말이었다.

"진심이에요. 두 분 모두 함께 가셨으면 하는데요. 두 분 다 오셔도 자리는 남고요."

여자가 고집을 부렸다. 개츠비는 내 의견을 묻는 듯 나를 쳐다보았다. 그는 가고 싶어 하고 있었고 더구나 슬론 씨가 그것을 원치 않는다는 것도 눈치채지 못하고 있었다.

"저는 안 되겠는데요."

내가 말했다.

"그럼, 이쪽 분이라도."

여자가 개츠비를 향해 기대하듯 말했다. 슬론 씨가 그녀의 귀에다 뭐라 속삭였지만 그녀는 다시 큰 소리로 이렇게 재촉했다.

"지금 얼른 출발해야지, 안 그러면 늦어요."

"전 타고 갈 말이 없습니다. 군에 있을 때는 말을 탔었지만 제가 따로 말을 구입한 적은 없습니다. 자동차를 타고 따라가겠습니다. 잠시만 기다려 주십시오."

개츠비가 이렇게 말했다.

다른 사람들은 현관으로 걸어 나갔다. 슬론 씨와 그 여자가 현관 옆에서 열심히 대화를 나누고 있는 모습이 보였다.

"맙소사, 그자가 정말로 따라오려는 모양이야. 그녀가 원하지 않는다는 것을 모르나?"

톰이 말했다.

"그 여자가 계속 오라고 말했잖아."

"저녁 파티를 할 건데 거기엔 개츠비가 아는 사람이 한 명도 없어.”

톰이 눈살을 찌푸렸다.

“대체 데이지는 또 어떻게 안다는 거지? 요즘 여자들은 너무 외출이 잦아 큰일이야. 그러면서 이상한 자들과 엮이기나 하고 말이지.”

슬론 씨와 여자가 대리석 계단을 내려가 말에 올라탔다.

“어서 가지, 늦었어. 빨리 가세!”

슬론 씨가 톰에게 말했다.

“늦어서 먼저 출발했다고 좀 전해 주시겠습니까?”

그리고 내게 이렇게 말했다.

나는 톰과 악수를 하고 다른 사람들과 가볍게 목례했다. 톰 일행은 재빨리 차도를 내려가 어느덧 무성해진 한여름의 나뭇잎 사이로 사라져 버렸다. 개츠비가 모자와 가벼운 상의를 들고 뒤늦게 집에서 나왔다.

톰은 데이지가 혼자 사람들을 만나고 다니는 것이 마음에 걸렸던지 그 다음 주 토요일 밤 데이지를 따라 개츠비의 파티에 참석했다. 톰의 출현으로 인해 그날 파티에는 이상한 무게감이 느껴졌다. 그날 저녁은 그해 여름에 있었던 그 어느 파티보다 뚜렷이 기억에 남았다. 똑같은 참석자, 아니 적어도 비슷한 종류의 참석자들이었고 똑같은 샴페인이 흘러넘치고 여전히 요란하고 자잘한 소동들이 벌어졌지만 전에는 느끼지 못했던 불편한 분위기가 파티가 벌어지는 동안 내내 감돌았기 때문이다. 어쩌면 나는 그 세계에 익숙해져 있었는지 모르겠다. 웨스트에그를, 그곳

자체의 기준과 유명인들을 갖춘 또 하나의 완벽한 사회로 받아들이게 된 것이다. 하지만 이제 새로운 눈을 갖게 되었다. 그날 나는 데이지의 눈을 통해 그 세계를 다른 관점에서 바라보고 있었다. 이미 적응한 것을 전혀 새로운 관점으로 다시 바라본다는 것은 슬픈 일이다.

톰과 데이지 부부는 해질 무렵에 도착했다. 우리가 화려한 사람들 사이를 이리저리 돌아다니는 동안 데이지는 애교 가득한 목소리로 내게 속삭였다.

"이런 거 너무 신 나요, 오빠. 오늘 밤 언제라도 나와 키스하고 싶으면 얘기해요. 기꺼이 허락할게요. 이름만 불러요. 아니면 녹색 카드를 꺼내 보여 줘요. 내가 녹색 카드를 갖고……."

"주위를 좀 둘러보지."

개츠비가 제안했다.

"지금 둘러보고 있어요. 지금 재미있게 즐기고 있……."

"지금껏 이름만 듣던 유명한 사람들의 얼굴을 직접 볼 수 있는 기회야."

톰은 거만한 눈빛으로 손님들을 훑어보았다.

"우리는 그렇게 인맥이 넓은 것도 아닌 데다 여기 있는 사람들 중 아는 사람이 하나도 없는 것 같군요."

톰이 말했다.

"아마 저 여성분은 아시겠죠."

개츠비가 흰 자두나무 아래 앉아 있는 난초 같은 여자를 가리키며 말했다. 눈부시게 아름다운 여자였다. 톰과 데이지는 영화에서 보았던 그 배우를 알아보았다. 그리고 갑자기 환상 같은 느낌에 젖어 멍하니 그녀를 바라보았다.

"너무 아름다워요."

데이지가 꿈꾸듯 말했다.

"그리고 지금 그녀에게 몸을 굽히고 있는 사람은 그녀가 출현했던 영화의 감독입니다."

개츠비는 예의를 지키며 그들을 이 그룹에서 저 그룹 사람들에게 안내했다.

"이쪽은 뷰캐넌 씨의 부인이고…… 이쪽은 뷰캐넌 씨입니다……."

그리고 잠시 망설이다 이렇게 덧붙였다.

"폴로 선수이지요."

"아, 아닙니다. 선수까지는 아닙니다."

톰이 서둘러 부인했다. 하지만 그날 밤 내내 톰은 폴로 선수로 통했다. 톰의 그런 반응이 개츠비의 무언가를 만족시켰기 때문이리라.

"이런 유명인들을 만나는 건 처음이에요."

데이지가 감탄하며 소리쳤다.

"저 남자…… 멋져요. 이름이 뭐예요? 코가 푸르스름한 저 신사분……."

개츠비는 그 남자의 이름을 알려 주었다. 그리고 어느 작은 회사의 영화 제작자라는 설명도 덧붙였다.

"그래도 저 사람, 너무 괜찮은 것 같아요."

"더 이상 폴로 선수로 소개되지 않았으면 합니다."

이렇게 말하긴 했지만 어쨌든 톰은 파티를 즐기고 있었다.

“무명인인 채로 유명한 사람들을 조용히 구경만 하고 싶습니다.”

데이지와 개츠비는 춤을 추었다. 개츠비의 우아하고 품위 있는 폭스트롯 춤을 본 나는 적지 않게 놀랐다. 개츠비가 춤추는 것을 그때 처음 보았다. 그 둘은 춤을 춘 후에 우리 집 쪽으로 걸어가더니 현관 돌계단에서 삼십 분가량을 앉아 있었고 나는 데이지의 부탁으로 그동안 정원에서 그들을 위해 망을 보았다.

“불이 나거나 홍수가 날지도 모르고…… 아니면 신이 우릴 혼내실 수도 있으니까요.”

이게 데이지의 설명이었다.

우리가 저녁을 먹기 위해 함께 앉아 있을 때 한동안 잊고 있었던 톰이 나타나 이렇게 말했다.

“저기 있는 사람들과 함께 먹어도 괜찮지? 한 친구가 꽤나 재미있는 얘기를 하고 있어.”

“그렇게 하세요. 주소를 적고 싶으면 제 금색 연필을 쓰시고…….”

데이지가 대답했다. 그런 다음 데이지는 잠시 주변을 둘러보더니 나에게 이렇게 말했다.

“저 아가씨는 품위 없게 생겼지만 예쁘기는 하네.”

나는 이 말을 듣고 그녀가 개츠비와 단둘이 있었던 삼십 분을 제외하면 파티가 즐겁지 않았다는 것을 느꼈다.

우리 테이블에는 유난히 술 취한 사람들이 많았는데 그것은 내 잘못이었다. 개츠비가 전화를 받으러 간 사이 이 주일 전 만났던 사람들과 합석했는데, 그때 당시에는 즐거웠던 사람들이었지만 그날은 그렇지 않았다.

"베데커 양, 괜찮습니까?"

그 아가씨는 내 어깨에 기대려고 했지만 뜻대로 되지 않자 의자에 똑바로 앉고 눈을 크게 뜨며 이렇게 되물었다.

"네에?"

그러자 데이지에게, 다음날 근처 골프장에서 골프를 치자며 조르던 둔하고 덩치 큰 여자가 베데커 대신 이렇게 말했다.

"오, 이제 괜찮을 거예요. 칵테일이 대여섯 잔 정도 들어가면 늘 저렇게 소리를 질러요……. 술을 끊으라고 그렇게 말했건만."

"술 안 마셨어."

베데커 양이 힘없이 말했다.

"우리 모두 네가 소리 지르는 걸 들었는데. 그래서 내가 여기 계신 시베트 선생님께 '선생님, 선생님의 도움이 필요한 사람이 있어요.'라고 했어."

"애도 고맙게 생각할 거예요. 하지만 선생님이 애 머리를 수영장에 넣는 바람에 이 아이 옷이 다 젖었어요."

또 다른 친구가 고마운 마음이 별로 느껴지지 않게 말했다.

"수영장에 머리 집어넣는 게 제일 싫어. 뉴저지 주에선 거의 물에 빠질 뻔했어."

베데커 양이 중얼거렸다.

"그러니 술 좀 자제하시죠."

시베트 박사가 말했다.

"그러는 선생님은요!"

베데커 양이 거칠게 소리를 질렀다.

"선생님 손도 떨리고 있어요. 선생님한테는 절대 수술을 못 받을 거예요!"

베데커 양이 소리 질렀다.

이런 식이었다. 데이지와 함께 서서 영화감독과 그의 배우를 지켜본 것이 그날 밤 마지막으로 기억나는 일이다. 그들은 여전히 흰 자두나무 아래 있었고, 창백하고 가느다란 달빛 한 줄기를 사이에 두고 얼굴을 맞대고 있었다. 문득 그가 저녁 내내 아주 조금씩 그녀를 향해 얼굴을 숙여 지금의 위치까지 다가갔을 거라는 생각이 들었다. 그리고 내가 지켜보는 동안 그는 그녀의 뺨에 입을 맞추기도 했다.

"저 여자 괜찮은데요, 예뻐요."

데이지가 말했다.

하지만 그녀를 제외한 나머지 사람들은 모두 데이지의 기분을 망쳐 놓았다. 어떤 행동 때문이 아니라 감정에 관계된 것이기 때문에 증명할 수는 없었다. 그녀는 브로드웨이가 롱아일랜드의 한 어촌에 생성해 놓은 이 생소한 '장소'인 웨스트에그에 이질감을 느꼈다. 낡고 진부하고 뻔한 말들, 짜증나는 날것 그대로의 투박한 열기 그리고 지름길을 따라 그곳 주민들을 무(無)에서 무(無)로 몰고 가는 이 강압적인 운명에 섬뜩함을 느꼈다. 그녀는 가장 단순한 것을 이해하는데 실패함으로서 이 두려움을 느끼게 된 것이다.

사람들이 타고 돌아갈 자동차가 오기를 기다리는 동안 그들과 함께 앞 계단에 앉아 있었는데 우리 앞쪽은 꽤 어두컴컴했다.

밝은 문 하나가 1제곱미터의 정방형으로 컴컴한 새벽을 비추고 있을 뿐이었다. 가끔씩 그림자 하나가 위층 드레스 룸의 블라인드를 배경으로 어른거리다 보이지 않는 거울을 보며 립스틱을 바르고 분을 바르는 희미한 다른 그림자의 무리에게 자리를 내주기도 했다.

"그런데 이 개츠비란 자는 대체 뭐 하는 사람이야? 밀주업자라던데?"

톰이 난데없이 물었다.

"어디서 들었어?"

내가 되물었다.

"들은 게 아니라 그냥 감으로 알았어. 너도 알다시피 갑자기 떼돈을 번 사람들은 거의 밀주업자잖아."

"개츠비는 아니야."

내가 잘라 말했다. 그는 잠시 말없이 발로 길가의 자갈들을 밟아 자그락자그락 소리를 냈다.

"어쨌든 여러 유명인들을 한데 모으느라 애 좀 썼겠어."

회색 안개 같은 데이지의 모피 깃이 새벽바람에 가볍게 움직였다.

"적어도 우리가 알고 지내는 지인들보다는 더 재미있는 사람들이잖아요."

데이지가 말했다.

"당신도 그다지 재미있어 하지 않던데."

"왜요, 전 재미있었어요."

톰은 웃더니 내 쪽을 향해 몸을 돌리며 이렇게 물었다.

“아까 그 여자가 데이지에게 찬물로 샤워하게 해 달라고 부탁할 때, 데이지 얼굴 봤어?”

데이지는 부드러우면서도 허스키한 목소리로 속삭이듯 음악에 맞춰 노래를 부르기 시작했다. 가사 한 마디 한 마디에 의미를 담아 부르고 있었는데 한 번도 이런 적이 없었고 앞으로도 없으리라. 음정이 높아지면 그에 따라 콘트랄토(*성악에서 여성의 파트 중 가장 낮은 음역대.) 가수들이 그러듯 부드러우면서도 자연스럽게 살짝 끊었다 다시 이어 부르곤 했다. 그리고 그렇게 음정이 바뀔 때마다 그녀의 따뜻하고도 인간적인 마법 같은 매력은 공기를 타고 발산되었다.

“초대받지 않은 사람들도 많이 와요. 그 여자도 초대받지 않고 온 거고요. 아무나 들여보내 주죠. 개츠비는 또 마음이 넓어서 쫓아내지도 못하고.”

“난 그자가 도대체 무슨 일을 하는 사람인지 알아야겠어. 다 알아내는 수가 있지.”

톰은 뭔가 단단히 결심한 듯 말했다.

“지금 당장이라도 말해 주죠, 뭐. 드러그스토어를 경영하고 있어요. 아주 많이요. 자수성가한 사업가죠.”

데이지가 대답했다. 그때 리무진이 서서히 들어왔다.

“오빠, 잘 자.”

데이지가 말했고 그녀의 시선은 나를 떠나 불이 켜진 계단 꼭대기를 향해 있었다. 그해 유행했던 깔끔하면서도 슬픈 왈츠곡인 〈새벽 세 시〉가 열린 문 밖으로 흘러나왔다. 격식 없었던 개츠비의 파티에는, 그녀가 속한 세계에서 한 번도 보고 느낄 수 없었던 낭만적 가능성이 무수히 존재했다. 그 노래의 무엇이 그녀를 다시 집 안으로 불러들이고 있는 것일까? 몇 시인지도 모를 이 깜깜한 시간에 무슨 일이 일어날 것인가? 믿기지 않을 정도의 대단한 손님, 보기 힘든 대단한 사람이라도 나타날 것인가? 아니면 어떤 마술과도 같은 한순간의 만남으로 첫눈에 개츠비의 마음을 사로잡고, 자신만을 열렬히 사랑하고 그리워했던 그의 지난 오 년을 말끔히 날려 버릴 만큼 눈부시게 아름답고 젊은 아가씨가 들어설 것인가.

나는 그날 밤 늦게까지 남아 있었다. 개츠비가 시간이 날 때까지 자신을 기다려 달라고 부탁했기 때문이다. 나는 수영을 하던 사람들이 즐거운 기분으로 어두운 해변에서 올라오고 손님방의 불이 모두 꺼질 때까지 정원에서 기다렸다. 그가 계단을 내려왔을 때는 피곤해 보이긴 했어도 구릿빛으로 그을린 피부는 여전히 생생했고 두 눈에도 생기가 남아 있었다.

"데이지가 별로 좋아하지 않았던 것 같아."

그가 말했다.

"아니, 좋아했어."

"아니, 좋아하지 않는 것 같던데. 즐거운 시간을 보내지 않은 것 같아."

그가 고집을 부렸다. 그리고 그는 잠시 침묵했다. 나는 그가 시무룩해져 있다는 것을 느낄 수 있었다.

"그녀에게 거리감이 들어. 그녀를 설득하기가 힘이 들어."

그가 말했다.

“그 춤 췄을 때 말하는 거야?”

“춤? 친구, 춤은 중요한 게 아니야.”

그는 손가락을 딱 소리가 나게 튕기며 춤에 대한 내 의견을 묵살했다.

그가 원했던 것은 데이지가 톰에게 ‘난 당신을 한 번도 사랑한 적이 없어요.’라고 말하는 것일 뿐이리라. 그 말로 지난 삼 년의 세월을 말끔히 날려 버리고 조금 더 현실적인 방법을 찾고 싶었으리라. 그 방법 중 하나는 그녀가 자유로운 몸이 되어 함께 루이빌로 돌아가 그녀의 집에서 결혼식을 올리는 것이리라. 마치 시간을 오 년 전으로 돌리는 것 같이 말이다.

“데이지는 이해하지 못한 것 같아. 예전에는 안 그랬는데. 우리는 몇 시간이고 앉아서……..”

그는 절망하고 있었다. 그리고 말을 하다 말고 과일 껍질이며 버려진 선물들과 망가진 꽃들이 어지럽게 널려 있는 쓸쓸한 길을 왔다 갔다 하기 시작했다.

“나 같으면 그녀에게 너무 많은 것을 요구하지는 않을 거야. 과거를 반복할 수는 없어.”

내가 말했다.

“과거를 반복할 수 없다고? 아니! 반복할 수 있어!”

그가 받아들일 수 없다는 듯 큰 소리로 외쳤다. 그는 마치 과거가 그의 손이 닿지 않는 곳, 집 앞의 어느 그늘진 구석에 숨어 있기라도 하듯 간절한 눈빛으로 두리번거렸다.

“모든 것을 옛날로 돌려놓을 거야. 그녀도 곧 내 마음을 알아 주겠지.”

그가 고개를 끄덕이며 결연하게 말했다.

그는 과거에 대해 많은 이야기를 해 주었다. 나는 개츠비가 되돌리고 싶은 것이 데이지를 사랑하는 데 들인 자신에 관한 어떤 신념 같은 것이 아닐까 생각했다. 그 뒤로 그의 삶은 혼란스럽고 무질서해졌지만, 만약 다시 출발점에 설 수만 있다면 그래서 모든 것을 천천히 다시 할 수만 있다면 그는 그가 되돌리고 싶은 그것이 무엇인지 찾아낼 수 있을 것이라 믿었다…….

어느 가을날 밤, 오 년 전의 가을날 밤, 그들은 나뭇잎 떨어지는 거리를 함께 걷다가 나무도 없고 인도가 달빛으로 하얗게 물든 곳에 다다랐다. 그곳에서 그들은 멈춰 선 채 서로를 바라보았다. 일 년에 단 두 번만 느낄 수 있는, 계절이 변할 때 느낄 수 있는 신비로운 흥분이 감도는 서늘한 밤이었다. 집에서부터 삐져나오는 고요한 빛들이 어둠 속에서 콧노래를 부르고 있었다. 별과 별 사이에서도 소란한 움직임이 시작되고 있었다. 개츠비에게는 보도블록 조각들이 마치 사다리처럼 보였다. 그리고 그 사다리는 나무 위 어딘가의 비밀스런 장소로 이어지고 있었다. 그는 그곳에 올라갈 수 있을지도 모른다는 생각을 했다. 일단 그곳에 도착하면 생명의 젖을 입에 물고 그 무엇과도 견줄 수 없는 신비의 우유를 들이켤 수 있을 것 같았다.

데이지의 하얀 얼굴이 자신의 얼굴에 닿는 순간 그의 심장은 거칠게 뛰기 시작했다. 지금 그녀와 입을 맞춰 말로 표현할 수 없는 자신의 꿈을 그녀의 불멸한 숨결과 영원히 하나로 결합시킨다면, 그의 심장은 신의 심장처럼 뛰지 않으리라는 것을 알고 있었다. 그래서 그는 별에 부딪힌 소리굽쇠가 내는 아름다운 소리를 들으며 잠시 기다렸다. 그리고 그녀에게 입을 맞추었다. 그의 입술이 닿자 그녀는 그를 향하여 한 떨기의 꽃처럼 피어났다. 그리고 비로소 신의 재림은 완성되었다. 그는 내게 이 극도로 과장된 감성적인 이야기를 들려주었는데 나는 어떠한 기억이 떠올랐다. 오래전 어딘가에서 들어 본 적이 있는 음악과 잃어버린 말들의 파편들이 그것이었다. 잠시 동안 하나의 말이 내 입을 통해 형태를 갖추려 시도했고 내 입술은 무언가를 말하려 애쓰는 벙어리의 입처럼 벌어졌다. 하지만 결국 그것은 말로 태어나지 못했고 거의 떠올랐던 기억 속의 어떤 것은 영원히 소통될 수 없는 채 남겨졌다.

7

개츠비에 대한 나의 호기심이 가장 강해졌던 어느 토요일 밤 그의 저택에 불이 켜지지 않았다. 드디어 개츠비의 파티는 시작이 그랬듯 그렇게 모호하게 막을 내렸다. 트리말키오(*고대 로마의 작가 페트로니우스의 작품『사티리콘』에 등장하는 인물로 성대한 파티를 자주 여는 것으로 유명한 사람이다.)의 파티가 그랬듯이 말이다.

기대에 부푼 마음으로 개츠비의 정원에 들어서던 차량들이 실망한 채 돌아가는 모습을 지켜보며, 나는 혹 개츠비가 아픈 것은 아닌지 걱정이 되기 시작했다. 결국 어느 날 그의 집을 찾아갔더니 한 험상궂은 얼굴의 낯선 집사가 문을 열고 나를 째려보았다.

"개츠비 씨가 어디 아프신가요?"

"아닙니다."

그는 이렇게 말하고 마지못해 "선생님."이란 호칭을 덧붙였다.

"요즘 통 볼 수가 없어서 걱정이 되어 왔습니다. 캐러웨이가 왔었다고 전해 주십시오."

"누구라고요?"

그의 말투가 무례했다.

"캐러웨이입니다."

"캐러웨이 씨요? 알겠습니다. 전해 드리지요."

그는 문을 쾅 닫고 들어가 버렸다.

우리 집의 핀란드 인 도우미 아주머니의 말을 들어 보니 개츠비는 일주일 전에 기존의 하인들을 모두 해고하고 여섯 명의 새로운 하인들을 고용했다고 한다. 그리고 그들은 웨스트에그의 상점에서 뇌물을 먹으며 거래했던 이전 하인들과 달리 전화로 주문을 넣어 적당한 양의 식료품들을 배달시키기 시작했다고 한다. 배달하러 들어갔던 소년의 말로는 부엌은 돼지우리 같았으며 새로 고용했다는 하인들은 하인이 아닌 것 같았다고 했다.

다음날 개츠비가 전화를 걸어 왔다.

"떠나는 건가?"

내가 물었다.

"아니."

"하인들을 모두 내보냈다 하길래."

"입이 무거운 사람들이 필요했어. 오후에 데이지가 자주 오거든."

그랬다. 그 화려하고 떠들썩했던 대저택 전체가 마분지로 만든 집처럼 완전히 푹 꺼져 버린 이유는 오직 데이지 때문이었다.

"울프심이 돌봐 주고 싶어 하던 사람들이야. 모두 친형제 같은 사이고. 작은 호텔을 경영한 적도 있는 사람들이라서."

"그렇군."

개츠비는 데이지가 부탁해서 내게 전화를 걸었다. 나는 내일 그녀의 집으로 점심 식사를 초대받았다. 베이커도 올 예정이라는 말도 전해 들었다. 삼십 분쯤 후 데이지가 직접 전화를 해 왔다. 내가 가겠다고 말하자 그녀는 안심하는 눈치였다. 이상한 낌새가 있긴 했지만 설마 그런 자리에서 소동이 일어날 거라는 생각은 전혀 하지도 못했다. 개츠비가 정원에서 말했던 그런 일을 벌일 것이라고는 짐작조차 하지 못했던 것이다.

다음날은 폭염이 극에 달했고 그해 여름 중 가장 무더운 날이었다. 기차가 터널을 지나 햇빛 아래로 나왔을 때 비스킷 컴퍼니 제과 회사에서 나오는 요란한 사이렌 소리만이 한낮의 정적을 깨고 있었다.

객차 안의 시트도 뜨거운 열기를 받은 터라 엉덩이가 무척이나 뜨거웠던 기억이 아직도 생생하다. 옆에 앉은 여자는 흰색 블라우스 속으로 흐르는 땀을 겨우 참아 내다 손에 든 신문까지 땀으로 젖기 시작하자 결국 참치 못하고 소리를 지르며 힘들어 했다. 그 바람에 여자의 지갑이 바닥에 떨어졌다.

"어머나!"

여자는 거친 숨을 몰아쉬며 말했다. 나는 몸을 굽혀 지갑을 주워 주었다. 오해받는 것을 원하지 않았기 때문에 지갑의 귀퉁이 끝을 잡고 멀찌감치 떨어져 건네주었다. 그럼에도 불구하고 그녀를 포함한 주변 사람들이 나를 의심하듯 쳐다보았다.

"덥지요!"

차장이 낯익은 얼굴들을 향해 이렇게 말했다.

"엄청난 더위군요. 더워요, 더워! 더워도 이렇게 더울 수가 있나? 다들 더우시죠?"

검사를 받기 위해 내밀었던 내 승차권이 차장의 검은 손때가 묻은 채 돌아왔지만 더위에 숨도 쉴 수 없는 그런 상황에서 기분 나쁘게 느껴질 겨를도 없었다. 설사 그 차장이 누구의 입술에 키스를 하더라도, 누가 그의 셔츠 주머니를 땀으로 범벅으로 만들더라도 상관할 수 없을 정도의 폭염이었다.

나와 개츠비가 톰의 집에 도착해서 기다리는 동안 거실에서 전화벨 소리가 산들바람을 통해 실려 왔다.

"주인어른의 시체요?"

집사는 수화기에 대고 고함을 질렀다. 그러더니 이렇게 말하는 것이 아닌가.

"사모님, 죄송합니다……. 지금은 어떻게 할 수가 없어요. 이런 대낮에는 너무 더워 어떻게 할 수가 없을 것 같으니 잠시만 기다리시죠."

하지만 그가 실제 했던 말은 이것이었다.

"네, 네. 알겠습니다."

집사는 수화기를 내려놓고 땀으로 범벅된 얼굴로 다가와 우리의 밀짚모자를 받아 주며 이렇게 말했다.

"부인께서는 응접실에서 기다리고 계십니다."

집사는 일부러 과장되게 굳이 방향까지 가리키며 크게 말했는데 무더위 속에서 그런 불필요한 몸짓은 모두 짜증으로 다가왔다.

차양으로 그늘진 방은 어두웠지만 시원했다. 데이지와 베이커는 윙윙거리는 선풍기 바람에 옷이 날리지 않도록 드레스 자락을 손으로 잡고 커다란 소파에 은으로 만든 인형처럼 기대 누워 있었다.

"너무 더워서 움직일 수가 있어야죠."

그들이 동시에 말했다. 햇볕에 그을린 피부 위에 희게 메이크업을 한 베이커의 손이 잠시 내 손안에 놓였다.

"우리의 폴로 선수 톰은 어디에 있어?"

내가 물었다. 바로 그때 거실에서 목소리를 낮춰 통화하고 있는 톰의 퉁명스럽고도 걸걸한 목소리가 들려왔다.

개츠비는 붉은 카펫 위에 서서 황홀한 듯 주위를 살펴보았다. 데이지는 개츠비를 바라보며 그녀 특유의 따뜻하고도 가슴 설레게 하는 미소를 지었다. 데이지의 가슴에서 미세한 파우더 가루가 공중으로 날아올랐다.

"소문을 들은 게 있는데……."

베이커가 속삭였다.

"아마 톰은 지금 애인과 통화하는 중일 거예요."

우리는 모두 아무 말도 없었다. 거실에서 들려오는 톰의 통화는 짜증이 섞이기 시작하면서 목소리마저 점점 커지고 있었다.

"그래, 좋아. 당신에게 그 차를 안 팔면 되지. 내가 빚을 졌나? 대체 이딴 일로 점심시간을 망치게 하다니, 이게 대체 뭐하는 짓이야!"

“괜히 화난 척하는 걸 거야. 이미 수화기도 내려놨을…….”

데이지가 말했다.

“아니야, 저 말은 진짜인 것 같은데. 나도 어쩌다 알게 되었지만 말이지.”

내가 데이지에게 단호히 말했다. 그때 문이 활짝 열리며 톰이 나타났다. 그는 그 커다란 체격으로 문가를 잠시 가로막고 서 있다가 방 안으로 들어왔다.

“개츠비 씨 아니시오!”

그는 적대감을 감추고 그에게 커다란 손을 내밀었다.

“만나서 반갑습니다. 어, 닉, 너도.”

“차가운 것 좀 갖다 줘요.”

데이지가 부탁했다. 톰이 다시 방에서 나가자 그녀는 몸을 일으켜 개츠비에게 다가와 그의 얼굴을 가까이 당겨 키스했다.

“제가 사랑하는 거 알죠?”

그녀가 속삭였다.

“언니는 지금 옆에 다른 숙녀분이 있다는 걸 잊고 있어.”

조던이 말했다. 데이지가 의아한 표정으로 주변을 둘러보았다.

“그럼 너도 닉에게 키스하렴.”

“어떻게 그래?”

“뭐, 어때!”

데이지는 이렇게 소리치고 벽난로로 다가갔다. 그리고 혼자 춤을 추기 시작했다. 그러다 그녀는 너무 더워지자 민망해 하며 소파에 가서 앉았다. 바로 그때 말끔하게 차려입은 보모가 작은 여자아이를 데리고 들어왔다.

"아이, 예쁜 우리 아가!"

데이지가 두 팔을 벌리며 다정하게 속삭였다.

"사랑하는 엄마한테 오렴."

보모가 아이의 손을 놓았고 아이는 수줍어하며 엄마에게 달려가 품에 안겼다.

"아유, 나의 귀여운 보오물! 엄마가 우리 아가의 금빛 머리카락에 분가루를 묻혔네. 자, 이제 일어나서 엄마 친구들에게 인사를 하자."

개츠비와 나는 차례대로 몸을 굽혀 소녀가 내민 작은 손을 잡고 인사했다. 개츠비는 그런 후에도 신기한 듯 아이를 지켜보았다. 전에는 이 아이의 존재를 실감하지 못했던 것만 같았다.

"점심 먹으려고 옷 갈아입었어요."

아이가 데이지 쪽으로 돌아서며 말했다.

"엄마가 우리 예쁜 딸 자랑하고 싶어서 그렇게 부탁했지."

데이지는 아이의 희고 가느다란 목주름 속으로 얼굴을 파묻으며 말했다.

"넌 이 엄마의 꿈이야. 엄마의 작고 소중한 꿈."

"조던 이모도 흰 드레스를 입었네."

아이가 대답했다.

"엄마 친구들 어때? 아저씨들 멋지시지?"

데이지가 아이를 한 바퀴 돌려세워 개츠비와 마주 보게 세웠다.

"아빠는 어디 있어요?"

아이가 물었다.

"이 앤 아빠를 안 닮았어. 날 닮았죠. 내 머리색이랑 얼굴을 쏙 빼닮았어."

데이지가 말했다. 그리고 다시 긴 의자에 기대앉았고 보모가 앞으로 한 발 나오더니 손을 내밀었다.

"이리 오렴, 패미."

"안녕, 우리 귀여운 아기!"

엄격히 교육받은 그 아이는 내키지 않는 듯 힐끔 돌아보더니 이내 보모의 손을 잡고 밖으로 나갔다. 그리고 그때 톰이 얼음이 가득 찬 진 리키(*진과 탄산수에 라임 과즙을 탄 음료.) 넉 잔을 들고 들어왔다.

개츠비는 자신의 잔을 집어 들었다.

"정말 시원할 것 같군요."

그는 긴장한 기색이 역력했다. 우리는 모두 음료수를 시원하게 들이켰다.

"어디선가 읽었는데 태양이 점점 더 뜨거워진다는군."

톰이 말했다.

"그래서 얼마 안 가면 지구가 태양 속으로 빨려들어 갈지도 모른다고……. 아, 그 반대인가? 태양이 점점 차가워진다는 거였나?"

그러고는 개츠비에게 제안했다.

"자, 밖으로 나가실까요? 집을 구경시켜 드리지요."

나도 그들과 함께 베란다로 나갔다. 뜨거운 열기에 가라앉은 푸른 바다 위에 돛단배 하나가 파란 하늘을 배경으로 천천히 움직이고 있었다. 개츠비의 시선이 잠시 그 배를 따라 움직였다. 그러다 그는 손을 들어 만의 건너편 쪽을 가리키며 이렇게 말했다.

"바로 저기가 제 집입니다."

"그렇군요."

우리는 뜨겁게 달궈진 잔디밭과 잡초들이 자란 해안가로 시선을 옮겼다. 돛단배는 여전히 파란 하늘을 배경으로 천천히 움직이고 있었고 그 앞으로 축복받은 섬들이 부채꼴 모양으로 늘어서 있었다.

"뭔가 게임이라도 한판 하는 것도 좋을 것 같은데. 한 시간 정도 저기서 시간을 보내도 괜찮을 것 같아."

톰이 고개를 끄덕이며 말했다.

우리는 햇볕을 가려 어두워진 식당에서 점심을 먹으며 차가운 맥주도 마셨다. 그리고 그와 함께 어떤 긴장된 즐거움도 함께 마시고 있었다.

"오후에는 뭐 하죠?"

데이지가 들뜬 목소리로 외쳤다.

"그리고 내일은요, 또 그 다음날은요. 그리고 삼십 년 동안은요?"

"유난 떨지 마. 가을이 되어 날씨가 상쾌해지면 인생은 다시 시작되니까."

"하지만 너무 더워. 만사가 뒤죽박죽이야. 우리 모두 시내에 가요."

데이지는 곧 울 듯한 표정으로 고집을 부렸고 그녀의 목소리는 더위를 뚫고 나가려는 듯 발버둥 쳤다.

“마구간을 차고로 개조한다는 얘기 들어 보셨죠? 하지만 차고를 마구간으로 개조한 건 아마 내가 처음일걸요.”

톰이 개츠비에게 말을 건네고 있었다.

“시내에 나갈 사람 없어요?”

데이지는 집요했고 개츠비의 눈길이 그녀 쪽으로 움직였다.

“아, 당신은 너무 멋지세요.”

데이지가 소리쳤다. 그들의 눈빛이 만났고 주위에 아무도 없다는 듯 서로를 향해 한데 모였다. 데이지는 애써 눈길을 테이블 아래로 떨구었다.

“당신은 언제나 멋있어요.”

그녀가 반복했다.

이것은 톰이 있는 자리에서 개츠비를 사랑한다고 공개적으로 고백한 것과 다를 바가 없었다. 깜짝 놀란 톰은 입을 벌린 채 개츠비를 쳐다보다 마치 오래전에 알던 사람을 방금 기억해 낸 듯 데이지를 돌아보았다.

“당신은 광고에 나오는 그 남자를 닮았어요. 당신도 아시죠? 광고에 나오는 그 남자…….”

데이지는 아무것도 눈치채지 못한 채 이야기를 계속했다.

“그러지. 시내로 나가는 게 좋겠어. 자, 자, 모두 시내로 나갑시다.”

톰이 끼어들어 이렇게 정리했다. 톰은 개츠비와 자신의 아내를 번갈아 쏘아보며 자리에서 벌떡 일어났다. 하지만 아무도 선뜻 움직이지 못했다.

"자, 어서 가자고! 대체 다들 왜 이래? 이왕 시내에 갈 거라면 얼른 출발해야지."

그는 약간 화난 듯했고 그 화를 누르느라 떨리는 손으로 마지막 남은 흑맥주를 입으로 가져갔다. 데이지가 동의한 후 우리는 자리에서 일어나 뜨거운 자갈밭으로 나갔다.

"그냥 이렇게 가요? 담배 피울 사람은 피우고 가야 하지 않아요?"

"다들 점심 먹는 동안 내내 피웠잖아."

"아, 좀 느긋해질 수 없어요? 짜증을 내기에는 너무 덥잖아요."

데이지가 그에게 부탁했다. 톰은 대답하지 않았다.

"당신 하고 싶은 대로 해요, 그럼. 조던, 이리 좀 와 봐."

그녀는 조던을 불렀다.

세 남자가 뜨거운 자갈을 발로 툭툭 차며 서 있는 동안 여자들은 위층으로 올라가 외출 준비를 했다. 서쪽 하늘에 벌써 은빛 초승달이 슬며시 떠오르고 있었다. 개츠비가 어떤 말을 꺼내다 그만두었지만 그보다 먼저 톰이 몸을 홱 돌려 그를 마주 보았다.

"방금 뭐라고 하셨습니까?"

"마사가 이곳에 있나요?"

개츠비가 물었다.

"이 길로 한 1킬로미터쯤 내려간 곳에 있소."

"아."

그리고 잠시 대화가 끊겼다.

"시내에 나가겠다는 이유를 모르겠군. 여자들은 대체 무슨 생각을 하고 사는지⋯⋯."

톰이 화가 난 듯 말했다.

"뭐, 마실 것 좀 가져갈까요?"

데이지가 위층 창문을 열어 얼굴을 내밀며 물었다.

"내가 위스키를 좀 챙기지."

톰이 대답하며 안으로 들어갔다. 개츠비가 굳은 얼굴로 나를 향해 이렇게 말했다.

"이 집에서는 아무 말도 할 수 없네."

"데이지의 목소리에는 신중함이 없어. 그 애의 목소리에 가득 찬 건⋯⋯."

나는 말을 하다 망설였다.

"돈이야."

개츠비가 내 대신 말했다.

그랬다. 예전에는 알 수 없었지만 정말 그녀의 목소리에는 돈으로 가득 차 있었다. 돈, 그 안에서 오르고 내리는 매력은 결코 사라질 수 없었다. 짤랑이는 그 심벌즈 같은 노랫소리⋯⋯ 하얀 궁전 속 저 높은 곳에 금으로 만든 소녀상처럼⋯⋯.

톰은 1리터짜리 술병을 수건으로 감싸 들고 나왔다. 그 뒤를 따라 데이지와 조던이 머리에 금속 직물로 만든 작은 모자를 쓰고 팔에는 가벼운 케이프를 걸치고 따라 나왔다.

"모두 함께 제 차로 가셔도 괜찮으실까요? 차를 그늘에 세워둘 걸 잘못했네요."

개츠비가 제안했다. 그는 뜨거워진 진녹색 가죽 시트를 만지며 말했다.

“변속 기어입니까?”

톰이 물었다.

“네, 그렇습니다.”

“그럼 형씨가 내 쿠페를 모시오. 내가 시내까지 형씨의 차를 모는 걸로 합시다.”

개츠비는 이 제안이 못마땅했다.

“기름이 넉넉지 않을 겁니다.”

개츠비가 반대했다.

“기름이야 가다가 넣으면 되죠.”

톰이 자신만만하게 말했다. 그리고 연료 계측기를 들여다보며 덧붙였다.

“기름이 떨어지면 드러그스토어에 가면 되죠. 요즘에는 드러그스토어에 없는 게 없던데요.”

톰의 말도 안 되는 엉뚱한 대꾸에 약간의 침묵이 흘렀다. 데이지가 눈살을 찌푸리며 톰을 노려보았다. 개츠비의 얼굴에 뭐라 정의하기 힘든 불편한 기색이 떠올랐다. 낯설면서도 어디선가 본 듯한 그런 표정의 얼굴이었다.

“자, 데이지. 이 서커스 마차에 태워 주지.”

톰이 데이지를 개츠비의 차 쪽으로 밀며 말했다. 그는 차 문을 열었지만 데이지는 그의 팔을 뿌리쳤다.

“당신이 닉하고 조던을 데려가요. 우리는 쿠페를 타고 따라갈게요.”

데이지는 개츠비 쪽으로 걸어가 손으로 그의 상의를 어루만졌다. 조던과 톰 그리고 내가 개츠비의 차에 올라탔다. 톰은 낮

선 기어를 몇 번 시험 삼아 움직여 본 후 쏜살같이 차를 출발시
켰다. 개츠비와 데이지는 뒤에 남겨진 채 곧 우리의 시야에서 사
라졌다.

"봤지?"

톰이 물었다.

"뭘?"

조던과 내가 줄곧 알고 있었다는 것을 알아차린 그가 나를 쏘
아보았다.

"내가 바보인 줄 아나? 하기야…… 어쩌면 나는 정말 바보인
지도 모르지. 하지만 나도 그 정도의 통찰력은 있는 사람이야.
그리고 내가 뭘 해야 하는지도 알고 있어. 아마 믿지 않겠지만
과학적으로도……."

그는 갑자기 말을 멈추었다. 눈앞에 닥친 당혹스러운 사태가
그를 덮쳤고 이론의 깊은 곳에서부터 그를 끌어올렸다.

"내가 그 작자에 대해 좀 조사를 해 봤지. 이런 사실을 알았
더라면 좀 더 자세히 알아보는 거였는데……."

그가 말을 이었다.

"무슨 점이라도 본 거예요?"

조던이 웃으며 물었다.

"뭐? 점?"

우리가 웃자 그는 혼란스러운 듯 물었다.

"개츠비에 대해서요."

"개츠비에 대해서? 아니, 점이 아니고 과거를 조사했다니까."

"그럼 그가 옥스퍼드 출신이라는 게 밝혀졌겠군요."

조던이 말했다.

"옥스퍼드라니!"

그는 말도 안 된다는 표정으로 말을 이었다.

"젠장, 가당키나 하겠다! 저 분홍색 양복은 또 뭔지!"

"그래도 옥스퍼드 나왔다고 하던데요."

"뉴멕시코 주에 있는 옥스퍼드겠지. 아니면 그 비슷한 어디일 지도."

톰이 경멸하듯 코웃음을 쳤다.

"저기 톰, 그렇게 속물처럼 굴 거면서 왜 개츠비 같은 사람을 초대했죠?"

조던이 새침하게 말했다.

"데이지가 초대한 거겠지. 결혼 전부터 알던 사이라던데. 언 제 어디서였는지 알 수가 없군!"

그는 술이 깨면서 점점 짜증이 늘어 갔고 우리 모두는 신경이 곤두선 채 침묵을 지켰다. T.J. 에클버그 의사의 빛바랜 눈이 저 쪽에서 보이기 시작했다. 나는 연료가 부족할지도 모른다던 개 츠비의 말이 생각나 톰에게 물었지만 그는 이렇게 말했다.

"시내까지는 넉넉해."

"그런데 바로 저기에 기름 넣는 곳이 있네요. 이 찜통더위에 기름이라도 떨어져 길에 주저앉기라도 해 봐요."

조던은 기름을 넣고 가는 것을 원했다.

톰은 짜증을 부리며 브레이크를 밟았고 우리는 윌슨의 정비 소 간판 밑으로 들어가 차를 세웠다. 잠시 뒤 주인이 가게 안쪽 에서 모습을 드러내 퀭한 눈으로 자동차를 바라보았다.

“기름 좀 넣어 주게! 우리가 왜 여기서 멈췄을 것 같아? 경치라도 감상하러?”

“몸이 좀 안 좋습니다. 온종일 이러네요. 더위라도 먹은 것 같아요.”

윌슨이 꼼짝도 않고 서서 대꾸했다.

“그럼 내가 직접 넣어야 하나? 아까 전화를 걸 때는 멀쩡하지 않았나.”

윌슨은 기대섰던 문설주의 그늘막을 힘겹게 떠나 가쁜 숨을 몰아쉬며 차로 다가와 연료통 뚜껑을 열었다. 밝은 곳에서 보니 정말로 그의 얼굴에 혈색이 싹 사라져 있었다.

“점심 식사를 방해할 생각은 추호도 없었다고요. 그저 돈이 좀 급하게 필요해서…… 그래서 선생님이 옛 차를 어찌할지 궁금했던 겁니다.”

그가 말했다.

“이 차는 어떤가? 지난주에 새로 뽑은 건데.”

톰이 물었다.

“근사하군요. 노란색에…….”

윌슨이 휘발유 펌프 핸들에 힘을 모아 쥐며 대답했다.

“살 생각 있나?

“그러면야 좋지만 싫습니다. 다른 차들도 있으니.”

“갑자기 돈이 필요한 이유는 뭐야?”

“여기서 너무 오래 살았다 싶네요. 다른 데로 가 볼까 합니다. 마누라를 데리고 서부로 가 볼까 싶어요.”

“자네 부인이 동의했어?”

톰이 깜짝 놀라 큰 소리로 외쳤다.

"웬걸요, 마누라는 십 년 전부터 그러자고 했는데요. 이제는 마누라가 원하든 원치 않든 어쨌든 제가 데리고 갈 겁니다."

그때 개츠비가 탄 쿠페가 먼지구름을 일으키며 우리를 지나쳤다. 두 사람은 우리에게 손도 흔들었다.

"얼마지?"

톰이 거칠게 물었다.

"지난 이틀 동안 저는 새로운 사실을 알았죠. 그래서 떠나려는 겁니다. 자동차 문제로 귀찮게 한 것도 다 그것 때문이었네요."

윌슨이 말했다.

"얼마냐고."

"1달러 20센트입니다."

무자비한 더위에 정신이 없어진 나는 윌슨이 아직은 톰을 의심하지 않는다는 사실을 조금 늦게 깨달았다. 그는 지금 머틀이 자신과 떨어져 다른 세계에서 다른 삶을 살아가고 있다는 사실을 알게 되어 이렇게 병이 난 것이다. 나는 그를 한참 응시한 뒤에 톰을 바라보았다. 톰 자신도 불과 한 시간 전에 윌슨과 비슷한 발견을 했다. 남자들의 세계에서 얼마나 많이 배웠는지, 혹은 어떤 인종인지는 아무 상관이 없었다. 하지만 아픈 사람과 건강한 사람에는 어마어마한 차이가 존재했다. 윌슨은 너무나 아픈 나머지 마치 죄를, 그것도 절대 용서받지 못할 죄를 지은 사람처럼 보였다. 그는 마치 자신이 가엾은 소녀를 임신시키기라도 한 것처럼 굴었다.

"차를 팔도록 하지. 내일 오후에 보낼 테니."

톰이 말했다. 이 지역은 해가 쨍쨍한 대낮에도 늘 어딘가 어수선했다. 나는 뒤를 조심하라는 경고라도 받은 사람처럼 뒤를 돌아보았다. 쓰레기 더미 너머로 T.J. 에클버그 의사의 거대한 눈이 내려다보고 있었다. 그리고 잠시 후 나는 또 하나의 다른 눈이 6미터도 안 되는 곳에서 번뜩이며 우리를 지켜보고 있다는 것을 깨달았다.

정비소 위층에 있는 창문의 커튼이 살짝 젖혀 있었고 그곳에서 머틀 윌슨이 우리를 내려다보고 있었던 것이다. 그녀는 너무 몰입해 있던 나머지 자신도 누군가에게 들켰다는 것은 전혀 눈치채지 못했다. 사진을 현상할 때 피사체가 천천히 살아나는 것처럼 그녀의 얼굴 위로 온갖 감정들이 떠올랐다. 그녀의 표정은 기묘하게도 낯이 익었다. 머틀 윌슨의 그 표정은 여자들의 얼굴에서 흔히 보던 표정이긴 했어도 딱히 뭐라 단정 지을 수 없었다. 질투와 놀라움으로 커진 그녀의 두 눈동자는 톰이 아닌 조던을 향하고 있었다. 그녀는…… 조던 베이커를 톰의 아내라고 생각하고 있었던 것이다.

단순한 마음은 한 번 혼란에 빠지면 통제할 수 없어진다. 톰은 차를 운전하며 뜨거운 태양에 채찍질을 당하는 것처럼 불안해했다. 한 시간 전만 해도 완전히 자신의 소유이며 절대 침범당하지 않을 줄 알았던 아내가 지금 다른 사람과 함께 자신의 손을 빠져나가고 있었다. 데이지를 따라잡아야겠다는 생각과 윌슨에게서 떨어져야겠다는 두 가지 생각이 톰의 머릿속에 얽히고 있었다. 톰은 계속해서 가속 페달을 밟아 댔다. 우리는 에스토리아를 향해 시속 80킬로미터로 달렸고 마침내 고가 철도의 거미줄 같은 다리에 도착했다. 그곳에서 여유롭게 달리고 있는 푸른색 쿠페가 눈에 들어왔다.

"50번가 근처에 있는 영화관이 시원해요."

베이커의 제안이었다.

"사람들이 많이 빠지는 여름 오후의 뉴욕이 참 좋아요. 왠지 감각적이고. 완전히 익은 과일들이 저절로 떨어지는 것 같은 느낌이에요."

베이커가 사용한 이 '감각적'이라는 단어는 톰의 마음을 더 불안하게 만들었는데, 그때 마침 쿠페가 멈춰 서서 데이지가 우리를 향해 차를 세우라는 손짓을 보냈다.

"어디로 갈까요?"

데이지가 외쳤다.

"영화 봐요."

"너무 덥지 않나? 그냥 당신들만 봐요. 우리는 차 타고 돌아다니다 나중에 합류할게요."

데이지가 말했다. 그녀는 이 말을 대수롭지 않은 말로 무마시키려 이렇게 덧붙였다.

"어디 길모퉁이에서 만나요. 한 입에 담배 두 개비를 물고 있는 사람을 보면 나라고 생각하세요."

"여기서 이러고 있을 순 없어."

톰이 말했다. 뒤에서 트럭이 빨리 비키라고 욕지거리를 퍼붓듯 경적을 울려 댔다.

“우릴 따라서 센트럴 파크 남쪽 플라자 호텔 앞으로 와!”

톰은 가는 도중에도 몇 번이나 뒤를 돌아보며 데이지와 개츠비가 탄 차를 확인하고 또 확인했다. 개츠비의 차가 신호에 걸리면 다시 보일 때까지 속도를 늦추고 기다렸다. 둘이 다른 길로 새어 자신의 삶에서 영원히 사라지지 않을까 노심초사하고 있었다.

하지만 그들은 그러지 않았다. 그리고 어쩌다 보니 우리는 결국 한데 모여 플라자 호텔의 응접실이 딸린 스위트룸을 하나 잡았다.

우리는 그 방으로 우르르 몰려 들어갔다. 올라가는 동안 잘 기억나지 않는 내용으로 서로 옥신각신 가벼운 입씨름을 벌인 것 같다. 그저 속옷이 땀에 완전히 젖어 뱀처럼 다리를 휘감고 땀방울들이 등으로 흘러내리던 감각만 생생히 기억에 남을 뿐이다.

처음에 데이지는 욕실을 다섯 개 빌려 냉수욕을 하자고 말했지만 곧 민트 줄렙(*술에 설탕과 박하 등을 탄 칵테일.)을 마실 만한 장소로 가자고 계획을 바꾸었다. 우리 모두 너무 더워서 침착할 수 없었고 그래서 꽤나 시끌벅적하고 정신없었다. 우리는 멍하게 우리를 바라보는 프론트 직원에게 다가가 이상한 농담을 건네며 정말 재미있는 말을 하고 있다고 생각했다.

특실은 넓었지만 답답했다. 네 시가 다 되었는데도 열어 놓은 창문으로는 여전히 뜨거운 바람이 불어왔다. 데이지는 거울 앞에 서서 머리를 매만지고 있었다.

“대단한 방이야.”

조던이 감탄한 듯 말했고 우리는 모두 소리 내어 웃었다.

“창문을 하나 더 열어.”

데이지가 돌아보지 않고 명령하듯 말했다.

“이게 다 연 거야.”

“그럼 전화해서 도끼라도 가져오라고 해서…….”

“자꾸 덥다, 덥다 하면 더 더우니까 가만히 좀 있어.”

톰이 짜증내며 말했다. 그리고 수건으로 감싸 가져온 위스키를 테이블 위에 올려놓았다.

“그냥 두시죠, 형님. 시내에 가자고 서두른 건 당신 아닙니까.”

개츠비가 말했다. 잠시 침묵이 흘렀다. 벽의 못에 걸려 있던 전화번호부가 바닥으로 떨어졌다. 베이커가 작게 “앗, 죄송!”이라고 외쳤지만 아무도 웃지 않았다.

“제가 줍죠.”

내가 말했다.

“벌써 집었어요.”

개츠비는 끊어진 줄을 들여다보더니 흥미롭다는 듯 “흠!” 하고 전화번호부를 의자 위에 던져 놓았다.

“그게 당신이 사용하는 표현이군요?”

톰이 날카롭게 말했다.

“뭐가 말입니까?”

“그 ‘형님’ 소리 말이오. 대체 그런 호칭은 어디서 사용하는 거지?”

“저기요, 톰. 당신이 계속 그런 식으로 인신공격이나 할 거면

난 여기에 단 일 분도 더 있지 않을 거예요. 전화해서 민트 줄렙에 넣을 얼음이나 부탁해요.”

톰이 수화기를 들었고 눌려 있던 열기가 소리로 터져 나왔다. 아래층의 연회장에서 멘델스존의 결혼 행진곡 소리가 들려왔다.

“이 더위에 결혼식을 올리는 사람이 다 있어!”

조던이 어처구니가 없다는 듯 말했다.

“하긴…… 나도 6월 중순에 결혼했는데.”

데이지가 기억을 더듬으며 말했다.

“그것도 루이빌에서! 누군가 기절했었는데……. 여보, 그게 누구였죠?”

“빌록시.”

“그가 짧게 대답했다.

“맞다, 빌록시라는 남자요. ‘블록스’(*상자라는 뜻.) 할 때 그 빌록시. 상자를 만드는 사람이었어요, 정말로. 테네시 주 빌록시 출신 사람이었는데.”

“사람들이 우리 집으로 업고 데려 왔죠.”

조던이 그때의 기억을 떠올리며 말했다.

“교회 옆집의 옆집이 바로 우리 집이었으니까요. 그런데 그 남자가 글쎄, 삼 주 동안이나 우리 집에 죽치고 있는 거예요. 결국 우리 아빠가 이제 그만 나가 달라고 부탁했죠. 그 남자가 나간 바로 다음날 아빠가 돌아가셨어요.”

두 사건 사이에 오해가 있게끔 말했다고 생각했는지 그녀는 바로 이렇게 덧붙였다.

“두 일 사이에 무슨 관련이 있는 건 아니고요.”

"나도 멤피스 출신 빌 빌록시라는 사람을 알아요. 블록스 빌록시와 사촌이죠. 그가 떠나기 전에 그 사람의 집안 얘기를 모두 듣게 됐어요. 내가 요즘 쓰고 있는 골프채도 그 사람이 주고 간 거죠."

결혼식이 시작되면서 음악 소리가 줄어들고 축하의 박수 소리가 창문을 통해 들려왔다. 곧 "이야야야!" 하는 함성이 들렸고 이어 재즈 음악이 나오며 댄스파티가 시작된 듯했다.

"우리 늙었나 봐. 젊었다면 이럴 때 일어나 같이 춤을 추지 않겠어?"

데이지가 말했다.

"언니, 우리 빌록시를 기억하자고."

조던이 그녀에게 경고했다. 그리고 톰에게 물었다.

"톰, 그 사람을 어디서 알게 되셨어요?"

"빌록시 말이야? 내가 알던 사람이 아니었고 데이지의 친구였지."

톰은 기억을 더듬으며 말했다.

"내 친구는 아니었어요. 난 그 사람 본 적도 없었는데. 그 사람은 자가용 타고 그냥 왔다던데."

"어쨌든 그가 당신을 안다고 했어. 루이빌 출신이라고 했지. 아서 버드가 결혼식 시작 전 막판에 그를 데리고 와서 이 사람 자리도 있냐고 물었단 말이지."

이 말에 조던이 미소 지었다.

"아마 남의 차를 얻어 타고 고향에 가는 중이었나 보죠. 내게 는 자기가 예일 대학 다닐 때 당신 학년의 학생회장을 해서 인연이 있다고 했어요."

톰과 나는 어이가 없어 서로 마주보았다.

"빌록시가?"

"예일대에는 학생회장이란 것이 없어."

톰이 말했다. 개츠비가 초조한 듯 한쪽 발로 바닥을 짧게 툭 툭 두드렸고 톰이 그런 그를 빤히 바라보았다.

"그런데 개츠비 씨, 옥스퍼드 나오셨다고 알고 있는데, 맞죠?"

"꼭 그런 건 아닙니다."

"옥스퍼드에서 공부하셨다고 알려져 있던데."

"네……. 그곳에 있기는 했지요."

잠시 말이 끊어지고 침묵이 흘렀다. 곧 톰이 믿을 수 없다는 듯 모욕적인 말투로 이렇게 말했다.

"그러니까 빌록시가 예일에 다니고 있을 때 당신은 옥스퍼드에 있었다는 말이군?"

다시 침묵이 흘렀다. 웨이터가 노크를 하고 작게 조각낸 박하와 얼음을 가지고 들어왔다가 감사하단 인사를 하고 다시 조용히 문을 닫고 나갔다. 이 와중에도 침묵은 깨지지 않았다. 개츠비의 거대한 과거가 밝혀지는 순간이었다.

"그곳에 다녔다고 말씀드렸습니다."

개츠비가 말했다.

"그러니까 그게 언제냐는 말이오."

"1919년에 5개월 정도였습니다. 그러니까 옥스퍼드를 나왔다고는 할 수 없지요."

톰은 우리도 자신처럼 이 말을 믿지 않는지 확인하려는 듯 우리를 둘러보았다. 하지만 우리는 모두 개츠비를 바라보고 있었다.

"전쟁 후에 일부 장교들에게 영국이나 프랑스에 있는 대학이라면 어디든 갈 수 있는 기회가 주어졌지요."

개츠비가 말했다. 나는 자리에서 일어나 그의 등이라도 쓰다듬어 주고 싶은 마음이었다. 전에도 한 번 그랬던 것처럼 그에 대한 신뢰감이 새롭게 되살아나고 있었기 때문이었다.

"톰, 위스키나 좀 따 주세요."

데이지가 요청했다.

"민트 줄렙을 만들어 줄게요. 한 잔 마시고 나면 그렇게 바보처럼 굴지 않을 거야……. 어머, 이 민트 좀 봐!"

"잠시만. 개츠비 씨에게 뭘 하나 더 물어봐야겠군."

톰이 서둘러 말했다.

"물어보시죠."

개츠비가 공손히 말했다.

"당신은 대체 우리 집에 무슨 풍파를 일으키려는 거요?"

결국 두 사람의 싸움은 이렇게 시작되고 말았다. 개츠비는 이 상황을 반기는 듯했다.

"저 사람이 무슨 풍파를 일으킨다고 그래요? 지금 문제를 만들고 있는 사람은 당신이에요. 제발 자제하고 그만해요."

데이지가 절망적인 표정으로 두 사람을 마주 보며 말했다.

"자제하라고!"

톰은 어처구니가 없다는 듯 되물었다.

“대체 어디서 굴러먹었는지 출신도 모르는 작자하고 자기 마누라가 바람이 났는데, 어디서 어떻게 뭘 자제하라는 거지? 당신이야 그렇게 할 수 있겠지. 요즘 모두가 가족이나 가족 제도, 이런 거를 우습게 여기는데 이러다간 나중에 백인하고 흑인하고 결혼하는 시대도 오겠군!”

톰은 흥분하여 닥치는 대로 말했고 얼굴은 벌겋게 달아올랐다. 그는 교양인으로서의 선을 넘고 있었다.

“여기 있는 사람은 모두 백인이에요, 톰.”

조던이 중얼거렸다.

“그래, 나는 저자만큼 인기가 없겠지. 난 거창한 파티를 열지 않으니까! 친구를 사귀려면 자신의 집을 꼭 돼지우리로 만들어야 하나 보지?”

나도 다른 사람들처럼 화가 나기 시작했다. 톰이 뭔가 말할 때마다 웃음이 났다. 톰은 바람둥이에서 성인군자로 변해 있었다.

“당신에게 할 말이 있습니다, 형님.”

개츠비가 입을 열었다. 하지만 데이지가 어떤 눈치를 채고 개츠비의 말을 막았다.

“제발 모두 그만해요! 다들 집으로 가요. 정말이지 이제 그만 돌아가는 게 좋겠어요.”

“그래, 좋은 생각이야. 톰, 그만 가지. 아무도 술을 마실 기분이 아니잖나.”

내가 자리에서 일어서며 말했다.

“아니, 난 개츠비가 무슨 말을 하려는지 들어야겠어.”

톰이 말했다.

"데이지는 당신을 사랑하지 않습니다. 단 한 번도 당신을 사랑하지 않았습니다. 그녀가 사랑하는 사람은 바로 납니다."

개츠비가 말했다.

"미친놈!"

톰이 자신도 모르게 소리를 질렀다. 개츠비도 흥분해서 자리에서 일어서며 이렇게 소리쳤다.

"당신을 한 번도 사랑한 적이 없다고, 알겠어? 그저 내가 너무 가난했기에 기다리다 지쳐 당신과 결혼했을 뿐이야. 끔찍한 실수였지. 하지만 그녀는 나 외에는 단 한 번도 그 누구를 사랑한 적이 없어!"

나는 조던과 자리를 뜨려고 했다. 하지만 톰과 개츠비 모두 우리더러 남아 있으라고 강하게 요구했다. 이제 그들은 더 이상 감출 것이 없었다. 그리고 내가 혹시라도 자신들에게 유리한 증언이나 증거를 보여 주리라 기대하는 것 같았다.

"데이지, 이리 와서 앉아."

톰이 아버지 같은 말투로 위엄 있게 말했다. 하지만 외려 어색하기만 했다.

"대체 무슨 일이 있었는지 전부 들어야겠어."

"내가 그동안 있었던 일을 말해 주었잖소. 우리는 오 년이나 되었어. 당신은 몰랐지만!"

개츠비가 말했다. 톰이 데이지를 향해 몸을 홱 돌리며 물었다.

"오 년 동안이나 저 작자를 만났다고?"

"만났다고는 하지 않았습니다. 아니, 만날 수 없었죠. 하지만 우리의 사랑은 그 시간 내내 지속되었습니다. 당신이 이런 우리를 알지 못한다는 것에 가끔 웃음이 나기도 했지만."

개츠비가 말했다. 하지만 그의 눈빛엔 웃음기가 하나도 없었다.

"그래…… 그게 다인가?"

톰은 마치 성직자처럼 두툼한 손가락을 두드리며 의자 깊이 몸을 묻고 앉았다.

"다들 미쳤군그래!"

그가 소리쳤다.

"오 년 전에 무슨 일이 있었는지는 상관하지 않겠어. 내가 데이지를 만나기 전의 일이니까 말이야. 그래, 뒷문으로 데이지네 집에 음식을 배달하다 눈이 맞았을지도 모르지. 하지만 그 외에는 모두 거짓말이야. 데이지는 나와 결혼했을 때도 나를 사랑하고 있었고, 지금도 여전히 나를 사랑하고 있어!"

"그렇지 않습니다."

개츠비가 고개를 저으며 말했다.

"데이지는 나를 사랑해. 가끔 엉뚱한 생각을 하거나 자기도 모르게 나쁜 행동을 해서 그렇지만."

톰은 고개를 끄덕이며 단호히 말했다.

"게다가 나도 데이지를 사랑해. 가끔 술에 취해 바보 같은 짓을 하긴 하지만 언제나 제자리로 돌아왔어. 마음속으로 항상 데이지를 사랑하고 있고."

"역겨워."

데이지가 대꾸했다. 그러곤 나를 향해 몸을 돌렸다. 한 옥타브 낮아진 목소리가 경멸로 변해 방 안을 가득 채웠다.

"우리가 왜 시카고를 떠났는지 다들 알아? 그 흥청망청한 술 파티가 어땠는지 오빠가 모르는 게 이상해."

개츠비가 그녀에게 걸어가서 옆에 섰다.

"데이지, 이제 모든 게 끝났어. 이제 그런 건 아무 상관없어. 저 사람에게 진실을 말해……. 그를 한 번도 사랑한 적이 없었다고…… 그러면 모든 건 사라지는 거야."

데이지는 멍하니 개츠비를 바라보았다.

"내가 어떻게…… 저 사람을 사랑할 수 있겠어요……. 어떻게."

"당신은 저 사람을 한 번도 사랑한 적 없어."

데이지는 잠시 망설였다. 데이지는 뭔가 바라는 눈빛으로 베이커와 나를 번갈아 쳐다보았다. 그녀는 이제야 자신이 무슨 일을 저지르고 있는지 깨달은 표정이었다. 그녀는 이렇게 되길 원치 않았다는 표정이었다. 하지만 이미 엎질러진 물이었고 주어 담기에는 너무 늦어 버렸다.

"톰을 사랑한 적…… 없어요."

데이지는 마지못해 대답했다. 하지만 모두가 그것이 거짓말이라는 것을 느낄 수 있었다.

"카피올라니(*하와이 군도의 오하우 섬에 있는 공원.)에서도 사랑하지 않았나?"

톰이 따졌다.

"네."

아래층 연회장에서부터 숨 막힐 듯한 뜨거운 열기가 올라오고 있었다.

"펀치볼(*오하우 섬 호놀룰루 북쪽에 있는 분지.)에서 당신 신발이 물에 젖는 것을 막으려고 당신을 안고 내려왔던 그날 말이야, 데이지."

톰은 목소리가 거의 쉴 정도였다. 하지만 부드러운 감정이 깃들어 있었다.

"제발 그만해요."

그녀의 목소리는 여전히 차가웠다. 하지만 이제 증오의 감정은 사라져 있었다. 그녀는 개츠비를 쳐다보았다.

"저기, 제이."

그녀가 개츠비를 불렀다. 담배에 불을 붙이려는 그녀의 손이 떨리고 있었다. 그러더니 갑자기 담배와 불이 붙은 성냥개비를 카펫 위에 내던졌다.

"당신은 내게 너무 많은 것을 원해요!"

그녀가 개츠비에게 소리쳤다.

"지금 난 당신을 사랑하고 있어요……. 그걸로 충분하지 않아요? 과거는 어쩔 수 없잖아. 저 사람을 한 번쯤은…… 사랑했다고요……. 당신도 사랑했지만."

데이지는 절망에 휩싸여 울기 시작했다.

개츠비는 눈을 크게 떴다 감았다.

"저 사람을 한 번쯤은…… 이라고?"

개츠비가 그녀의 말을 반복했다.

"그것도 거짓말이야."

톰은 잔인하게 말했다.

"데이지는 당신이 살아 있는지조차 몰랐어. 어쨌든…… 데이지와 나 사이에는 당신이 알지 못하는 많은 일들이 있어. 우리 둘이서 영원히 잊지 못할 추억들."

그가 하는 말이 자신의 몸을 물어뜯는 듯 개츠비는 고통스러워했다.

"데이지와 둘이 얘기하고 싶습니다. 지금 데이지가 너무 흥분해서……."

개츠비가 고집했다.

"단둘이 있더라도 톰을 사랑하지 않았다고는 말하지 못해요."

데이지가 애잔히 말했다.

"그건 진실이 아니니까요."

"물론 진실이 아니지."

톰이 동조했다. 데이지는 자신의 남편 쪽으로 몸을 돌렸다.

"그게 그렇게 중요한가요?"

그녀가 물었다.

"중요하지. 그리고 앞으로는 당신에게 더 잘할 거니까."

"당신은 아직도 이 상황을 이해 못하고 있군요. 당신은 그녀에게 잘해 줄 필요가 없습니다."

개츠비는 당혹스러운 기색이 역력한 얼굴로 입을 열었다.

"잘해 줄 필요가 없다고?"

톰은 눈을 크게 뜨며 어이가 없다는 듯 웃음을 터뜨렸다. 톰은 여유를 되찾고 있었다. 그리고 이렇게 물었다.

“어째서?”

“데이지는 당신을 떠날 테니까.”

“말도 안 되는 소리.”

“하지만 사실이에요.”

데이지가 대답했다.

“데이지는 나를 떠나지 않아! 여자 손에 끼워 줄 반지까지 훔쳐야 하는 악명 높은 사기꾼 때문에 나를 떠난다는 게 말이 되냐고!”

톰은 개츠비를 때릴 듯이 흥분하며 이렇게 외쳤다.

“더 이상 참을 수가 없네! 제발 모두 나가 줘요!”

데이지가 소리쳤다.

“대체 당신 정체가 뭐야?”

톰이 분노를 참지 못하고 소리쳤다.

“마이어 울프심의 조직…… 우연히 알게 되었지. 당신의 사업이 대체 뭔지도 알아봤지……. 내일부터 좀 더 자세히 알아볼 참이기도 하고.”

“마음대로 해 보시죠, 형님.”

개츠비가 침착하게 말했다.

“당신의 그 ‘드러그스토어’라는 것도 뭔지 알아냈어.”

톰은 이렇게 말하고 우리를 향해 말을 이었다.

“이 사람과 울프심이라는 작자는 뉴욕과 시카고의 뒷골목에 있는 드러그스토어를 여러 곳 사들여 술을 판 거야. 그게 저 친구의 특기 중 하나지. 처음 봤을 때부터 밀주업자일 거라고 생각했는데 내 감이 맞았어.”

"그래서 어쩌겠다는 겁니까? 당신의 친구 월터 체이스는 자존심도 버리고 우리 사업에 끼어들었던데."

"그런데 당신은 곤경에 빠진 그 친구를 모른 척했지. 아닌가? 뉴저지 주 감옥에 한 달 동안 갇혀 있도록 내버려 뒀어. 맙소사! 월터가 당신들에 대해 했던 말을 모두 들었어야 하는데!"

"우리한테 왔을 때는 완전히 빈털터리였던 사람이 겨우 돈을 좀 만지게 된 거지요, 형님."

"나한테 '형님', '형님' 하지 마!"

톰이 소리쳤다. 개츠비는 아무 말도 하지 않았다.

"월터는 당신을 도박 금지법으로 잡아넣을 수도 있었어. 그런데 울프심이 협박하는 바람에 입을 다물고 있는 중이지."

톰이 말했다.

처음 보았지만 의미를 알 수 있을 것 같은, 개츠비 특유의 표정이 그의 얼굴에 드러났다.

"그 드러그스토어 사업은 푼돈 벌이에 지나지 않아. 월터가 겁이 많아 내게 말을 못하고 있지만 당신들은 지금 다른 일을 벌이고 있어."

톰이 천천히 말을 이었다.

나는 공포에 질린 채 개츠비와 자신의 남편을 번갈아 바라보고 있는 데이지를 보았다. 그리고 눈에 보이지 않는 어떤 물건을 턱 끝에 올려놓고 균형을 잡기 시작한 조던도 보았다. 그런 다음 개츠비를 보려고 몸을 돌렸다. 그런데 그의 표정을 확인한 나는 너무나 깜짝 놀랐다. 그는 마치-그의 정원에서 사람들이 쑥덕거렸지만 내가 무시했던 바로 그-'살인이라도 한' 사람의 표정을 짓고 있었다. 그 순간의 굳은 표정은 그런 말로밖에 묘사되지 않았다.

그 표정은 곧 개츠비의 얼굴에서 사라졌고 그는 흥분한 채 데이지에게 해명하기 시작했다. 톰의 말들은 모두 사실이 아니라며 해명했다. 그러다가 개츠비는 아직 아무도 입에 올리지 않은 이야기들까지 스스로 실토해 가며 자신을 변호했다. 하지만 그러면 그럴수록 데이지의 마음은 개츠비에게서 멀어져만 갔다. 결국 그는 포기했다. 오후 해가 점점 기울어져 가는 동안 깨진 꿈만이 만질 수 없는 것을 놓지 않기 위해 애쓰고 있었다. 불행하지만 절망하지는 않았으며 방을 채웠던 목소리를 찾으려 애쓰고 있었다.

그 잃어버린 목소리의 주인공이 다시 집으로 돌아가자고 애원했다.

"제발요, 톰! 이제 더 이상은 못 참겠어."

겁에 질린 그녀의 눈에는 지금까지 존재했을지 모를 개츠비를 향한 의지나 용기가 모두 사라진 상태였다.

"데이지, 둘이 먼저 출발하지그래. 개츠비 차로 말이야."

톰이 말했다. 데이지는 놀란 눈으로 톰을 쳐다봤다. 하지만 톰은 경멸하듯 재차 말했다.

"그와 함께 가라고. 저자가 설마 당신을 괴롭히겠어? 주제넘은 사랑 타령이 끝났다는 것은 충분히 알고 있을 테니."

두 사람은 말없이 방을 나섰다. 우리의 동정에도 불구하고 마치 유령처럼 사라져 버렸다. 잠시 후 톰이 자리에서 일어나 위스키 병을 다시 수건에 싸며 이렇게 물었다.

“한잔할까? 조던? 어때, 닉?”

나는 대답하지 않았다.

“닉?”

그가 재차 물었다.

“응?”

“한잔하겠느냐고.”

“아니……. 그러고 보니 오늘이 내 생일이군.”

그날 나는 서른이 되었다. 내 앞으로 불길하면서도 위협적인 또 한 번의 십 년이 펼쳐지게 된 것이다.

우리는 톰과 함께 쿠페에 올라타 롱아일랜드를 향해 출발했다. 일곱 시였다. 그는 기분이 좋은지 웃으며 끊임없이 수다를 떨었다. 하지만 조던과 나에게는 그의 목소리가, 길가에서 나는 이질적인 소음이나 머리 위 고가 철도에서 나는 소음처럼 귀에 들어오지 않았다. 인간의 공감에는 한계가 있는 법이다. 우리는 그들의 비극적 언쟁이 도시의 불빛과 함께 사라지는 것을 다행스럽게 여기고 있었다. 서른 살―고독의 십 년을 약속하는 나이, 독신자의 수가 점점 줄어드는 나이, 야심이라는 서류 가방도 얇아지고 머리숱이 점점 줄어드는 나이였다. 내 옆에는 데이지처럼 해를 묵혀 가며 깨끗이 잊힌 꿈을 간직하기에는 너무나 지혜로운 여자, 조던이 앉아 있었다. 어두운 다리 위를 지날 때 그녀는 창백해진 얼굴을 내 어깨에 가볍게 기댔다. 내 손을 부드럽게 매만지는 그녀의 손길이 느껴졌다. 서른 살이 되었다는 충격과 두려움이 사라지고 있었다.

그렇게 우리는 서늘한 황혼 저편에 있는 죽음 속으로 달려가고 있었다.

잿더미 계곡 옆에서 커피 가게를 운영하는 그리스 인 마이클
리스는 사건의 중요한 증인이었다. 그는 그 더위 속에서도 다섯
시까지 낮잠을 자다가 정비소로 슬렁슬렁 건너갔다. 그리고 조
지 윌슨이 사무실에서 아파 신음하고 있는 것을 발견한 것이다.
그의 얼굴은 허연 머리카락만큼이나 창백했고 온몸을 덜덜 떨고
있었다. 마이클리스는 누워 있으라고 했지만 윌슨은 그러면 장
사에 손해가 간다고 거부했다. 이렇게 이웃 청년이 그를 달래고
있는 동안 위층에서 요란한 소리가 들려왔다.
"마누라를 위층에 가둬 뒀어. 모레까지 그럴 거야. 그러고 나
서 이사를 갈 거야."
윌슨은 침착하게 설명했다.
마이클리스는 깜짝 놀랐다. 이웃에서 사 년이나 살면서 그를
보아 왔지만 윌슨은 그런 말을 할 수 있는 사람이 아니었다. 그
는 항상 지쳐 있었고, 일이 없을 때에는 문간에 의자를 놓고 앉
아 지나는 행인이나 자동차를 멍하니 바라볼 뿐이었다. 누가 말
을 건다면 다정하긴 하지만 그가 지어 보이는 웃음에 활기라고
는 찾아볼 수 없었다. 무엇보다도 그는 부인에게 잡혀 사는 남자
였다.
당연히 마이클리스는 무슨 일이 있는 건지 물어보려고 했다.
하지만 윌슨은 더 이상 말하지 않았다. 그리고 외려 청년에게 의
심의 눈빛을 던지며 무슨 날 무슨 시간에 무엇을 하고 있었는지
묻기 시작했다. 마이클리스가 이상한 불편함을 느낄 때쯤 손님

몇 명이 그의 음식점을 향해 다가가는 것을 보았다. 그는 나중에 다시 와서 보자고 생각하고 그렇게 자리를 떠났다. 하지만 다시 오지는 못했다. 잊어버린 것이다. 일곱 시가 조금 지나서 그가 다시 밖으로 나왔을 때 정비소 아래층에서 집이 떠나가도록 소리치는 윌슨 부인의 목소리가 들렸다. 마이클리스는 그제야 아까 윌슨과 나눴던 이야기를 떠올렸다.

"그래, 때려 봐! 쳐 봐, 이 바보 천치 머저리 같은 자식!"

여자가 소리치고 있었다.

잠시 뒤 그녀는 손을 흔들며 비명을 질렀고 황혼이 끝나 가는 어둠 속으로 달려갔다. 남편이 문을 나서기도 전에 상황은 끝났다.

신문에서 말하던 그 '죽음의 자동차'는 멈추지 않았다. 그 차는 짙어져 가는 어스름 속에서 갑자기 튀어나왔다가 잠시 비극적으로 비틀거리더니 길모퉁이를 돌아 그대로 자취를 감추어 버렸다. 마이클리스는 그 자동차의 색깔조차 제대로 보지 못했다. 처음에는 경찰관에게 연두색이라고 말했다. 뉴욕 쪽을 향해 달리던 그 차는 100미터쯤 지난 후에야 겨우 멈춰 섰다. 운전자는 급히 차를 돌려 돌아왔다. 머틀 윌슨이 비참하게 죽은 채 끈끈한 검붉은 피와 먼지로 범벅이 되어 길 위에 엎드려 있는 그곳으로 말이다.

마이클리스와 운전자가 그녀에게 다가갔다. 땀에 젖어 블라우스가 축축했다. 그들이 옷을 찢어 보니 왼쪽 가슴이 몸에서 떨어져 나가 있었다. 심장 박동을 확인해 볼 필요도 없었다. 너무 오래 간직해 온 생기를 입으로 다 토해 냈는지 그녀의 입은 크게 벌어져 있었고 양 입가마저 찢어져 있었다.

조금 멀리 떨어진 곳에서 차 서너 대와 구경꾼들이 몰려오기 시작했다.

"교통사고다!"

톰이 말했다.

"좋은 일이지, 뭐. 월슨이 또 돈 좀 벌 수 있는 기회야."

톰은 속도를 줄이기는 했지만 멈출 생각은 없었던 것 같다. 하지만 조금 더 가까이 갔을 때 정비소 앞에 모여 있던 사람들의 심각한 얼굴을 보며 자신도 모르게 브레이크를 밟았던 것 같다.

"한번 보고 가지. 구경 삼아서."

그가 뭔가 이상한 듯 이렇게 말했다.

공허한 울부짖음 소리가 정비소에서 흘러나오고 있었고, 우리가 쿠페에서 내려 입구로 걸어가는 동안 그 소리는 헐떡이는 신음과 '신이시여!'라는 말로 바뀌어 있었다.

"여기 뭔가 심각한데."

톰은 긴장되듯 말했다.

톰이 가까이 가서 발꿈치를 들고 모인 사람들 머리 너머로 정비소 안을 들여다보였다. 머리 위로 흔들거리는 철망 등갓 속의 노란 전등 하나만 보일 뿐이었다. 갑자기 그가 괴성을 지르며 굵은 팔로 사람들을 거칠게 밀어젖히며 안으로 돌진했다.

사람들은 잠시 불평하다가 다시 원을 만들며 모였다. 나는 그때만 해도 아무것도 볼 수 없었는데 새로 온 구경꾼들이 줄을 흐트러뜨리는 바람에 조던과 내가 안으로 떠밀려 들어갔다.

마치 더운 여름밤에 오한으로 떠는 사람처럼 담요로 겹겹이 싸인 머틀 윌슨의 시체가 벽 옆 작업대 위에 놓여 있었다. 우리에게 등을 보인 채 그 위에 몸을 굽히고 있는 것은 톰이었다. 그의 옆으로 교통순경이 땀을 흘리며 작은 수첩에 이름을 썼다 고쳤다 하며 서 있었다. 처음에는 텅 빈 정비소 안을 채우는 커다란 울부짖음의 근원지를 알지 못했다. 그리고 곧 윌슨이 사무실의 높은 문턱 위에 서서 문설주를 잡고 몸을 앞뒤로 흔드는 모습이 눈에 들어왔다. 누군가 그에게 무어라 이야기하며 어깨에 손을 얹으려 했지만 그는 지금 들리는 것도, 보이는 것도 없는 상태였다. 그의 눈은 흔들거리는 전등에서 천천히 내려와 시체가 놓인 작업대로 이동했다가 다시 전등 쪽으로 되돌아가곤 했다. 그리고 그때마다 커다란 목소리로 괴성을 질러 대고 있었다.

“오, 신이시여! 오, 신이시여! 오, 신이시여! 오, 신이시여어!”

톰은 문득 고개를 들고 퀭한 눈빛으로 정비소 안을 둘러본 후 순경에게 웅얼거렸다.

“마– 브–.”

경찰관이 말하고 있었다.

“오?”

“아, 아뇨.”

한 청년이 다시 말했다.

“마– 브– 로······.”

“내 말 좀 들어 봐!”

톰이 낮게 외쳤다.

“르–.”

경찰관이 또 말했다.

“오……?”

“그–.”

“그–.”

톰이 커다란 손으로 경찰관의 어깨를 잡자 경찰이 고개를 들었다.

“뭡니까, 당신은?”

“어떻게 된 건지 알고 싶소!”

“자동차가 그녀를 쳤소. 즉사했습니다.”

“즉사.”

톰이 경찰을 빤히 보며 그의 말을 반복했다.

“저 여자가 도로로 뛰쳐나갔고 그 나쁜 운전자가 차를 멈추지 않았습니다.”

“차가 두 대였어요. 하나는 아래쪽으로 내려가고 있었고 다른 하나는 위쪽으로. 네?”

마이클리스가 말했다.

“어느 쪽으로 가고 있었다고요?”

경찰관이 날카롭게 질문했다.

“다른 방향으로 가고 있었다고요. 저어, 저 여자가…….”

그가 손을 담요 쪽으로 반쯤 올리다 다시 제자리로 내려놨다.

“어, 여자가 도로로 뛰쳐나갔고 뉴욕 쪽에서 내려가던 차가 이 여자를 정면으로 들이받았어요. 속도는 한 5, 60킬로미터 정도?”

"이 동네 이름이 뭡니까?"

경찰이 물었다.

"이름이 어디 있어요."

그때 파리한 얼굴에 말끔히 차려입은 흑인 한 명이 다가왔다.

"노란색 차였습니다. 커다란 노란색 차. 또 새 차였습니다."

그가 말했다.

"사고 장면을 보셨습니까?"

경찰이 물었다.

"아닙니다. 하지만 그 차가 내 옆을 휙 지나서 시속 60킬로미터도 넘는 속도로 이 길 아래쪽으로 내달렸죠. 아마 8, 90킬로미터는 됐을 겁니다."

"이리 오십시오. 이름이 어떻게…… 자, 좀 비키세요. 이 사람 이름 좀 적구요."

이런 대화 중 몇 마디가 윌슨에게 들렸던 것 같다. 그는 여전히 문간에 서서 몸을 흔들며 숨을 헐떡이고 있었는데 갑자기 이렇게 외쳤기 때문이다.

"어떻게 생긴 차인지는 말할 필요도 없어! 어떻게 생긴 차인지 다 알고 있어!"

"정신 좀 차려 봐."

톰이 타이르듯 딱딱하게 말했다. 윌슨은 톰을 바라봤다. 그리고 그는 놀라 몸을 일으키려고 했다. 톰이 잡아 주지 않았다면 아마 그는 무릎을 꿇고 그대로 넘어졌을 것이다.

"내 말 좀 들어 보게. 난 지금 뉴욕에서 오는 길이야. 우리가 말했던 그 쿠페를 네게 가져다주려고 오는 길이었어. 오늘 오후에 내가 몰던 그 노란 차는 내 것이 아니라고. 내 말 알아들어? 난 오후 내내 그 차를 본 적도 없어.”

흑인과 나만이 그의 말을 들을 수 있을 만큼 가까이 있었다. 하지만 경찰은 그들의 대화를 지켜보며 무언가를 눈치챈 건지 험한 눈으로 우리를 바라보았다.

“지금 그게 무슨 소리요?”

그가 물었다.

“난 이 사람의 친굽니다.”

톰이 고개를 돌려 대답했지만 손으로는 여전히 윌슨을 꽉 붙잡고 있었다.

“이 사람이 사고 낸 차를 안다는군요……. 노란색 차라고.”

무언가 이상하다고 느낀 경찰은 톰을 의심의 눈길로 바라보았다.

“당신 차는 무슨 색이오?”

“파란색 쿠페입니다.”

“우린 방금 뉴욕에서 오는 길입니다.”

내가 대답했다. 우리 뒤에서 따라오던 다른 운전자가 이를 확인해 주자 그제야 경관은 돌아서며 이렇게 말했다.

“자, 이름을 다시 한 번 말씀해 주십시오. 정확하게…….”

톰은 윌슨을 인형처럼 번쩍 들어 사무실 의자에 앉혀 놓고 나왔다.

“누구든 저 친구하고 같이 좀 있어 주시오.”

그가 명령하듯 말했다. 그와 제일 가까이 있던 남자 둘이 내키지 않는 듯 사무실로 들어갔다. 톰은 그들이 들어가는 것을 보고 있다가 문을 닫아 버렸다. 그리고 작업대 쪽으로 눈길을 돌려 한 단짜리 계단을 내려왔다. 톰은 나를 바짝 지나치며 속삭였다.

"나가자."

톰은 남의 눈을 의식해 두 팔을 휘두르며 길을 텄고 삼십 분 전에 부른 의사는 그제야 진료 가방을 손에 든 채 우리를 지나쳐 안으로 들어갔다.

톰은 길모퉁이를 돌아설 때까지 천천히 차를 몰다 모퉁이를 벗어나자마자 홱 하고 속력을 높였다. 쿠페는 어두운 밤을 가르며 내달렸다. 잠시 후 낮고 쉰 듯한 목소리의 흐느낌이 들렸다. 그의 얼굴에 눈물이 흘러 번지고 있었다.

"빌어먹을 겁쟁이 자식! 사람을 치고 멈추지도 않았어!"

그가 울먹이며 소리쳤다.

뷰캐넌 부부의 저택은 바람이 스치는 검은 나무 사이로 갑자기 나타났다. 톰은 현관 옆에 자동차를 세웠다. 그리고 이 층을 올려다보았다. 담쟁이덩굴 사이로 창문 두 개가 불빛을 밝히고 있었다.

"데이지가 집에 와 있어."

톰은 우리가 차에서 내릴 때 나를 힐끗 보더니 살짝 얼굴을 찡그리며 이렇게 말했다.

"닉, 웨스트에그에서 널 내려 줄걸. 오늘 밤에는 할 수 있는 게 아무것도 없잖아."

그는 아까와 달랐다. 엄숙하고도 단호하게 말했던 것이다.

우리가 달빛이 비치는 자갈길을 지나 현관으로 걸어가는 동안 그는 상황을 정리했다.

"닉, 전화로 택시를 불러 줄 테니 기다리는 동안 배가 고프면 조던과 함께 부엌에 가서 저녁 식사를 준비해 달라고 해."

그가 문을 열었다.

"들어가지."

"괜찮아. 택시만 불러 줘, 밖에서 기다릴게."

내가 말했다.

"들어가지 않을래요, 닉?"

조던이 내 팔에 손을 얹으며 물었다.

"아니, 괜찮아."

나는 속이 좋지 않아 혼자 있고 싶었다. 조던은 한동안 더 머뭇거렸다.

"아직 아홉 시 반밖에 되지 않았어."

그녀가 말했다. 나는 그 집에 들어가느니 차라리 지옥에 가고 싶었다. 하루 동안 이 사람들과 함께 돌아다니면서 너무나 많은 일을 겪은 나는 머리가 어지러웠다. 그리고 당연히 조던도 예외가 아니었다. 그녀는 내 표정에서 눈치를 챘는지 홱 돌아서서 현관 계단을 뛰어올라 집 안으로 들어가 버렸다. 나는 손으로 머리를 쥐고 앉아 그렇게 몇 분을 있었다. 안에서는 집사가 전화로 택시를 부르는 소리가 들렸고, 나는 대문 쪽에서 기다리기 위해 천천히 정원에 난 길을 따라 내려갔다.

20미터도 채 가지 않았는데 누군가 나를 불렀다. 개츠비였다. 그가 관목 숲 사이에서 길로 걸어 나왔다. 기묘한 기분이 느껴졌다. 달빛 아래서 빛나는 그의 분홍색 양복을 보며 나는 정신이 멍해졌다.

"여기서 뭐 하는 거야?"

"그냥 서 있었어, 친구."

무언가 비열함이 느껴졌다. 나는 그가 뷰캐넌의 집을 털려고 할지도 모른다는 생각이 들었다. 그의 등 뒤로 보이는 어두운 관목 숲 속에서 험상궂은 얼굴의 '울프심 조직원'들이 나온다고 해도 놀랍지 않을 것 같은 분위기였다. 잠시 후 그가 물었다.

"교통사고 난 것 봤어?"

"응."

그는 잠시 망설였다.

"그 여자, 죽었어?"

"어, 죽었어."

"그럴 줄 알았지. 데이지에게도 그럴 거라고 했어. 충격은 한꺼번에 받는 편이 더 나으니까. 데이지는 괜찮아."

그는 마치 데이지의 반응 말고는 아무것도 상관없다는 투로 말했다.

"샛길로 빠져 웨스트에그로 왔어."

그는 말을 이었다.

"그리고 내 차고에 자동차를 넣어 두었어. 확실하진 않지만, 어쨌든 우리를 목격한 사람은 없는 것 같아."

나는 그가 섬뜩했다. 그리고 너무 혐오스러워 그가 틀렸다고 말해 줄 필요조차 느끼지 못했다.

"그 여자가 누구야?"

그가 물었다.

"윌슨 부인이라는 여자……. 그 정비소의 안주인이지. 대체 어쩌다 그렇게 된 거야?"

"그게 핸들을 꺾으려 했는데……."

그는 말을 잇지 못했다. 나는 순간적으로 일이 어떻게 된 건지 짐작할 수 있었다.

"데이지가 운전했군."

"그래."

그가 잠시 후 대답했다.

"하지만 물론 내가 운전했다고 할 거야. 너도 봐서 알겠지만 데이지가 뉴욕에서부터 마음이 심란한 상태여서 운전을 하면 마음이 조금 누그러질 거라 생각했어. 우리가 반대편에서 오는 차를 지나치려는데 갑자기 한 여자가 뛰어든 거야. 한순간이었지만 내 생각에는 그 여자가 우리에게 무슨 말을 하려고 했던 것 같아. 우리를 아는 사람이라고 생각했던 것 같은……. 그런데 처음에 데이지는 그 여자를 피하려고 반대쪽으로 핸들을 꺾었다가 겁을 먹고 다시 핸들을 돌렸어. 내가 핸들을 붙잡았지만 이미 사람이 부딪히는 충격이 느껴졌고……. 아마 즉사했겠지."

"몸이 찢겨 나갔……."

"됐어, 친구."

그가 눈을 찡그렸다.

"아무튼 사람을 치었는데 데이지는 계속 차를 몰았어. 내가 차를 세우라고 했지만 그게 안 됐지. 그래서 할 수 없이 사이드

브레이크를 당겨서 차를 세웠어. 그제야 그녀는 내 무릎 위로 쓰러지더군. 그다음부터는 내가 차를 몰아 돌아왔고. 내일이면 데이지는 괜찮아질 거야. 나는 여기서 기다리면서 혹 그 남자가 오늘 오후에 있었던 불미스러운 일로 데이지를 괴롭히지는 않는지 지켜볼 거야. 그녀는 방에 들어가 문을 잠그고 있을 거고. 만일 그자가 때릴 것 같으면 불을 껐다 켰다 해서 알려 주기로 했고.”

그가 말했다.

“톰이 때리지는 않을 거야. 그는 지금 데이지를 신경 쓰고 있을 상황이 아니니까.”

내가 말했다.

“난 그 사람을 믿을 수가 없어, 친구.”

“계속 여기 있을 거야?”

“필요하다면 밤새라도 있어야지. 적어도 모두 잠들 때까지는.”

그때 불현듯 새로운 생각 하나가 들었다. 만일 차를 운전한 사람이 데이지라는 사실을 톰이 알게 된다면 어떨까? 톰은 그것을 우연이라고 생각하지 않을 수도 있다. 나로서는 톰이 무슨 생각을 하고 있는지 알 수 없었다. 나는 집을 돌아보았다. 아래층에 창문 두어 개가 더 밝혀져 있었고 2층 데이지의 방에서 여전히 분홍색 빛이 쏟아져 나오고 있었다.

“여기서 잠깐 기다려 봐. 소란이 일어날지 잠시 확인하고 올 테니.”

나는 이렇게 말하고 잔디밭의 가장자리를 따라 돌아갔다. 그리고 자갈길을 가로질러 베란다 계단을 조용히 올라가 보았다. 거실의 커튼은 열려 있었지만 방은 비어 있었다. 나는 석 달 전, 그러니까 6월의 그날 밤에 저녁 식사를 했던 현관을 가로질렀다. 그리고 음식 저장고의 창문이라고 생각되는 곳에서 새어 나오는 작은 직사각형의 불빛을 향해 다가갔다. 블라인드가 내려져 있었지만 창문턱에 틈이 있었다.

데이지와 톰이 식탁을 사이에 두고 마주 앉아 있었다. 식탁 위에는 식은 닭요리와 두 병의 흑맥주가 놓여 있었다. 그는 식탁 너머로 그녀에게 뭐라 열심히 말했고 손을 뻗어 그녀의 손을 감싸 쥐기도 했다. 그녀가 그를 올려다보면서 무언가에 동의하는 듯 고개를 끄덕이기도 했다.

두 사람 모두 닭요리나 맥주에는 손대지 않았다. 그들은 행복해 보이지는 않았지만 불행해 보이는 느낌도 아니었다. 분명 자연스럽고 친밀한 분위기였다. 만일 누군가 그 모습을 본다면 두 사람이 함께 무언가를 동조하고 있다고 느낄 것이다.

현관을 살금살금 걸어 나갈 때 내가 타고 갈 택시가 길을 따라 집을 향해 천천히 올라오는 소리가 들렸다. 개츠비는 내가 기다리라고 한 그 자리에 그대로 서서 날 기다리고 있었다.

"별일 없어?"

그가 불안한 얼굴로 물었다.

"그래, 아주 조용해."

나는 잠시 망설이다 덧붙였다.

"그냥 집에 가서 쉬어도 상관없을 거야."

하지만 그는 고개를 저었다.

“데이지가 잠들 때까지 여기 있을 거야. 먼저 가, 친구.”

그는 상의 주머니에 손을 집어넣고 마치 내가 그곳에 있는 것 자체가 자신의 신성한 임무에 대한 모독이라도 되는 듯 집 쪽을 향해 결연히 돌아섰다. 나는 그가 달빛 속에서 홀로, 아무 일도 일어나지 않는 상황을 지키도록 남겨 두고 그곳을 나섰다.

8

나는 밤새 잠을 잘 수 없었다. 해협에서 끊임없이 안개 경보가 울려 댔고, 나는 끔찍한 현실과 잔인한 꿈 사이를 오락가락하며 반쯤 앓는 상태로 뒤척이는 것으로 밤을 보냈다. 새벽이 다 되어서 개츠비의 저택으로 향하는 길로 택시 한 대가 올라가는 소리가 들렸다. 나는 곧장 침대에서 뛰쳐나와 옷을 챙겨 입었다. 미리 조심하라고 말해 주어야 한다는 생각이 들었고 아침이면 너무 늦을 터였다.

잔디밭을 가로질러 그의 집으로 가 보니 현관문이 열려 있었다. 그는 뭔가 커다란 실망을 한 것처럼 혹은 그저 졸고 있는 것처럼 홀의 한쪽 테이블에 기대어 있었다.

"아무 일도 없었어. 계속 기다렸지만 새벽 네 시쯤 데이지가 창가로 와 잠시 서 있다가 불을 끈 게 다야."

그가 힘없이 말했다.

우리는 담배를 찾기 위해 큰 방들을 이리저리 돌아다녔는데 이날처럼 개츠비의 집이 크게 느껴진 적은 없었다. 우리는 큰 천막 같은 커튼을 열어젖히며 전등의 스위치를 찾기 위해 어둠 속에서 벽을 더듬었다.

나는 뭔가에 걸려 넘어졌고 피아노 건반을 건드리는 바람에 시끄러운 소리가 났다. 집 안 여기저기에 먼지가 수북이 앉아 있었으며 많은 방들은 오랫동안 환기를 시키지 않은 듯 곰팡이 냄새가 짙게 깔려 있었다. 테이블에서 담배 한 갑을 찾았고 그 안에는 오래되어 바짝 마른 담배 두 개비가 남아 있었다. 우리는 거실 창문을 열고 어둠 속에서 담배를 피웠다.

"이곳을 떠나야 해. 네 차를 추적할 거야."

내가 말했다.

"당장?"

"일주일 정도 애틀랜틱시티에 가 있는 것도 좋고 몬트리올도 괜찮겠지."

그는 그럴 생각이 없는 것 같았다. 개츠비는 데이지의 생각을 알기 전에는 떠날 수 없다는 입장이었다. 그는 마지막 희망의 끈을 놓지 않았고 내가 그것을 끊으라고 강요할 수는 없었다.

그가 댄 코디와 함께 보냈던 유별난 청년기를 말해 준 것이 바로 그날이었다. 그 이야기를 꺼낸 이유는 그의 이상향이었던 제이 개츠비가 톰의 잔인한 악의 앞에 유리 조각처럼 산산이 부서졌고, 길고도 은밀하게 연주해 왔던 '광상곡'이 끝나 가고 있었기 때문이다. 지금 생각해 보면 그때 그는 무슨 이야기라도 모두 털어놓을 수 있었을 터였다. 하지만 개츠비는 무엇보다도 데이지에 관해 들려주고 싶어 했다.

데이지는 개츠비가 알던 어떤 여자보다도 우아하며 아름다운 여자였다. 개츠비는 여러 여자들을 만났지만 그들과의 사이에는 언제나 보이지 않는 선을 그어 두고 있었다. 하지만 데이지는 달랐다. 처음에는 캠프 테일러의 다른 장교들과 함께 그녀의 집에 놀러 갔지만 나중에는 혼자 다니게 되었다. 데이지는 좋은 집에 살았다. 개츠비는 그렇게 아름다운 집을 본 적이 없었다. 하지만 그 집을 좋아했던 건 아니었다. 데이지가 그 집에 살고 있다는 사실이 그녀를 더욱 좋아하게 만들었다. 훈련소의 텐트가 그에게 일상적이었던 것처럼 데이지에게 그 집은 일상이었다. 그 집에는 어떤 성숙한 신비로움이 맴돌고 있었다. 위층에는 세상에서 가장 아름답고 시원한 침실이 있을 것만 같고 복도마다 화려하고 신 나는 일들이 벌어지고 있을 것만 같았다. 라벤더 속에 처박힌 곰팡내 나는 사랑이 아닌 올해 출시된 번쩍이는 최신형 자동차처럼 생기 넘치고 쌩쌩한 사랑이 있을 것만 같았으며, 시들지 않는 꽃처럼 언제나 무도회가 열리고 있을 것만 같았다. 게다가 이미 그리고 지금까지도 많은 남자들이 데이지를 사랑했다는 사실은 그의 가슴을 더욱 설레게 했다. 그들에게 그녀는 더욱 가치 있는 존재였고 그들의 떨리는 감정의 그림자와 메아리들이 아직도 그 집 주위를 여기저기 가득 채우고 있다는 것이 느껴졌다.

하지만 개츠비는 자신이 그런 데이지의 집에 발을 들여놓을 수 있었던 것은 우연 때문이라는 사실을 잘 알고 있었다. 자신의 장래가 아무리 밝게 빛날 것이라 한들 현재 그는 그저 한 명의 초라한 청년일 뿐이었다. 게다가 자신의 정체를 그럴듯하게 포장해 주는 군복도 언제 벗게 될지 모를 터였다. 개츠비는 자신에게 주어진 시간을 최대한 활용했다. 뻔뻔함을 무릅쓰고라도 자신이 얻고 싶은 것은 모두 얻었다. 고요한 어느 10월의 밤, 그는 데이지의 손을 잡을 만한 자격이 없다는 이유로 데이지의 모든 것을 차지했다.

그는 거짓된 모습으로 데이지를 차지했으므로 자신을 경멸했을 수도 있겠다. 존재하지도 않는 수백만 달러를 가진 것처럼 거짓말한 것은 아니었지만 고의로 그녀가 그를 믿게끔 했다. 자신이 그녀와 같은 사회적 계층에 속한 사람인 것처럼 믿게 했으며 그녀를 보살펴 줄 만한 능력이 충분히 있다고 믿게 만들었던 것이다. 하지만 그에게는 그럴 만한 능력이 없었다. 집안의 뒷받침도 없었으며 매정한 정부의 변덕으로 인해 지구의 어느 낯선 곳에서 갑자기 목숨을 잃게 될지도 모르는 상황이었다.

하지만 그는 자신을 경멸하지 않았다. 그리고 상황도 그가 원하는 대로 돌아가지 않았다. 아마 그는 얻고 싶은 것을 손에 넣으면 순순히 떠날 생각이었는지도 모른다. 하지만 그때 그는 자신이 성배를 쫓았다는 것을 깨달았다. 그녀가 특별하다는 것을 알고 있었지만 그녀의 그 '고귀함'이 얼마만큼 대단한지는 미처 알지 못했던 것이다. 그녀는 개츠비를 남겨 둔 채 으리으리한 자신의 집 안으로 그리고 부유하고 충만한 삶 속으로 홀연히 사라졌다. 데이지와의 결혼을 꿈꿨던 순간 그에게 남은 것은 그저 그 꿈만이 전부였다.

이틀 후 데이지를 다시 만났을 때 개츠비는 배신을 직감했다.

그녀의 집 현관은 돈을 주고 산 장식들로 별처럼 눈부셨다. 그녀가 그에게 몸을 돌리고 그가 호기심 많고 사랑스러운 그녀의 입술에 키스를 퍼붓는 동안 등나무 의자는 삐걱거리고 있었다. 감기에 걸린 그녀의 목소리는 조금 잠겨 있어 더욱 매력적이었다. 개츠비는 부유함이 보호해 주는 젊음과 매력과 화려한 옷들이 풍기는 생동감, 이런 것들이 가난한 이들과 동떨어진 곳에서 데이지가 안전하고 평화로운 삶을 유지할 수 있도록 만든다는 사실을 물리적으로 절감했다.

"내가 데이지를 사랑한다는 것을 깨달았을 때 얼마나 당혹스러웠는지 알아? 차라리 데이지가 나를 버려 주길 바랐을 정도였어. 하지만 데이지는 그러지 않았지. 그녀도 나를 사랑하고 있었으니까. 그녀는 자신이 모르는 많은 것을 알고 있었기 때문에 내가 똑똑하다고 여기는 것 같았어. 하여튼 그렇게 나는 점점 내 야망도 잊은 채 더욱더 깊은 사랑의 늪으로 빠져들었지. 어느덧 나도 모든 일에 대해 신경 쓰지 않게 되었을 정도였어. 앞으로 내가 할 일들을 이야기해 주는 것만으로도 이미 다 이룬 것처럼 행복했기 때문에 실제 행동으로 옮기는 일이 무의미할 것만 같았어."

해외로 파병 가기 전날 늦은 오후 그는 데이지를 껴안고 오랫동안 말없이 앉아 있었다. 쌀쌀한 가을날이었다. 실내에 난로를 피워 놓았기 때문에 그녀의 뺨은 발갛게 상기되었다. 가끔씩 그녀가 몸을 움직이면 그는 팔의 위치를 조금씩 바꾸었다. 그녀의 반짝이는 검은 머리카락에 입을 맞추기도 했다. 그날 오후 그들은 그 다음날로 예정된 기나긴 이별에 대비해 추억을 깊이 간직하려는 듯 차분한 상태로 조용히 보냈다. 그들이 만난 한 달 동안 데이지의 다문 입술이 그의 상의 어깨에 입맞춤하기도 했고, 개츠비는 데이지가 잠들어 있는 것처럼 손가락 끝을 어루만지기도 했다. 두 사람이 연애 기간 중 가장 친밀하게 서로를 마음 깊이 새긴 날이었다.

전쟁 중 개츠비는 군에서 승승장구했다. 전선에 배치되기도 전에 대위로 진급했고 아르곤 전투 후에는 소령으로 진급하여 사단의 기관총 대대를 맡았다. 휴전이 되면서 개츠비는 귀국하기 위해 노력했지만 행정 착오 때문에 옥스퍼드로 파견되었다. 그는 애가 탔다. 데이지의 편지에 절망적인 말들이 쓰여 있었기 때문이다. 데이지는 개츠비가 귀국하지 못하는 이유를 납득하지 못했다. 주변의 압력을 받고 있던 그녀는 개츠비가 하루 빨리 돌아와 주기를 바랐고 자신의 곁에 있어 주길 원했으며 그를 기다렸던 자신이 옳았다는 확인을 받고 싶었다.

데이지는 어렸던 데다 그녀의 잘 꾸며진 세계는 난초 향과 즐겁고도 유쾌한 속물 냄새로 가득 차 있었다. 오케스트라는 슬픔과 인생에 대한 암시를 새로운 선율에 담아 그해에 유행했던 곡들을 연주해 댔다. 밤이 새도록 색소폰이 〈빌 스트리트 블루스〉를 연주했고, 금빛과 은빛의 화려한 구두 수백 켤레가 반짝이는 먼지들을 일으키며 이리저리 몰려다녔다. 어스름 무렵의 티타임이 돌아오면 방들은 언제나 이런 은은하면서도 달콤한 열기에 취해 요동쳤다. 바닥에 이리저리 흩어져 있는 장미 꽃잎들처럼 매번 새로운 얼굴들이 나타났다.

계절이 바뀌었고 데이지는 다시 이 황혼의 세계 속에 모습을 드러냈다. 하루에 대여섯 명의 남자들과 만나며 데이트했고, 새벽이 되어야만 침대 옆 방바닥에서 시들어 가는 난초 사이에 자신이 입었던 구슬과 쉬폰 장식이 가득한 이브닝드레스를 얹어 놓고 잠이 들었다. 그러는 동안 그녀의 마음속에는 늘 뭔가 결정을 내려야 한다는 절박한 소리가 울부짖었다. 그녀는 자신의 삶이 지금이라도 어떤 안정적인 형태를 갖추기 바랐다. 하지만 그 결단은 어떠한 힘에 의해 이루어져야만 했다. 사랑이든, 돈이든, 또는 어떤 다른 현실적인 명분이 필요했다. 그리고 그러한 것이 그때 당시 그녀가 손만 뻗으면 닿을 곳에 가까이 있었다.

그 힘은 봄이 짙어질 무렵 톰 뷰캐넌이 나타나며 구체화되었다. 그녀는 톰의 외모와 사회적 지위가 마음에 들었다. 그의 진지한 성품에서 우러나오는 무게감은 데이지에게 '안정'과 '안전'을 보장해 줄 것만 같았다. 데이지는 분명 갈등했겠지만 톰이 그녀에게 주는 '안도감'이 결국 승리했다. 개츠비가 그런 그녀의 이야기를 담은 편지를 받았던 것은 옥스퍼드에서였다.

어느새 롱아일랜드에 새벽이 밝아 왔다. 우리는 집 안을 돌아다니며 아래층의 나머지 창들도 모두 열어 집 안을 회색과 금빛 햇살로 가득 채웠다. 나무 한 그루의 그림자가 불쑥 이슬 위로 드리워졌고, 푸르른 나뭇잎 사이로 몇몇 새들이 지저귀기 시작했다. 바람은 거의 없었고 공기 중에는 느리고 상쾌한 움직임만이 있었다. 서늘하고 좋은 날씨가 예상되는 날이었다.

“데이지가 그 사람을 사랑한 적이 있을 리 없어.”

개츠비가 창문에서 몸을 돌리며 자신 있게 말했다.

“기억하겠지만 어제 오후 그녀는 몹시 흥분해 있었어, 친구. 그 사람이 말도 안 되는 얘기들을 꺼내며 그녀가 겁을 먹도록 유도했어. 내가 무슨 비열한 사기꾼이라도 되는 것처럼 말이야. 아마 그녀는 자신이 무슨 말을 하고 있는지도 몰랐을 거야.”

그는 참담하다는 듯 자리에 앉으며 말을 계속했다.

“그래, 어쩌면 신혼 초기에 잠시 그 남자를 사랑했을지도 모르지. 물론 그때마저도 나를 더 사랑했을 테지만.”

그러더니 그는 이렇게 말했다.

“어쨌든…… 그건 그저 상황이 그렇게 됐던 거겠지.”

확실히 알 수 없는 문제를 두고 너무 깊이 파고들어 생각했던 나머지 그는 횡설수설하고 있었다.

그가 프랑스에서 귀국했을 때 톰과 데이지는 신혼여행 중이었다. 그는 군에서 받은 마지막 월급을 털어 루이빌로 떠났다. 비참한 심정이었지만 그렇게라도 마음을 잡아 보려 했던 것이다. 그는 일주일 동안 그곳에 머물며 11월 밤 두 사람이 함께 걸었던 길을 다시 걷고 그녀의 흰색 차로 함께 갔던 비밀의 장소들을 찾아다녔다. 데이지의 집이 그에게 어떤 집보다 신비롭고 행복해 보였던 것처럼, 그 도시 역시 슬프디 슬픈 아름다움으로 그득했다. 물론 이제 그녀는 떠나고 없었지만 말이다.

개츠비는 루이빌을 떠나며 좀 더 노력한다면 그녀를 되찾을 수 있을지도 모른다는 희망을 품게 되었다고 한다. 어쩐지 데이지를 남겨 두고 떠난다는 느낌이 들었던 것이다. 그는 빈털터리였고 일반 객차는 몹시 더웠다. 그는 객차의 연결 복도로 나가 접이식 간이 의자에 앉았다. 정거장이 뒤에 남겨지고 낯선 건물들이 뒤로 밀리며 스쳐 지나갔다. 마침내 기차는 봄의 들판에 들어섰고 사람들을 태운 노란색 전동차가 기차와 경주하듯 나란히 달렸다. 전동차에 탄 사람들이 거리를 지나다가 하얗고 아름다운 데이지와 마주쳤을지도 모른다고 생각했다. 개츠비는 그렇게 데이지에 대한 미련을 버리지 못했다.

기차는 철로가 곡선으로 꺾이는 부분을 지나며 태양으로부터도 점점 멀어져 갔다. 태양은 점점 낮게 내려앉으며 그녀가 숨 쉬었던, 사라져 가는 도시 위로 축복의 빛을 뿌리고 있었다. 개츠비는 그곳의 공기를 한 줌이라도 움켜쥐려고 필사적으로 손을 뻗었다. 하지만 눈물에 흐려진 그의 눈에는 모든 것이 너무나 빠르게 지나가고 있었다. 그때 그는 그곳에서 가장 순수하고 아름다운 순간을 영원히 잃어버렸다는 사실을 깨달았다고 한다.

우리가 아침을 먹고 밖으로 나갔을 때는 이미 아홉 시가 다 되어 있었다. 하룻밤 사이에 날씨는 완연한 가을의 기운이 돌았다. 개츠비의 기존 하인 중 유일하게 지금까지 남아 있는 정원사가 현관 계단 밑으로 다가왔다.

"오늘 수영장 물을 뺄까 합니다. 곧 낙엽들이 떨어질 텐데 그럼 배수구에 문제가 생기니까요."

"오늘은 그냥 둬."

개츠비가 대답했다. 그리고 내게 변명하듯 말했다.

"올 여름에는 수영장에 발 한번 못 담가 봐서."

나는 시계를 보며 자리에서 일어섰다.

"기차 시간이 십이 분밖에 남지 않았네."

나는 그날 시내로 나가고 싶지 않았다. 특별한 일이 없기도 했지만 다른 이유가 있었다. 개츠비를 그렇게 놔두고 가고 싶지 않았다. 나는 기차를 한 번 놓치고 그다음 기차도 그대로 보낸 다음에야 겨우 일어섰다.

"전화할게."

내가 말했다.

"그래."

"이따가 열두 시쯤."

우리는 말을 주고받으며 천천히 계단을 내려갔다.

"데이지도 전화하겠지?"

그는 내가 이 말에 동의해 주기를 바라는 듯 걱정스러운 표정으로 나를 바라봤다.

"아마도."

"그럼…… 잘 다녀오고."

우리는 악수를 나눴다. 나는 그의 집을 나섰는데 울타리에 다다르기 직전 갑자기 하고 싶은 말이 떠올랐다.

"그 사람들, 모두 썩어빠진 물질주의자들이야. 네가 그 사람들보다 훨씬 더 가치 있는 사람이야!"

나는 지금까지도 그렇게 외친 것이 잘한 일이라고 생각한다. 사실 나는 처음부터 끝까지 그를 좋게 판단하지 않았다. 그렇기에 그 말은 내가 개츠비를 향해 했던 유일무이한 칭찬이었다.

개츠비는 정중히 고개를 끄덕이더니 곧 환하게 웃어 보였다.

마치 그 점에 대해서는 우리가 늘 얘기하고 있었다는 듯 그는 그렇게 웃었다.

개츠비의 우아한 분홍색 양복이 하얀 돌계단을 배경으로 밝은 무늬를 만들어 내고 있었다. 그 모습에 나는 석 달 전 이 저택을 처음 방문했던 밤을 떠올렸다. 잔디밭과 차도에는 개츠비가 어떤 어두운 세계에 속한 인물일 것이라고 추측하는 사람들로 가득했다. 그때 그는 저 계단에 서서 영원히 파괴될 수 없는 꿈을 간직한 채 자신의 손님들을 향해 손을 흔들며 인사를 하고 있었다.

나는 그런 그의 환대가 고마웠다. 그러고 보면 우리 모두는 그의 환대에 고마워하고 있었다.

"갈게! 아침 맛있게 잘 먹었어, 개츠비!"

내가 외쳤다.

나는 뉴욕 시내에 나와 한참 동안 어마어마하게 쌓인 주식 시세표를 작성하다 회전의자에 앉은 채 깜빡 잠이 들었다. 정오가 되기 직전 전화벨 소리에 잠에서 깼다. 얼굴에서 땀이 줄줄 흐르고 있었다. 조던 베이커의 전화였다. 그녀는 정확한 일정 없이 호텔과 클럽과 집을 왔다 갔다 했기 때문에 평소에 내가 연락할 방법이 애매했다. 그래서 이 시간이면 가끔씩 그녀가 전화를 걸어 왔다. 평소 같았으면 초록색 골프장의 잔디 조각이 사무실 창문으로 날아오는 것처럼 상쾌하고 시원스러운 목소리였을 텐데 이날의 전화는 왠지 이상하고 건조했다.

"데이지네 집에서 나왔어. 헴스테드(*롱아일랜드에 위치한 마을.)에 있는데 오후에 사우샘프턴(*롱아일랜드 동남쪽 해안가에 위치한 마을.)으로 내려갈 거야.”

그녀가 말했다. 조던이 데이지의 집을 나온 것이 잘한 일인지 확신할 수 없었지만 나는 어쨌든 짜증이 났고 그다음 말을 듣다 보니 더욱 화가 났다.

“어제 당신 너무했어.”

“어제 같은 상황에서는 그럴 수도 있지.”

내가 대답했다. 잠시 침묵이 흘렀고 그녀는 이렇게 말했다.

“하지만…… 보고 싶어요.”

“나도 보고 싶어.”

“사우샘프턴에 가지 말고 오후에 시내로 나갈까?”

“아니 그건…… 오늘 오후는 안 될 것 같은데…….”

우리는 이런 식으로 한동안 어색한 전화 통화를 이어 가고 있었는데 갑자기 전화가 끊어졌다. 둘 중 누가 먼저 전화를 끊었는지 모르겠지만 나는 신경 쓰지 않았다. 영원히 그녀를 그렇게 잃게 된다 하더라도 그날만큼은 그녀와 함께 차를 마시며 한가로운 시간을 보낼 수 없었다.

몇 분 뒤 나는 개츠비의 집으로 전화를 걸었는데 통화 중이었다. 네 번이나 더 걸었다. 그랬더니 결국 전화 교환원이 화를 내며, 지금 디트로이트에서 걸려 온 장거리 전화 때문에 대기 중이라 그런 것 같다고 말해 주었다. 나는 기차 시간표를 꺼내 세 시 오십 분 차에 동그라미를 친 후 의자에 깊숙이 몸을 기대 앉아 생각을 정리해 보려고 했다. 그때가 바로 정오였다.

그날 아침 기차가 '잿더미 계곡'을 지날 때 나는 일부러 반대편 좌석으로 가 앉았다. 아마 그곳에 하루 종일 호기심 많은 사람들이 모여 있을 테고, 아이들은 먼지를 뒤집어쓴 채 핏자국을 찾아다니고, 남의 뒷말을 즐기는 수다쟁이들은 수없이 되풀이해서 그 사건에 대해 이야기하다 마침내 현실감을 잃은 채 입을 다물게 될 것이다. 그리고 그제야 머틀 월슨의 비극적 사건도 잊혀지리라. 이 시점에서 시간을 조금 뒤로 돌려, 전날 밤 우리가 정비소를 떠난 뒤 그곳에서 일어난 일을 이야기하고 넘어가야 할 것 같다.

경찰은 그녀의 여동생 캐서린의 소재를 파악하는 데에 어려움을 겪고 있었다. 그녀는 술을 마시지 않는다는 자신의 다짐을 지키지 못한 것이 틀림없었다. 사람들이 그녀를 찾았을 때 그녀는 술에 너무 취한 나머지 구급차가 플러싱으로 떠났다는 말도 제대로 알아듣지 못했다. 사람들은 그녀에게 어렵게 정황을 설명했고 그녀는 무슨 일이 일어났는지 알아듣자마자 즉시 기절해버렸다. 마치 자신이 쓰러지는 부분이 이 사건에서 가장 슬픈 장면인 듯 말이다. 누군가가 친절에서인지 호기심에서인지 그녀를 자신의 차에 태워 언니의 시신을 따라가게 도와주었다.

자정이 훨씬 지난 후에도 구경꾼들이 머틀의 정비소로 꾸준히 밀려들었다. 머틀의 남편 조지 월슨은 사무실의 긴 소파에 앉아 앞뒤로 몸을 흔들고 있었다. 사무실이 열려 있었기 때문에 가게에 들어오는 사람들은 누구나 그 안을 보게 되었다. 그러다 누군가가 월슨을 생각해 문을 닫아 주었다.

마이클리스와 몇몇 사람이 윌슨과 함께 더 있어 주었는데, 네댓 명이 되던 사람들은 나중에 두셋으로 줄었고 시간이 더 흐르고 마지막에 남은 사람은 마이클리스와 한 낯선 남자뿐이었다. 마이클리스는 중간에 가게에 가서 커피를 끓여 올 테니 십오 분 정도만 기다려 달라고 그 남자에게 부탁한 것 말고는 새벽 늦게까지 윌슨 옆을 지켰다.

새벽 세 시쯤 윌슨의 두서없는 중얼거림이 약간씩 달리지기 시작했다. 그는 차분해지면서 그 노란색 차에 대해 말하기 시작했다. 노란색 차가 누구의 차인지 알아낼 수 있다고 큰소리쳤다. 두 달 전 아내 머틀이 시내에 다녀온 적이 있었는데 얼굴에 맞은 것처럼 멍이 들고 코가 부어서 들어온 적이 있었다는 말도 했다고 한다.

하지만 곧 자신이 무슨 말을 한 건지 깨닫고 끙끙거리며 "오, 신이시여, 맙소사!"라고 울부짖기 시작했다. 마이클리스는 그런 그를 진정시키느라 꽤나 애를 먹었다고 했다.

"조지, 결혼한 지 얼마나 됐죠? 자, 봐요. 잠시 조용히 앉아 내가 묻는 말에 대답 좀 해 보세요. 결혼한 지 얼마나 되셨죠?"

"십이 년."

"아이는요? 가만히 좀 계셔 보세요. 아이는 있으시고요?"

껍질이 딱딱한 갈색 딱정벌레들이 계속 날아들어 희미한 전등에 부딪히는 소리가 났다. 밖에서 자동차가 지나가는 소리가 들릴 때마다 마이클리스는 몇 시간 전에 사고를 내고 달아났던 자동차가 떠올랐다. 머틀을 눕혀 놓았던 작업대에는 아직도 피가 굳은 채 그대로 있었기 때문에 정비소에 들어가고 싶지 않았다. 그래서 그는 사무실 주위에만 계속 머물러 있었다. 아침이 될 때까지 말이다. 그리고 그 덕분에 사무실 안의 물건들을 모두 기억할 수 있었다.

“혹시 교회는 다니세요? 한동안 안 나갔다 하더라도요. 내가 교회에 전화해서 목사님 좀 부를까요? 목사님과 이야기를 나누면 좋을 거예요.”

“교회 안 다녀.”

“이런 때를 대비해서 교회를 다니는 거예요. 교회에 한 번쯤은 가 보신 적이 있으시죠? 교회에서 결혼하셨을 것 아니에요. 조지, 듣고 있어요? 교회에서 결혼식 안 했어요?”

“아주 오래전에…….”

그는 대답하기 위해 앞뒤로 몸을 흔드는 것을 그만두었다. 그는 잠시 말을 하지 않았다. 뭔가를 아는 것 같기도 하고 정신이 나간 것 같기도 했다.

“거기 서랍 좀 열어 봐.”

그가 책상을 가리키며 말했다.

“어떤 서랍이요?”

“거기 그 서랍…… 그거…….”

마이클리스는 가장 가까웠던 서랍을 열었다. 그 안에는 가죽과 은실을 꼬아 만든 비싼 개 목줄이 있었다. 그게 전부였다. 그 목줄은 새 것이었다.

“이거요?”

마이클리스가 목줄을 들고 물었다.

윌슨은 고개를 끄덕였다.

“어제 오후에 그걸 발견했어. 머틀이 무슨 말을 하려고 하던
데…… 좀 이상했지.”

“부인이 사신 거예요?”

“마누라가 화장지에 싸서 화장대 위에 올려놨더군.”

마이클리스가 보기에 그것은 아주 평범한 목줄일 뿐이었다.
그래서 그는 머틀이 목줄을 살 만한 이유를 몇 가지 말해 보았
다. 하지만 그런 말들은 모두 머틀이 이미 시도했던 변명인 것
같았다. 그는 “오, 신이시여. 맙소사!”라고 중얼거렸다. 그래서
마이클리스가 하려던 여러 가지 해명들은 모두 허공 속으로 날
아가 버렸다.

“그래서 그놈이 마누라를 죽인 거야.”

윌슨이 갑자기 입을 벌리고 말했다.

“누구요?”

“알아낼 방법이 있어.”

“조지, 그러지 좀 마세요. 오늘 너무 놀라서 지금 말도 안 되
는 얘기를 하고 계시는데 아침까지는 그냥 좀 쉬세요.”

“그놈이 마누라를 죽였어.”

“조지, 그건 사고였어요.”

윌슨은 고개를 가로저었다. 그리고 “흠!” 하고 모든 것을 아
는 귀신마냥 두 눈을 가늘게 뜨고 입을 약간 벌렸다.

“난 다 알아. 난 남을 의심하는 사람이 아니야. 누구를 해칠
생각도 없다. 하지만 내가 뭘 안다고 할 땐 진짜 아는 거야. 그
차에 탄 사내놈이야. 마누라는 그놈에게 다가가려고 했어. 그런
데 놈이 차를 멈추지 않은 거야.”

마이클리스도 그 장면을 보긴 했지만 뭔가 특별한 것을 느끼지는 못했다. 윌슨 부인이 딱히 그 차를 세우려고 했다기보다는 그저 남편에게서 도망치려던 것이라 믿었기 때문이다.

"부인이 왜 그랬겠어요."

"비밀이 많은 여자야."

윌슨이 그것으로 대답을 다한 것처럼 말했다. 그는 다시 몸을 흔들어 대기 시작했다. 마이클리스는 손으로 목줄을 이리저리 꼬며 옆에 서 있었다.

"누구 친구분한테 전화라도 걸어 드려요?"

하지만 헛된 바람이었다. 마이클리스는 윌슨에게 친구가 한 명도 없다는 것을 알고 있었다. 그는 친구는커녕 자신의 부인도 관리하기 힘들어 했다. 시간이 조금 흘러 창가에 푸른빛이 돌기 시작했다. 새벽이 오고 있었다. 그는 반가웠다. 다섯 시쯤이 되니 전등불을 꺼도 될 만큼 날이 훤해졌다.

윌슨은 멍한 시선으로 '잿더미 계곡'을 응시하고 있었다. 기이한 모양의 작은 잿빛 구름들이 새벽의 미풍에 떠밀려 움직이고 있었다.

"내가 마누라한테 말했었어."

그는 다시 중얼거리기 시작했다.

"나를 속일 수는 있어도 신은 절대로 못 속인다고. 나는 마누라를 창가로 데리고 간 다음……."

그는 힘겹게 자리에서 일어나 뒤쪽 창가로 걸어가 창가를 향해 기대섰다.

"이렇게 말했어. '신은 네가 지금껏 한 일을 다 알고 있다. 하나도 빼놓지 않고 모두 말이다. 너는 나를 속일 수는 있어도 신은 절대로 못 속인다!'라고……."

마이클리스는 윌슨의 뒤에 서서 그를 살폈다. 그러다가 그가 T.J. 에클버그 의사의 두 눈을 올려다보고 있는 것을 알고 깜짝 놀랐다. 어둠이 사라지며 그 거대한 의사가 슬슬 모습을 드러내고 있었다.

"주님은 모든 것을 보고 있다."

윌슨은 되풀이해 말했다.

"저건 그냥 광고판이에요."

마이클리스는 이렇게 말하며 창문에서 떨어져 방 안을 둘러보았다. 하지만 윌슨은 창틀에 얼굴을 바짝 붙인 채 밝아 오는 여명을 향해 고개를 끄덕이며 오래도록 그렇게 서 있었다.

아침 여섯 시, 마이클리스는 이미 지칠 대로 지쳐 있었기 때문에 밖에서 자동차가 멈추는 소리가 들리자 반가웠다. 전날 밤에 함께 있었던 사람들 중에서 아침에 다시 오겠다고 약속한 한 명이었다. 마이클리스는 세 명 분의 아침 식사를 만들었지만 윌슨은 먹지 않았다. 윌슨은 이제 말도 하지 않았다. 마이클리스가 잠을 자기 위해 자신의 집으로 돌아갔다가 네 시간 후에 다시 정비소로 돌아와 보니 윌슨은 어디론가 사라진 후였다.

윌슨의 행방은—그는 계속 걸어다녔다고 한다.—나중에 밝혀졌는데 처음에 루스벨트 항으로 갔다. 개즈힐의 한 식당에서 샌드위치와 커피를 샀지만 샌드위치는 먹지 않고 커피만 마시고 나왔다. 개즈힐에는 정오쯤에 도착했다는 결론이 신빙성 있었다. 여기까지는 그의 행적이 그런대로 파악되었다. '살짝 미친 사람처럼 행동하는 남자'를 보았다는 아이들도 몇 있었고, 그가 길가에 서서 이상한 눈으로 자신을 바라보았다는 자동차 운전자들도 있었다. 하지만 그 뒤 세 시간 동안 그의 행방을 아는 사람은 없었다. 경찰은 그가 마이클리스에게 '알아낼 방법이 있다'라고 말한 것을 근거로, 그 근처 정비소 하나하나 모두 수색하며 노란색 자동차를 찾는데 세 시간을 보냈을지도 모른다고 여겼다. 하지만 그중 누구도 그를 봤다는 사람이 없었다. 그렇다면 월슨은 원하는 것을 찾아내는 자신만의 쉽고도 확실한 방법을 따로 갖고 있었을 가능성이 컸다. 두 시 반쯤 월슨은 웨스트에그에 도착해 누군가에게 개츠비의 집으로 가는 길을 묻고 있었다. 그때 월슨은 이미 개츠비의 이름을 알고 있었던 것이다.

오후 두 시, 개츠비는 수영복을 입은 후 집사에게 수영장에 있을 테니 어디서든 전화가 오면 바로 알려 달라고 일러둔 후, 여름 동안 손님들이 즐겼던 매트리스 튜브를 가지러 창고에 들렀다. 운전기사가 매트리스에 공기 넣는 일을 도와주었다. 그는 오픈카를 절대 밖으로 내놓지 말라고 엄중히 부탁해 놓았는데 운전사에게는 이상한 지시였다. 당시 오른쪽 앞바퀴의 흙받이는 수리가 필요한 상태였기 때문이다. 개츠비는 튜브를 어깨에 메고 수영장으로 갔다. 한 번 멈춰 서서 매트리스를 고쳐 들기도 했다. 운전사가 도와주겠다고 했지만 그는 고개를 저었다. 그리고 이제는 노랗게 물들어 가는 나무들 사이로 사라졌다.

전화는 한 통도 오지 않았다. 집사가 낮잠도 참아 가며 네 시까지 기다렸는데도 말이다. 집사는 전화가 왔다 해도 이미 받을 사람이 이 세상에 존재하지 않게 되었을 때까지 기다렸다. 개츠비 자신도 전화가 오리라고 믿지 않았을 것이고 이미 그런 것에 상관도 없었을 것이다. 만약 정말 그랬다면 그것은 그가, 이제 과거의 따뜻한 세계는 끝났고 하나의 꿈만 간직한 채 오랜 시간을 낭비한 것에 대해 비싼 대가를 치르고 있음을 이미 알고 있었다는 뜻이다. 그는 장미꽃이 얼마나 괴기스러운 꽃인지, 또 가꾸지 않은 잔디 위에 쏟아지는 햇빛이 얼마나 이질적인지를 깨달으며 생경한 나뭇잎 사이로 낯선 하늘을 올려다보았을 것이다. 더불어 몸도 떨었을 것이다. 현실감이 결여된 물질적이고 새로운 세계, 가엾은 넋들이 공기처럼 꿈을 들이마시며 마음대로 이리저리 방황하는 새로운 세계……. 흐릿한 나무들 사이를 지나 소리 없이 그에게 다가오는 그 잿빛의 낯선 형체처럼 말이다.

총소리를 들은 것은 운전사—그는 울프심의 조직원 중 한 사람이었다.—였다. 나중에 말하길 그는 총소리를 별로 대수롭지 않게 여겼다고 한다. 나는 기차역에서 개츠비의 집으로 곧장 차를 몰고 올라갔다. 내가 걱정스러운 얼굴을 하고 현관 계단을 달려 올라가던 그 순간이 되어서야 모두들 뭔가를 깨달은 듯 움직였다. 하지만 나는 그때 이미 그들이 그 사실을 알고 있었다고 확신한다. 운전기사, 집사, 정원사, 나, 이렇게 네 사람은 서로 한 마디 말도 없이 곧장 수영장 쪽으로 내달렸다.

한쪽 끝에서 흘러나오는 새 물이 다른 쪽 끝에 있는 배수구를 통해 빠져나가고 있었기 때문에, 물은 미세하게 물결치며 잔잔히 흐르고 있었다. 그리고 그 때문에 개츠비를 태운 매트리스 튜브는 불규칙하게 흔들렸다. 수면에 작은 파장 하나 만들지 못할 뜻밖의 미풍이 불어왔는데 이것은 매트리스의 움직임을 방해했다. 매트리스는 수면 위에 떠 있던 나뭇잎 더미에 닿자 천천히 방향을 돌리며 마치 컴퍼스의 다리처럼 물 위에 붉은색 동그라미를 그렸다.

우리가 개츠비의 시체를 집으로 옮기고 난 지 얼마 지나지 않아 정원사가 수영장에서 조금 떨어진 잔디밭에서 윌슨의 시체를 발견했다. 그 믿을 수 없던 살인 사건의 결말이었다.

9

그 사건 이후 이 년이 흘렀다. 나는 그날의 나머지 시간들과 그날 밤 그리고 다음날을 떠올릴 때면 개츠비의 집을 끊임없이 들락거리던 경찰관들과 기자들만 생각났다. 경찰관 한 사람이 정문 앞에 줄을 치고 가로막은 채 경비를 서며 구경꾼들을 통제했다. 하지만 아이들은 곧 우리 집 마당을 통해 개츠비네 집으로 들어갈 수 있다는 것을 알아냈다. 아이들은 수영장 주위에 모여 입을 벌린 채 서 있기도 했다. 그날 오후 형사인 듯한 남자가 자신만만한 태도로 윌슨의 시체를 들여다보며 '정신병자'라고 했는데 그 말은 다음날 조간신문 기사의 헤드라인으로 여기저기 사용되었다.

신문 기사들은 모두 말도 안 됐다. 추측에 의존해 소설처럼 써 내려간 기사들은 기괴하고 진실과 달랐다. 마이클리스의 증언으로 윌슨이 자신의 아내를 의심하고 있었다는 사실이 드러나는 순간 나는 이 사건 전체가 하나의 선정적인 이야깃거리로 전락하리라 예감할 수 있었다. 분명 뭔가 할 말이 있었을 캐서린마저 침묵했다. 그녀는 세련되게 눈썹을 그리고 나타나서 결연한 표정으로, 자신의 언니는 한 번도 개츠비를 만난 적이 없었으며 남편과도 너무 행복했다고 증언했다. 그녀는 자신의 이런 확신에 너무 도취되어 약간의 의심을 받는 것 같으면 슬픔을 참을 수 없다는 듯 손수건에 얼굴을 파묻고 눈물을 흘렸다. 그리하여 그 사건은 윌슨이 '부인의 외도에 충격을 받아 정신 이상을 일으킨 사람'으로 정리되며 그렇게 종결되었고, 지금까지도 많은 사람들은 그렇게 알고 있다.

하지만 이 사건의 내용은 그게 아니었으며 본질과도 동떨어져 있다. 당시 개츠비의 편에 서 있는 것은 오직 나 혼자였다. 그 불행한 사건의 소식을 웨스트에그 마을에 알린 순간부터 그를 둘러싼 의구심과 실질적 질문들이 모두 내게로 쏠렸다. 처음에는 놀라고 당황스러웠다. 하지만 당사자인 개츠비는 집 안에 안치되어 움직이지도, 숨을 쉬지도, 말을 하지도 못하는 상태가 되었다. 나는 그런 그를 보며 내가 무언가를 해야 한다는 생각이 들었다. 게다가 나 말고는 아무도 이 일에 관심을 보이지 않았다. 관심, 그렇다. 어떤 인간이라도 최후의 순간을 맞는다면 관심을 받기 마련이라는 말이다.

개츠비의 시체가 발견된 지 삼십 분 뒤 나는 본능적으로, 망설임 없이 데이지에게 전화했다. 하지만 그녀와 톰은 그날 오후 일찍 짐을 꾸려 어디론가 여행을 간 상태였다.

"어디로 간다고 주소를 남겨 놓고 갔나요?"

“아니요.”

“언제 돌아온다는 말은 있었나요?”

“없었습니다.”

“혹시 어디 갈 만한 곳이 있습니까? 연락할 방법이라도…….”

“모릅니다. 말씀드릴 수 없는데요.”

나는 개츠비를 위해 무언가를 하고 싶었다. 누군가를 데려오고 싶었다. 그가 누워 있는 방으로 가 그를 위로하고 싶었다. ‘개츠비, 자네를 위해 누구든 데려올 거야. 그러니 걱정 말게. 나를 믿어. 누구든 데려올게…….’라고 말이다.

마이어 울프심은 전화번호부에 연락처가 기재되어 있지 않은 사람이었다. 집사가 브로드웨이에 있는 그의 사무실 정보를 가르쳐 주었다. 나는 안내에 전화를 걸었다. 하지만 이미 시간이 다섯 시가 훨씬 넘어서 사무실은 아무도 전화를 받지 않았다.

“한 번만 더 연결해 주실 수 있으세요?”

“벌써 세 번이나 연결했는데요.”

“아주 중요한 일입니다.”

“죄송하지만 아무도 안 계신 것 같아요.”

응접실로 돌아온 나는 방 안에 가득한 사람들이 공무를 처리하려는 사람들뿐이라는 생각이 들었다. 그들이 시트를 내리고 무심한 눈으로 시신을 보고 있는 동안에도 개츠비는 내게 이렇게 호소하는 것만 같았다.

‘친구, 누구든 데려와 줘. 좀 더 노력해 봐. 이렇게 쓸쓸히 죽을 수는 없어.’

누군가 내게 이것저것 질문하기 시작했다. 하지만 나는 그들을 뿌리치고 위층으로 올라가 잠겨 있지 않은 그의 책상 서랍들을 뒤지기 시작했다. 그는 내게 부모님의 생사 여부에 대해서는 한 번도 말한 적이 없었다. 아무것도 찾을 수 없었다. 오직 댄 코디의 사진, 기억 속에 사라진 폭력의 증거만이 벽에서 나를 내려다보고 있을 뿐이었다.

다음날 아침 나는 울프심에게 쓴 편지를 집사의 손에 들려 뉴욕으로 보냈다. 개츠비에 대한 정보를 받아오라 부탁하고 그다음 기차로 돌아와 달라고 했다. 나는 편지를 쓰면서도 혹시 내가 헛일을 하고 있는 것이 아닌지 불안했다. 나는 정오 전에는 분명 데이지로부터 전보가 올 것이라고 확신했고 울프심 또한 조간신문을 보는 즉시 이리로 올 것이라 믿었지만 전보도, 울프심도 모두 오지 않았다. 집사는 울프심의 답장을 들고 왔다. 나는 이 편지를 보면서 일종의 반발심이 들었다. 다시 말해 개츠비와 나는 한편이라는 동지애 같은 것을 느꼈고, 우리는 그 모두에 맞서 싸워야 했던 것이다.

캐러웨이 씨에게

내 생애 가장 끔찍한 일이 일어났군요. 도저히 믿을 수가 없소. 그 살인자가 저지른 극악무도한 행동은 우리 모두에게 많은 생각을 하게 만드네요. 하지만 나는 지금 사업상 아주 중요한 일 때문에 움직일 수가 없으며, 지금 이 사건에 관련되어 어떠한 것도 할 수 없는 입장입니다. 혹시 나중에라도 내가 도울 일이 있다면 에드가를 통해 알려 주시오. 너무나도 큰 충격에 지금 정신이 혼미해 옵니다.

마이어 울프심으로부터.

그리고 그 밑에 휘갈겨 쓴 글씨로 이렇게 덧붙였다.

장례식 일정에 대해서 알려 주십시오. 그리고 그의 가족에 대해서는 나도 아는 바가 없습니다.

그날 오후 시카고에서 장거리 전화가 왔다. 나는 드디어 데이지가 전화를 했다고 생각했다. 하지만 수화기 너머에는 아주 가늘고 감이 먼, 한 남자의 목소리가 있었다.
"슬레이글이오."
"네?"
나는 처음 듣는 이름이었다.
"이 얼마나 기막힌 노릇입니까! 전보는 받으셨지요?"
"받은 전보가 없는데요."
"파크 녀석이 사고를 쳤어요!"
그가 서둘러 말했다.
"카운터 너머로 채권을 넘기다 붙잡혔어요. 바로 오 분 전에 뉴욕에서 채권 번호를 받았소. 거기에 대해 뭐 좀 아는 거 없소? 이런 촌구석에 앉아서는 아무것도 할 수가 없으니……."
"자, 잠깐만요."
나는 그의 말을 잘랐다.
"이것 보십시오! 나는 개츠비가 아닙니다. 개츠비는 죽었습니다."
전화선 너머로 외마디 외침이 들렸고 긴 침묵이 흘렀다. 그

후 짧은 투덜거림이 있더니 곧 전화가 끊어졌다.

'헨리 C. 개츠'라는 서명이 붙은 전보가 미네소타 주에서 날아온 것은 사흘째 되는 날이었던 것 같다. 전보에는 발신인이 곧 출발하니 도착할 때까지 장례식을 연기해 달라는 내용이 적혀 있었다.

개츠비의 아버지였다. 근엄한 노인이지만 힘이 없어 보였고 넋이 반쯤 나간 상태였다. 그는 9월의 따뜻한 날씨에도 불구하고 두꺼운 싸구려 코트를 입고 있었다. 감정이 북받치는지 그는 하염없이 눈물을 흘렸다. 나는 그에게서 가방과 우산을 받았다. 그가 끊임없이 회색 턱수염을 쓸어내려 외투를 벗기는 데 좀 애를 먹었다. 그는 금방이라도 쓰러질 것 같았다. 나는 그를 음악실로 데리고 가 앉히고 사람을 불러 식사를 내오게 했다. 하지만 그는 먹으려 하지 않았다. 떨리는 손으로 우유를 들다 엎지를 뿐이었다.

"시카고 신문에서 봤소. 시카고에서는 발행하는 신문마다 부고 기사가 났던데……. 신문을 보자마자 출발했소."

그가 말했다.

"연락드릴 방도가 없었습니다."

그는 딱히 뭔가를 보진 않았지만 끊임없이 방의 곳곳을 둘러보았다.

"미친놈. 그 아이는 미친 게 틀림없소."

그가 말했다.

"커피를 좀 드시겠습니까?"

내가 그에게 권했다.

“괜찮소. 그쪽 이름은……?”

“캐러웨이라고 합니다.”

“그래, 이제 나는 괜찮소. 지미는 어디에 있소?”

나는 그를 아들이 누워 있는 응접실로 데리고 갔다. 그리고 그를 남겨 둔 채 그곳을 나왔다. 동네 아이들이 계단을 올라와 집 안을 훔쳐보고 있었기에 나는 지금 와 있는 사람이 누구인지 말해 주고 아이들을 돌려보냈다.

잠시 후 개츠 씨가 문을 열고 나왔다. 입이 살짝 벌어진 채 얼굴이 약간 상기되었고 간간히 눈물을 흘렸다. 그는 죽음이 그렇게 두렵지 않을 나이였다. 그는 그제야 당신의 아들의 집을 둘러보았다. 높고 화려한 홀과 다른 방과 연결되어 있는 큰 방들이 늘어서 있었다. 그의 슬픔에는 어떤 경외심과 자부심이 섞여 들어 변화를 보이기 시작했다. 나는 그를 위층의 침실로 안내했고 그가 옷을 갈아입는 동안 장례식을 연기했다고 말해 주었다.

“어떻게 하실지 몰라서요, 개츠비 씨.”

“내 이름은 개츠요.”

“아, 네, 개츠 씨……. 어쩌면 고향에서 장례를 치르고 싶어 하실지도 모르고 해서…….”

그는 고개를 저었다.

“지미는 언제나 동부를 동경했지. 그리고 이렇게 동부에서 자리를 잡았으니. 우리 아이의 친구였소?”

“친한 친구였습니다.”

"알겠지만 앞날이 창창하던 아이였지, 그 젊은 나이에도. 여기, 머리가 아주 좋은 녀석이었어."

그는 엄숙하게 자신의 머리를 두드리며 말했다. 나도 고개를 끄덕였다. 그는 말을 이었다.

"이렇게 가지 않았다면 위대한 인물이 됐을 것을. 제임스 J. 힐(*미국의 철도 재벌이며 피츠제럴드의 고향인 미네소타 주 세인트 폴 출신.) 같은 인물 말이지. 이 나라에 큰 보탬이 되었을 것을."

"네, 그렇습니다."

나는 억지로 동의하며 말했다. 그는 수놓은 침대보를 쓸며 만지다가 그대로 누워 버렸고 곧 잠이 들었다.

그날 밤 누군가 놀란 목소리로 전화를 걸어와 자신의 이름을 밝히지도 않고 내게 누구냐고 물었다.

"캐러웨이인데요."

내가 대답했다.

"아…… 난 클립스프링어입니다."

그가 말했다. 안심하는 눈치였다.

나도 안심했다. 개츠비의 장례식에 올 사람이 드디어 생긴 것이다. 굳이 신문에 부고를 싣고 구경꾼들을 모으고 싶지 않아 몇몇 사람에게만 전화를 걸어 알리고 있는 중이었는데 내 예상과는 달리 장례식에 온다는 사람은 전무했다.

"장례식은 내일이고 세 시에 이 집에서 합니다. 다른 분들에게도 소식을 전해 주시면 감사하겠습니다."

내가 말했다.

“아, 그러겠습니다. 물론 누구 아는 사람이 없을 것 같긴 하지만 누구라도 만나게 되면 전해 주겠습니다.”

그가 서둘러 대답했다. 그 말에 나는 어딘가 의심이 들었다.

“당신은 오시는 겁니까?”

“글쎄, 노력은 하겠습니다. 제가 전화한 용건은…….”

“잠시만요, 온다는 겁니까?”

내가 말을 끊고 물었다.

“아, 그게 사실은, 지금 다른 사람들과 그리니치(*미국 코네티컷 주에 있는 부촌.)에 있습니다. 이 사람들이 나를 놔줄지 모르겠네요. 피크닉인가 뭔가 와 있어서……. 물론 최선을 다해 참석하도록 노력해 보겠습니다.”

“허!”

나는 나도 모르게 콧방귀를 뀌었다. 그의 말투가 갑자기 거칠게 바뀐 것으로 보아 그가 이 소리를 들은 것 같았다.

“내가 전화한 용건은 그 집에 내가 신발 한 켤레를 두고 왔는데…… 혹시 괜찮으시면 집사를 시켜 그걸 좀 보내 주실 수 있습니까? 그게 무척 중요한 건데…… 내 주소는…… B.F…….”

나는 나머지 주소를 듣지 못했다. 수화기를 내려놓았기 때문이다. 개츠비에게 미안했다. 내가 전화를 걸었던 한 남자는 개츠비의 죽음이 자업자득이라는 식으로 말했다. 내 잘못이었다. 내가 애초에 전화하지 말았어야 할 사람이다. 필시 개츠비의 술을 그렇게 얻어 마시고도 개츠비를 헐뜯고 비웃던 사람들 중에 하나였을 터였다.

장례식이 있던 날 아침 나는 마이어 울프심을 만나 보려고 뉴욕으로 나갔다. 직접 가지 않으면 만날 방법이 없을 것 같았다. 나는 엘리베이터 안내원이 가르쳐 주는 곳으로 갔는데 문 앞에 '스와스티카 지주 회사'라는 간판이 붙어 있었다. 안에는 아무도 보이지 않았다. 내가 혹시나 하는 마음에 "아무도 안 계십니까?" 하고 몇 번 소리치자 칸막이 뒤쪽에서 가벼운 실랑이 소리가 들렸고 유대 인 여자 한 명이 안쪽 문에서 나와 의심의 눈빛으로 나를 훑어보았다. 상당한 미인이었다.

"아무도 없어요. 울프심 씨는 지금 시카고에 계시고요."

그녀가 말했다.

안에서 누군가 〈로사리오〉(*1920년대 초에 미국에서 크게 유행한 곡으로 1898년의 노래를 리바이벌했다.)를 음정 박자를 모두 무시한 채 흥얼거리기 시작했다. 아무도 없다는 말은 거짓말이었다.

"캐러웨이란 사람이 만나고 싶어 한다고 전해 주십시오."

"그분을 시카고에서 데려오란 말씀이신가요?"

바로 그때 안에서 울프심의 것이 분명한 목소리가 그녀를 불렀다.

"스텔라!"

"책상 위에 성함을 적어 놓고 가세요. 돌아오시면 전해 드릴게요."

그녀가 서둘러 말했다.

"하지만 저 안에 계신 것 같은데요."

그녀는 나를 향해 한 걸음 다가서서 두 손을 엉덩이에 대고 화난 듯 이렇게 말했다.

"젊은 사람들은 언제나 자기 마음대로 할 수 있다고 생각하죠. 정말 짜증 난다니까. 시카고에 있다면 시카고에 있다고 알아들어야죠."

그녀가 꾸짖었다. 나는 하는 수 없이 개츠비의 이름을 꺼냈다.

"네?"

그녀는 나를 다시 한 번 보았다.

"그럼 잠시만요……. 성함이 어떻게 되신다고요?"

그녀는 안쪽으로 사라졌고 곧 마이어 울프심이 근엄한 표정으로 문간에 서서 두 손을 내밀었다. 그는 경건한 목소리로, 지금은 우리 모두에게 슬픈 시기라며 나를 사무실 안으로 데려갔다. 그리고 내게 담배를 권했다.

"처음 만났을 때가 기억나는구먼. 막 군에서 제대한 젊은 소령이었제. 전쟁 때 받은 훈장을 온몸에 주렁주렁 매달았는데 어찌나 가난했던지 계속 군복만 입고 다녔어. 다른 옷을 살 돈이 없었던 거라. 43번가에 있는 와인브레너 당구장에서 처음 봤는데 일자리를 찾고 있었제. 꼬박 이틀을 굶었다고 안 하드나. '이리 와 내하고 점심이나 하소.' 내가 말했더니 삼십 분 동안 4불어치도 넘는 음식을 저 혼자 다 먹어치웠다 이거제."

"선생님께서 그에게 일자리를 주셨습니까?"

내가 물었다.

"일자리를 줬냐고? 갸는 내가 키웠다 해도 과언이 아닌 기라."

"아, 그러시군요."

"암것도 없는 아를 데리고 내가 욕봤제. 그래도 신사 기질이 있었고 훤칠허니 잘생긴 청년이었으니께. 나더러 오그스파드를 다녔다고 안 하드나. 나는 잘됐다 싶었제. 갸한테 미국 재향군인회에 가입하라 했네. 거 들어가더니 얼마 안 가 높은 자리에 오른기라. 또 얼마 안 지나 올버니(*뉴욕 주의 주도.)에서 내 손님을 위해 일하게 되었고……. 그렇게 같이 일하기 시작한 거제. 갸랑 내랑…… 둘이서 말이지."

그는 퉁퉁한 자신의 손가락 두 개를 들어 올리며 말했다.

나는 그들의 그런 동업 관계가 1919년 월드시리즈 사건에도 관계가 있었는지 궁금했다.

"이제 그는 이 세상 사람이 아닙니다. 선생님께서는 그의 가장 가까운 지인이셨으니 부탁하고 싶은데…… 오후에 있을 그의 장례식에 참석해 주셨으면 하고 바랍니다."

"나라고 와 안 가고 싶겠나?"

"그럼 와 주십시오."

그의 코털이 살짝 떨렸다. 고개를 젓는 그의 눈에 눈물이 차올랐다.

"하지만 안 된다……. 나는 이제 그 일에 얽히면 안 돼."

"얽히고 말 일이 뭐 있습니까? 모든 게 끝났는데요."

"사람이 죽었다 안 하나. 그럴 때는 자고로 한발 물러서서 있는 게 상책이제. 내가 젊었을 때야…… 물불 안 가렸제……. 친구가 죽었다믄 내 목에 칼이 들어와도 끝까지 자리를 지켰으니까. 너무 감상적이래도 좋고 뭐라 해도 좋다. 하지만 참말로 그랬다. 뭐가 어떻게 되도 끝까지 남아 있었제."

나는 그가 절대로 장례식에 올 사람이 아니라는 것을 깨달았다. 그리고 자리에서 일어섰다.

"대학은 다니시었나?"

그가 난데없이 물었다. 나는 순간 그가 '거래처' 이야기를 꺼내려는 것이 아닌가 생각했다. 하지만 그는 그저 고개를 끄덕이며 내게 악수를 청하고 있었다.

"우정은 죽은 뒤에 봬 주는 게 아니고 살아 있을 때 봬 주는 거지. 내 원칙 하나가 있제. 일단 누가 죽었다 하면 그냥 그대로 내버려 두는 게지."

그의 사무실에서 나왔을 때 하늘은 이미 어두워져 있었고 비마저 오락가락하고 있었다. 나는 집에 들러 옷을 갈아입은 뒤 옆집으로 건너갔다. 개츠 씨가 흥분한 채 홀 안을 서성이고 있었다. 아들과 아들의 재산에 대한 그의 자부심은 점점 커졌고 마침내 내게 뭔가 보여 줄 것이 있다고 했다.

"지미가 이 사진을 보냈었어."

그는 떨리는 손으로 지갑에서 사진 하나를 꺼내 보여 주었다. 그것은 개츠비의 저택 사진이었다. 가장자리가 접혀 줄이 생기고 여러 사람들이 만진 탓에 손때가 많이 묻어 있었다. 그는 사진 여기저기를 가리키며 열심히 설명했다.

"이것 좀 보시게나."

그는 이렇게 말하고 내 눈을 살피며 내가 감탄하고 있는지를 확인했다. 그 사진을 하도 자주 봤기 때문에 그에게는 실제 집보다 사진이 훨씬 현실적으로 느껴지고 있었던 것이다.

“지미가 보내 줬지. 훌륭한 사진이야. 참 잘 나왔지.”

“잘 나왔네요. 아버님, 제일 최근에 아드님을 만나신 적이 언제인가요?”

“두 해 전에 나를 보러 왔지. 그리고 내가 지금 살고 있는 집을 사 주고 갔어. 그놈이 처음 집을 나갔을 땐 우린 영영 부자의 인연을 끊었다고 여겼는데 그 녀석 나름대로의 이유가 있었겠지. 그걸 이제 알겠어. 그 애는 내 옆에 있기엔 너무나 큰 미래를 갖고 있던 녀석이야. 스스로도 그걸 너무 잘 알고 있었지. 그리고 잘되고 난 다음에는 나한테 그렇게 잘했지.”

그는 사진을 도로 집어넣는 것이 내키지 않는지 머뭇거리며 잠시 내 눈앞에 들고 있었다. 그러다가 겨우 지갑에 다시 넣었다. 그리고 곧 호주머니에서 너덜너덜한 헌책 한 권을 꺼냈다. 표지에 ‘호펄롱 캐시디’(*클래런스 멀포드가 창조한 카우보이 캐릭터의 이름이자 동명의 소설 제목.)라고 쓰여 있었다.

“그 애가 어렸을 때 보던 책이지. 보면 잘 알 수 있어.”

그는 뒤표지를 펼쳐 내가 볼 수 있도록 책을 돌려 주었다. 책 안에 아무것도 인쇄되어 있지 않은 한 페이지에 ‘계획표—1906년 9월 12일’이라는 글이 보였다. 그 밑으로 다음과 같은 메모가 있었다.

기상	오전 6:00
아령 운동과 암벽 운동	오전 6:15 ~ 6:30
전기학을 비롯한 공부	오전 7:15 ~ 8:15
업무	오전 8:30 ~ 오후 4:30

야구를 비롯한 운동	오후 5:00 ~ 6:00
스피치 훈련, 자세 훈련	오후 5:00 ~ 6:00
발명에 필요한 공부	오후 7:00 ~ 9:00

결심

샤프터스나 XXX(해독 불가능)에 가서 시간 낭비를 금할 것.

담배 피우지 않기, 껌 씹지 않기.

이틀에 한 번씩 목욕.

매주 교양서적과 잡지 읽기.

매주 ~~5달러~~ 3달러 저축하기.

부모님께 더 잘하기.

"나는 이 책을 우연히 발견했네. 지미가 어떻게 살았는지 짐작할 수 있겠지?"

노인이 말했다.

"지미는 반드시 크게 성공할 아이였는데. 언제나 이런저런 걸 결심하기 좋아하는 아이였지. 자기 계발에 얼마나 많은 노력을 했는지 몰라. 한 번은 이 애비더러 음식을 게걸스럽게 먹는다고 불평하기에 그 애를 때린 적도 있었어."

그는 책을 그냥 덮기 싫은지 각 항목들을 큰 소리로 읽었다. 그리고 뭔가를 바라는 눈길로 나를 쳐다보았다. 내가 그 계획표를 베껴 적어 놓았으면 하는 눈치인 것 같았다.

세 시가 조금 안 되어 플러시에서 루터 교 목사가 도착했다. 나는 다른 차들이 더 도착했을까 싶어 창밖을 내다보았다. 개츠비의 아버지도 창밖을 내다보았다. 시간이 흘러 하인들이 들어와 홀 안에서 기다리고 서 있자 늙은 아버지는 불안한 듯 눈을 껌벅거리기 시작했다. 그리고 걱정스럽고 면목 없다는 듯 궂은 날씨를 탓했다. 목사는 몇 번이고 시계를 들여다보았다. 나는 그를 구석으로 데리고 가서 삼십 분 정도만 더 기다려 보자고 부탁했다. 결국 부질없는 짓이었다. 그의 장례식에는 아무도 오지 않았다.

다섯 시쯤 자동차 세 대의 장의차 행렬이 빗방울이 커진 가랑비를 맞으며 묘지에 도착했다. 입구에 차를 세웠다. 맨 앞에는 비에 흠뻑 젖은 새까만 영구차, 그 뒤로 개츠 씨와 목사와 내가 탄 리무진 그리고 마지막에 하인 네댓 명과 웨스트에그에서 온 우편배달원 한 명이 개츠비의 왜건을 타고 도착했다. 모두 비에 완전히 젖어 있었다. 우리가 문을 지나 묘지 안으로 들어갈 때 차 한 대가 멈추고 웅덩이의 물을 튀기며 우리의 뒤를 따라오는 소리가 들렸다. 내가 돌아보니 그 사람은 석 달 전 어느 날 밤, 개츠비의 서재에 꽂힌 책들을 보고 놀라던 올빼미 안경의 그 남자였다.

나는 그 후로 그 남자를 한 번도 본 적이 없었다. 그가 장례식에 대해 어떻게 알고 온 것인지, 그의 이름이 무엇인지, 아무것도 아는 것이 없었다. 두꺼운 안경 렌즈 위로 비가 들이쳤고 그는 개츠비의 무덤을 가린 천막을 벗기는 것을 보기 위해 안경을 벗어 빗물을 닦았다.

나는 개츠비에 관해서 잠시 생각해 보려 했다. 하지만 그는 이미 아주 멀리 떠난 뒤였다. 데이지는 조문 전보도, 조화 한 바구니도 보내오지 않았다. 나는 그 사실에 대해 화내지 않으려고 애썼다. 누군가가 "비가 내리니 죽은 자에게 복이 있나니." 하며 나지막하게 중얼거리자 올빼미 안경이 큰 소리로 "아멘!" 하고 외쳤다.

우리는 비를 맞으며 서로 흩어져 자동차로 걸어갔다. 올빼미 안경이 묘지 입구에서 나를 기다리고 있다가 말을 걸었다.

"집에 못 가 봐서 미안합니다."

그가 말했다.

"아무도 찾아온 사람이 없습니다."

내가 대답했다.

"아니, 설마요! 그럴 수가 있습니까! 그 집에 드나들던 사람이 수백 명이나 되는데!"

그는 안경을 벗어 다시 한 번 빗물을 닦았다.

"가엾은 사람."

그가 말했다.

내가 여전히 또렷하게 기억하고 있는 추억 중 하나가 있다. 대학 예비 학교 시절과 대학 시절 크리스마스가 되면 서부로 돌아오던 일이다. 시카고보다 더 멀리 가는 친구들은 12월 어느 저녁 여섯 시에 친구들과 낡고 어두운 유니언 역에 모여, 즐거운 방학 분위기를 만끽한 채 떠들썩한 작별 인사를 나누곤 했다. 여기저기 여학교에서 돌아오는 여학생들이 입고 있던 털 코트와 하얀 입김을 뿜어내며 떠들고 손을 흔들던 장면들이 모두 생생했다. 낯익은 친구가 보이면 '너 오드웨이네 가? 허시네 집은?

슐츠네는?' 이런 걸 물어보며 서로 모이기로 한 날의 일정을 교환하던 일도 말이다. 장갑 낀 손에 꽉 쥐고 있던 길다란 초록색 기차표도 또렷하게 기억한다. 그리고 마지막으로 출입구 옆 선로 위에 크리스마스 분위기를 한껏 내 우리를 더 설레게 만들었던 '시카고-밀워키와 세인터폴 철도 회사'의 노란 기차들도 기억한다. 우리는 모두 마치 크리스마스 당일이 된 것처럼 신 나 있었다.

역에서 빠져나와 겨울밤의 한복판으로 들어가면 진짜 눈이 옆으로 가득 펼쳐지며 창에서 나온 불빛들로 반짝이기 시작했다. 조그마한 위스콘신 시골 역의 흐린 불빛들이 스쳐 지나가고 공기는 살을 에는 듯 차가웠다. 저녁 식사를 마치고 싸늘한 객차 복도를 지나오는 동안 우리는 그 차가운 공기를 깊이 들이마셨다. 그렇게 되면 그 지역과 완전히 하나가 되는 것 같은 기분이 들었다.

그곳이 바로 중서부 도시에 대한 나의 기억이다. 밀밭도, 평원도, 사라진 스웨덴 이민자들의 마을도 아니다. 젊은 날의 가슴 떨리는 귀성열차, 서리가 내리는 어둠 속의 가로등, 썰매의 방울 소리, 창문에서 새어 나오는 불빛으로 눈 위에 모습을 드러낸 크리스마스 장식의 그림자들이었다. 긴 겨울을 견디며 조금은 진중한 풍경이 연출되는 그리고 몇 십 년간 가문의 이름이 주소를 대신한 곳에서 살고 있다는 약간의 뿌듯함이 생기는 그런 곳. 생각해 보면 지금까지 내가 한 이 이야기도 결국은 서부에 대한 이야기였다. 톰과 개츠비, 데이지와 조던 그리고 나는 모두 서부 출신 사람들이다. 그리고 바로 그것 때문에 우리는 동부의 삶에 적응하지 못했다는 어떤 열등감을 공유하고 있었는지도 모르겠다.

나는 동부에서 가장 좋은 시간을 보내고 있었을 때에도 그곳에 대해 왜곡된 느낌을 가지고 있었다. 끝없이 펼쳐지는 오하이오 주 너머의 지루한 땅은 물론이고, 어린이와 노인을 제외한 모두가 서로에 대한 끝없는 취조로 시간을 낭비하는 한가로운 마을들을 넘어서는 동부의 우월성을 인정했을 때조차 마찬가지였다. 특히 웨스트에그는 여전히 나의 꿈속에 몽환적인 모습으로 출현하곤 한다. 엘 그레코(*그리스 태생의 에스파냐 화가이며 르네상스 말기에 활동했다.)가 그린 밤 풍경처럼 말이다. 전통적이면서 기괴한 느낌이 드는 수백 채의 집, 그 위에 엎혀 있는 음산한 하늘과 칙칙한 달. 흰 야회복을 입은 네 명의 남자들이 엄숙한 표정으로 하얀 이브닝드레스를 입은 채 술에 취한 여자를 들것에 싣고 걸어가고 있었으며, 들것 옆으로 삐져나와 덜렁이는 여자의 손에서는 보석들이 공허하게 번쩍이고 있다. 남자들은 어떤 집으로 들어가지만 그곳은 그녀의 집이 아니다. 그 여자의 이름을 아는 사람은 아무도 없으며 그 여자를 신경 쓰는 이도 아무도 없었다.

개츠비가 죽은 뒤 동부는 내 눈으로 어떻게 바로잡을 수 없을 만큼 더욱더 왜곡되어 나를 괴롭혔다. 바싹 마른 낙엽들을 태우는 푸른 연기가 하늘 위로 흩어지고 빨랫줄에 걸려 있는 젖은 옷이 바람에 날리며 말라 가던 가을날, 나는 고향으로 돌아가기로 결심했다.

떠나기 전에 해야 할 일이 하나 남아 있었다. 어쩌면 그냥 두

어야 할지도 모를 정도로 불편하고 거북스러운 일이다. 하지만 나는 정리하고 싶었다. 저 친절하고 무관심한 바다가 내 쓰레기를 휩쓸어 가도록 내버려 두고 싶지는 않았던 것이다. 나는 조던 베이커를 만났다. 그리고 우리에게 일어났던 모든 일들과 그 후 내가 겪은 일들을 이야기했다. 그녀는 기다란 의자에 눕다시피 기대어 앉아 내 이야기를 들었다.

그녀는 골프 웨어를 입었고 여전히 도도한 모습으로 턱을 살짝 들고 있었다. 단풍 빛의 머리카락과 무릎 위에 올려놓은 손가락 없는 골프 장갑처럼, 감색으로 그을린 그녀의 얼굴은 마치 멋진 삽화 같았다. 내가 모든 이야기를 마치자 그녀는 아무 말도 없다가 대뜸 자신이 한 남자와 약혼했다는 소식을 전했다. 그녀가 고개만 한 번 끄덕해 주면 당장 결혼할 남자가 몇 명 있다는 것을 알고는 있었지만 선뜻 믿기지 않았다. 하지만 나는 겉으로 놀라워해 주었다. 내가 실수를 하고 있는 게 아닌가 싶어 다시 한 번 어떻게 해야 할지 곰곰이 생각해 봤지만 결국 그대로 작별을 고하며 자리에서 일어섰다.

"어쨌든 그럼 나는 차인 거니까."

조던이 불쑥 말했다.

"그때 전화로 말예요. 지금은 당신에 대해 아무 관심도 없어졌지만 그때만 해도 너무 충격이 컸어요. 한 번도 그런 일을 겪어 본 적이 없어 한동안 좀 어리둥절했죠."

우리는 악수를 나눴다.

"참…… 기억나요?"

그녀가 물었.

“자동차 운전에 관해서…… 우리가 했던 대화.”

“그래. 정확히는 아니지만.”

“부주의한 운전자는 또 다른 부주의한 운전자를 만나기 전까지만 안전하다고 당신이 그랬죠. 맞아요, 나는 또 다른 서툰 운전자를 만났던 거예요. 내 말이 맞죠? 그렇게 잘못 추측하다니……. 나도 잘못이 있었네. 난 오히려 당신이 너무 정직하고 솔직한 사람이라고 생각했어요. 당신도 남몰래 당신의 그런 면을 높이 사고 있다고 생각했고.”

“조던, 나는 이제 서른 살이야. 스스로를 속이고 그걸 자랑스럽게 생각할 나이는 이미 오 년이나 지났어.”

내가 말했다. 그녀는 아무 대답도 하지 않았다. 나는 화가 났고 동시에 그녀에게 사랑을 느꼈고 또 엄청난 후회를 안은 채 몸을 돌려 그 자리를 떠났다.

10월이 끝나 가던 어느 날 오후 나는 톰 뷰캐넌을 만났다. 그는 날렵하고 공격적인 걸음걸이로 5번가를 따라 내 앞에서 걸어가고 있었다. 그의 두 손은 마치 방해물이라도 있으면 바로 물리쳐 버리겠다는 듯 몸에서 조금 떨어뜨린 채 긴장을 늦추지 않았다. 머리는 초조하게 두리번거리는 두 눈에 맞춰 사방을 향해 움직이고 있었다. 나는 그와 마주치지 않기 위해 발걸음을 늦추며 걷고 있었는데 그가 갑자기 발걸음을 멈추더니 눈을 가늘게 뜨고 보석상의 진열대 안을 들여다보기 시작했다. 그러더니 갑자기 몸을 홱 돌려 나에게로 걸어와 손을 내밀었다.

“닉, 왜 그래? 나와 악수하기 싫어?”

"그래. 내가 지금 널 어떻게 생각하는지 알잖아."

"닉, 너는 제정신이 아니야. 돌아도 완전히 돌았어. 대체 왜 그러는 거야?"

톰이 속사포처럼 쏘아붙였다.

"톰, 그날 오후 윌슨에게 대체 뭘 말한 거야?"

그는 말없이 나를 바라보았다. 나는 윌슨이 사라져 있던 그 시간에 대한 내 추측이 옳았다는 것을 깨달았다. 나는 몸을 돌렸다. 그리고 걸어갔다. 하지만 톰이 따라오며 내 팔을 붙잡고 이렇게 말했다.

"진실을 말했어. 우리가 막 집을 나서려 하는데 그가 문 앞에 나타났지. 사람을 시켜 집에 없다 하라고 전했지만 그는 막무가내로 위층으로 올라오려고 했지. 내가 그 자동차의 임자를 말해 주지 않았더라면 나를 죽이고도 남을 만큼 제정신이 아니었어. 집 안에 있는 동안 그자는 계속 리볼버 권총이 들어 있는 호주머니 속에 손을 넣고 있었어……."

여기까지 얘기한 그가 갑자기 도전적인 말투로 바꾸었다.

"대체 내가 말해 준 게 뭐가 잘못된 거지? 자업자득이야. 그자가 데이지의 눈에도 콩깍지를 씌우더니 너마저 그에게 넘어갔구나. 시원스런 남자긴 했지. 개를 치듯 머튼을 치고도 차를 멈추지 않았으니."

나는 할 말이 없었다. 그가 알고 있는 게 진실이 아니라는 말은 차마 하지 못했다.

"내가 괴로워하지도 않았다고 생각하지? 그 아파트를 넘기러 갔다가 찬장 위에 그 젠장할 멍멍이 비스킷 깡통이 놓여 있는 걸

보고 그대로 주저앉아 어린애처럼 목 놓아 울었어. 맙소사……
나도 너무 슬펐다고."

나는 그를 용서할 수 없었고 좋아할 수도 없었다. 하지만 그
는 자신이 한 일이 절대적으로 정당하다고 생각하고 있었다. 모
든 것이 혼란스러웠다. 톰과 데이지, 그들은 무책임한 사람들이
었다. 물건이든 사람이든 망가뜨린 후 돈이나 혹은 완전한 무관
심을 던지며 한 걸음 물러섰다. 그리고 자신들이 만들어 낸 그
쓰레기들을 다른 사람에게 치우게끔 만든 것이다.

나는 그와 악수를 나누었다. 악수를 하지 않는 것이 외려 이
상해 보이는 상황이었다. 나는 어린아이와 이야기하고 있는 느
낌이 들었다. 그는 진주 목걸이 혹은 소매 단추 한 쌍을 사기 위
해 보석상 안으로 들어갔고 그렇게 촌스럽고 고지식한 나의 인
생에서 멀어졌다.

내가 떠날 때까지도 개츠비의 집은 여전히 비어 있었다. 이
제 그의 잔디밭은 우리 집 잔디만큼이나 무성했다. 마을의 한 택
시 기사는 개츠비의 집을 지날 때마다 잠시 차를 세우고 개츠비
의 집을 가리키며 손님에게 뭐라 말하곤 했다. 사건이 있었던 날
밤, 데이지와 개츠비를 태우고 이스트에그까지 운전해 간 것이
이 기사였을지도 모른다는 생각이 들었다. 그리고 자기 나름대
로의 이야기를 지어낸 것일지도 그래서 어쩌면 이 사건에 관해
자기 나름대로 이야기를 꾸며 퍼뜨리고 있을지도 몰랐다. 나는
그런 이야기를 듣고 싶지 않았기에 기차에서 내릴 때면 그 택시
기사를 피했다.

나는 토요일 밤마다 뉴욕에서 보냈다. 빛나고 화려한 그의 파티가 기억에 너무나도 생생히 남아 있었기 때문이다. 내 귀에는 희미하기는 하지만 아직도 끊이지 않는 음악 소리와 웃음소리와 길을 오가는 차들의 소리가 그의 정원 쪽에서 들려오는 것 같았다. 그러던 어느 밤 나는 그곳에서 진짜 자동차 소리를 들었다. 차의 헤드라이트 불빛은 그의 현관 앞에서 멈췄다. 나는 나가서 알아볼 생각은 하지 않았다. 아마도 지구의 저 반대편에서 지내다가 더 이상 파티가 열리지 않는다는 것을 미처 알지 못하고 찾아든 마지막 손님이리라.

마지막 날 밤, 짐을 꾸리는 것도 차를 파는 일도 다 끝낸 그날, 나는 마지막으로 그의 정원으로 건너가 이 저택이 겪은 말도 안 되는 엄청난 실패를 다시 한 번 들여다보았다. 어느 집 아이가 하얀 벽돌 계단 위에 벽돌 조각으로 긁어 새긴 낙서가 달빛에 선명하게 드러났다. 나는 신발로 돌을 문질러 그 낙서를 지웠다. 그리고 해변으로 슬슬 걸어 내려가 모래 위에 대자로 드러누웠다.

해변가에 늘어선 별장들은 대부분 문이 닫힌 상태였고 롱아일랜드 해협을 가로질러 가는 작은 배 한 척에서 나오는 잔광 말고는 불빛이 별로 없었다. 달은 더 높이 떠올랐고 존재감 없는 집들이 묻혀 버렸다. 그러면서 마침내 나는 네덜란드 선원들의 눈에 꽃을 피웠던 이 유서 깊은 섬이 무엇을 의미하는지 깨닫게 되었다. 이 섬은 신세계의 풋풋하고 푸르른 가슴이나 마찬가지였다. 바로 이 섬에서 사라진 나무들, 개츠비의 저택에 자리를 내어 준 나무들이 한때 인간의 모든 꿈 중 마지막 꿈이자 가장 위대한 꿈에 대고 속삭이며 유혹했던 것이다. 한없는 축복의 순간들, 이 대륙이 눈앞에 나타난 그때 인간은 분명 숨을 죽일 수밖에 없었을 것이다. 감히 이해할 수도, 바랄 수도 없었던 이 경이로운 광경에 어쩔 수 없이 빠져들었을 터였다. 인간의 능력으로는 어쩔 수 없었던 불가항력의 운명 같은 일이었으리라.

그리고 나는 그곳에 앉아 오래된 미지의 세계를 묵상하며 개츠비가 부두 끝 초록 불빛을 처음 발견했을 때 느꼈을 그 경이로움에 대해서 생각해 보았다. 그는 이 푸른 잔디밭을 향해 머나먼 길을 걸어왔고 그의 꿈은 너무나 가까이 있어 금방이라도 손을 뻗으면 닿을 것만 같았을 것이다. 하지만 그는 자신의 꿈이 어느새 뒤쪽으로 지나쳐 이 광활하게 펼쳐진 도시의 어둡고 아득한 어딘가로 영원히 사라져 버렸다는 사실을 미처 알지 못했다.

개츠비는 그 초록 불빛을, 해마다 우리 눈앞에서 뒤쪽으로 물러가고 있는 황홀한 미래를 믿었던 것이다. 그 미래는 우리를 피해 갔지만 문제될 것은 없다. 우린 내일이 되면 조금 더 빨리 달릴 것이고 조금 더 멀리 갈 것이다. 그리하여 또 다른 어느 맑은 날 아침에…….

그러므로 우리는 물결을 거스르는 배처럼 끊임없이 과거로 떠밀려 가면서도 계속해서 앞으로 나아가는 것이다.

집착과 환상이 낳은 비극,
그 속에 존재하는 화려하고도 아픈 젊은이들

『위대한 개츠비』는 겉으로 드러난 많은 갈등과 시대상뿐만 아니라 쉽게 드러나지 않은 주제와 메시지를 많이 담고 있는 작품이다. 줄거리만 볼 때 이 작품은 한 남자(개츠비)의 집착과도 같았던 사랑이 결국 비극으로 끝나며 허무한 사랑과 유능한 젊은이가 파멸하는 과정을 그리고 있다. 하지만 이 소설을 단순히 개츠비의 허망했던 열정이었다고 정의하기에 피츠제럴드는 너무나 많은 것을 이야기하고 있다. 그리고 그의 이야기를 이해하기 위해서는 이 작품의 역사적 배경과 작가의 삶 그리고 인물들을 자세히 들여다볼 필요가 있다.

화려한 폭죽과도 같았던 재즈 시대

이 작품은 '재즈 시대'라는 아주 독특한 시기를 배경으로 한다. '재즈 시대'는 1919년 5월 노동절 폭동 사건으로 시작해 1929년 10월 주식 대폭락과 함께 끝난다. '재즈 시대'가 열리기

직전인 1918년 독일이 항복함으로써 제1차 세계 대전이 끝났
고, '재즈 시대'가 끝나며 미국은 '경제 대공황'을 맞게 된다. 이
렇게 '재즈 시대'는 10년 동안 화려한 폭죽처럼 짧고 격정적으
로 일었다가 먼지처럼 사라진, 미국 역사 속에서 가장 풍요롭
고 화려했던 시기다. 과학 기술은 급속도로 발전하여 눈만 뜨
면 새로운 일들이 가능케 되었고 그로 인해 전통적인 가치관
들이 하루가 다르게 무너지는 시대였다. 갑자기 불어난 물질
적 풍요와 현란한 사치 속에서 당시의 미국인들은 무엇이든 가
능하다고 믿었다. 사람들은 짧은 시간에 어마어마한 돈을 벌었
고, 모더니즘이라는 관념이 몰고 온 자유와 홀가분함은 사람들
을 흥분케 만들었다. 물론 악영향도 있었다. 이러한 새로운 가
치관을 처음 받아들이게 된 사람들은 욕심과 쾌락과 무책임 또
한 자유의 일부라고 생각했다.『위대한 개츠비』에는 이러한 '재
즈 시대'의 풍경이 고스란히 담겨 있다. 으리으리하고 화려한
뷰캐넌 부부의 저택, 밤마다 술과 음악 속에 쾌락과 환락의 파
티가 열리던 개츠비의 정원, 플래퍼(flapper, 1920년대에 사용된
신조어로 예쁘지만 멍청하고 사치가 심한 젊은 여성들을 일컬었다.)의
표상인 데이지 그리고 이외에도 많은 사건과 등장인물들이 '재

〈〈〈

즈 시대'의 장단점과 문제점을 적나라하게 보여 주고 있다.

재즈 시대의 산증인 F. 스콧 피츠제럴드

피츠제럴드는 '재즈 시대'의 모든 면을 담고 있는 그 자체라고 해도 과언이 아닌 인물이다. 수려한 외모에 언변이 좋았던 그는 명문 프린스턴 대학교에 입학했다. 하지만 곧 자퇴하고 미국 육군에 소위로 임관했다. 그는 당시 유명한 플래퍼였던 젤다 세이어와 사랑에 빠졌는데 그와 젤다는 만났다 헤어지기를 반복했다. 그는 자신의 소설이 주목받기 시작하면서 엄청난 돈을 벌게 되었고 그 후 젤다와 결혼까지 하게 된다. 하지만 사치가 심한 젤다와 한곳에 정착하지 못하던 피츠제럴드는, 톰과 데이지 부부가 그랬듯 여러 곳을 떠돌며 재산을 흥청망청 써 버렸다. 그리고 미국에 돌아와서도 『위대한 개츠비』의 배경이 된 롱아일랜드의 한 지역에 집을 빌려 뉴욕을 오가며 파티를 즐기는 호화롭고 사치스러운 생활을 계속했다. 피츠제럴드가 『위대한 개츠비』를 집필하는 동안 아내 젤다는 프랑스 조종사와 사랑에 빠졌다. 비록 그 사랑은 오래가지 않고 끝이 났지만 피츠제럴드는 그때 많은 것을 깨달았다고 고백했다. 이처럼 『위대한 개츠비』에는 작가 본인의 이야기, 본인의 모습이 많이 녹아 있다. 그도 그럴 것이 피츠제럴드는 당시의 대다수 젊은이들의 삶 그대로를 살았기 때문이다.

개츠비의 위대한 이상

1920년대에 급속히 퍼졌던 이념은 이상주의와 물질주의였다. 개츠비는 이 시대의 이상주의를 고스란히 품고 있는 인물이다. 그는 베일에 싸인 과거를 가졌고 그래서 생겨난 무성한 소문들은 더욱더 그를 고립시켰다. 사실 그는 가난한 농부의 아들이지만 스스로에 대한 막연한 이상을 품었고 그 이상은 댄 코디를 만나면서 가시화된다. 개츠비는 뿌리 없는 사회, 곧 미국의 모습을 그대로 간직하고 있다. 유럽의 이주민들로부터 세워진 길지 않은 미국의 역사는 미국이 이루고자 했던 크나큰 국가상에 비해 너무나 보잘것없고 위태로웠다. 마치 개츠비처럼 말이다. 그는 이름을 바꾸고 출신을 바꾸고 자신이 원하는 모습에 가까워지기 위해 노력한다. 닉의 말처럼 그는 '신의 아들'이 되고 싶었던 것이다.

그는 신의 아들이어야만 했다. 따라서 그는 '하느님 아버지의 일'-그러니까 거창하면서도 대중적이며 아름다운 일을 이어받아야만 했다. 그래서 그는 열일곱 살의 수준에 맞게 제이 개츠비라는 인물을 만들어 낸 뒤 이 이상향에 충실했다. (본문 p.139-140)

그리고 개츠비는 데이지를 만나 그녀를 사랑하게 되었다. 하지만 당시 그는 여러모로 부족했던 탓으로 데이지와 결혼할 수 없었다. 그래서 데이지를 놓친 이후 오 년이란 시간 동안 그녀를 되찾기 위해 피나는 노력을 한다. 범죄를 감행하면서까지 큰돈을 벌고 치밀한 계획을 세운다. 자신의 성공에 대해 그리고 데이지를 차지하고야 말겠다는 열정과 욕망은 그의 이상이고 꿈이었다.

하지만 이런 개츠비의 이상에는 많은 시행착오가 있었다. 그는 오 년 동안 자신의 옛 추억 속에서, 이루지 못한 아련한 사랑 속에서 데이지라는 존재를 환상처럼 키웠다. 얻지 못한 것은 더욱 커 보이고 이루지 못한 것은 더욱 대단해 보이는 것일까. 그는 '데이지'라는 성배를 들여놓기 위해 성전과도 같은 집을 구하고, 의식을 치르듯 데이지의 집에서 흘러나오는 초록 불빛을 바

〉〉〉

라본다. 하지만 데이지를 만난 후 너무나 무모하게 키워 온 데이지에 대한 꿈은 환상처럼 사그라진다.

개츠비의 사랑은 순수하고 열정적이었던 것일지 모른다. 하지만 소설이 진행되는 동안 내내 개츠비에 대한 데이지의 사랑은 과거의 것으로 변하고 그것마저도 진실이었는지 알 수 없게 된다. 개츠비는 데이지가 저지른 사고의 대가마저 자신이 지고 윌슨에게 살해되지만 데이지는 그런 그를 또다시 버리고 사라진다. 개츠비의 지나친 집착과 성공을 향한 잘못된 방식은 결국 자신을 파멸에 이르게 만든 것이다.

지나친 욕심과 섣부른 환상에 기초한 이상과 개츠비 자신은 이렇게 화려함의 흔적만을 남긴 채 파멸되었다. 피츠제럴드는 아무리 불도저처럼 밀어붙인다 해도 꿈과 이상만으로는 이뤄질 수 없는 것이 있음을 개츠비를 통해 날카롭게 지적하고 있다.

뷰캐넌 부부의 물질주의

톰과 데이지 부부는 전형적인 물질주의 사상을 가지고 물질을 삶의 근본으로 한 인물들이다. 톰은 젊은 나이부터 어마어마한 부를 소유했으며 그런 부를 흥청망청 쓰는 인물이다. 톰은 자신이 갖고 싶은 것은 쉽게 가질 수 있는 인물로 묘사되고 있다. 그의 정부 머틀을 포함한 수많은 여자들이 그랬고 집과 차 또한 그에게는 쉽게 돈으로 살 수 있는 것들이다. 그리고 그가 아내인 데이지 역시 사랑이 아닌 부를 이용해 얻었다는 사실 또한 부인하기 어렵다. 이러한 톰의 모습은 이상과 사랑을 쫓는 개츠비와 비교된다. 이상과 사랑을 위해 돈을 벌었던 개츠비와 달리 톰은 본래부터 부를 가지고 태어난 인물이다. 또한 죽을 때까지도 꿈을 쫓던 개츠비와 반대로 그는 자신의 돈과 안위를 지키기 위해 도덕을 버리는 인물이다. 물질적 힘을 가졌지만 도덕의식은 소유하지 못한 채 신분적 우월감마저 지니고 있는 톰은 전형적인 물질 만능 주의자의 모습을 띠고 있다.

데이지 역시 물질주의에 기초한 인물인데 톰과 마찬가지로 부유한 집안의 출신이다. 결혼에 있어서도 정신적 안정을 얻을 수 있는 사랑하는 남자 개츠비를 포기하고 물질적 안정을 보장해 줄 수 있는 톰을 선택했다. 비평가들은 데이지가 마치 기구라도 타고 있는 것처럼 둥둥 떠 있는 듯한 모습과 바람에 일렁이던 방 안의 공기에 대한 묘사가 이런 정신적 안정의 결여에서 비롯되었다고 말한다.

데이지는 '플래퍼'로 대표되는 인물이다. 플래퍼는 아름답고 어린아이 같은 천진한 백치미를 갖고 있으며 돈과 사치를 좋아하는 여성을 일컫는 단어다. 그녀들은 당차지만 무책임했으며 진한 화장과 술과 담배를 좋아했다. 패션에 굉장히 민감하고 화교계 생활을 즐겼는데 이러한 그녀들은 재즈 시대의 대표적인 여성상이었다. 데이지의 치명적인 아름다움, 기교 섞인 목소리와 언행, 천진난만함 등은 플래퍼를 연상시키는 특징으로 작품 곳곳에서 포착된다.

개츠비는 데이지와 재회한 후 그동안 자신이 그녀를 위해 쌓아 온 부를 과시하는 과정에서 값비싼 셔츠들을 보여 준다. 하지만 데이지는 개츠비의 셔츠가 뜻하는 바를 전혀 알지 못한다. 그녀는 그저 이런 셔츠는 한 번도 본 적이 없다며 눈물을 터뜨린다. 개츠비의 노력과 이상을 이해하는 것이 아니라 그저 셔츠들이 예쁘기 때문이다. 그녀의 유아적인 정신의 깊이는 데이지라는 인물을 너무나도 가볍게 만들고 있다.

또한 데이지는 자동차 사고를 낸 장본인이다. 하지만 그녀는 자신을 보호해 주던 개츠비를 버리고 다시 톰에게로 돌아간다. 게다가 이들 부부는 사건이 잠잠해질 때까지 잠시 떠나 있기로 작정한 듯 홀연히 자취를 감춘다. 개츠비가 누명을 쓰고 죽임을 당했지만 그녀는 끝까지 나타나지 않는다.

이토록 이기적이며 무책임할 수 있을까. 하지만 이런 이기심은 당시 미국 사회에 퍼지던 모더니즘에서 비롯된 개인주의가 낳은 악영향이었다. 그리고 무책임은 당시 사람들에게 무서운 속도로 퍼지던 '자유'라는 이념에 대한 섣부른 이해에서 비롯된 태도였다.

닉의 중립적 성향과 미래에 대한 희망

사실 작가 피츠제럴드가 전하는 메시지를 가장 많이 품고 있는 인물은 다름 아닌 닉 캐러웨이다. 『위대한 개츠비』는 닉을 화자로 삼아 그의 시선으로 그려지고 있다. 하지만 닉은 단순한 화자나 방관자가 아니다. 닉은 소설 곳곳에 자신의 생각을 상당히 많이 노출시키고 있다. 또한 중요한 등장인물 중 한 사람이자 인물들의 행위에 대한 도덕적 심판자가 되어 이야기를 이끌어 나간다. 지나친 이상에 사로잡혀 파멸을 맞는 개츠비, 물질과 쾌락에 정복된 파렴치한 톰과 데이지와 다르게 그는 가장 이성적이고 희망적인 인물이다.

닉은 유서 깊은 가문의 태생이다. 개츠비가 그렇게도 간절히 원하던 정통성을 실제로 지닌 인물인 것이다. 학교를 제대로 다니지 못한 개츠비에 비해 그는 전통적으로 신망이 깊은 명문대를 졸업한 인재였다. 또한 닉은 정직하고 도덕적이다. 그는 자신이 정직한 편이라고 이야기하며 도덕적인 것들을 지향한다고 밝혔는데 절대 말뿐이 아니다. 그의 언행을 살피면 그는 정말로 정직하고 도덕적이며 정의롭게 행동한다. 조던의 운전 태도를 지적하는 모습, 자신의 옛 애인에 대한 예를 지키는 모습 그리고 개츠비와 톰과 데이지의 사이를 풀어 나가는 모습 등을 통해 그가 얼마나 정의롭고 책임감 있는 인물인지 짐작할 수 있다.

작가가 이 작품에서 말하고자 하는 것은 모두 닉의 행동과 생각을 통해 드러난다. 닉은 현실적이지만 꿈을 갖고 있고, 사치하지는 않지만 경제적 성공을 원하며, 정의를 지키고 무질서함을 경멸하지만 그런 것들을 수용하고 이해할 수 있는 이상적인 인물이다.

작품의 첫 부분에서 등장하는 닉의 아버지의 충고 "누군가를 비판하고 싶어질 때에는 모두가 너처럼 좋은 상황이 아니었을 수도 있음을 명심해라.”(본문 p.11) 는 필시 닉을 이런 올바르면서도 타자에게 유동성을 보일 줄 아는 사람으로 키워 내는 데 커다란 역할을 했을 것이다. 다른 인물들에게서 발견되지 않는 닉의 ‘인간애’는 이 작품을 통해 전하고 싶었던 가장 커다란 메시지이며, 작가 자신이 수많은 실패를 겪은 후 가장 중요하다고 깨달은 자질이 아닐까 생각된다. 소설에서 닉은 이렇게 말한다.

인간의 행위는 단단한 바위 위에 기초를 둘 수도 있지만 때로는 물컹한 습지 위에 기초를 두기도 한다. (본문 p.12)

닉은 작가가 전하고 싶었던 ‘단단한 바위’라는 기초를 모두 가진 인물이다. 출신, 이념, 성품 모든 면에서 말이다. 닉은 작가가 보존하고 싶었던 ‘선원들이 이 신대륙을 처음 발견했을 때 가졌던 꿈과 희망’을 그대로 간직할 수 있는 인물인 것이다.

앞서 나는 개츠비의 초록 불빛이 사그라졌다고 언급했다. 그렇다. 개츠비의 초록 불빛은 사라졌다. 개츠비가 품었던 꿈과 이상은 그 기초가 단단하지 못했고 도중에 많은 오류를 보이며

〉〉〉

실패했기 때문이다. 하지만 작품 속에서 초록 불빛은 닉 앞에서 다시 살아난다. 미국에 대한 꿈과 희망을 바로 닉이 고스란히 보존하고 있기 때문이다.

그 미래는 우리를 피해 갔지만 문제될 것은 없다. 우린 내일이 되면 조금 더 빨리 달릴 것이고 조금 더 멀리 갈 것이다. 그리하여 또 다른 어느 맑은 날 아침에……
그러므로 우리는 물결을 거스르는 배처럼 끊임없이 과거로 떠밀려 가면서도 계속해서 앞으로 나아가는 것이다. (본문 p.253)

초록 불빛, 그 꿈을 찾는 당신에게
안타깝게도 소설 속 개츠비의 초록 불빛은 그렇게 끝이 났다. 개츠비에게 초록 불빛은 무엇이었을까? 그것은 아마도 성공하고 싶은 욕심과 데이지를 향한 사랑을 합한 꿈이었을 것이다. 우리 모두는 꿈을 가지고 있다. 이 소설을 쓴 피츠제럴드도 그랬다. 꿈이 있어 노력했고 실패도 있었으며 깨달음도 얻었다. 작가는 작품을 통해 우리에게 그 꿈의 본질과 이루는 방법에 대해서 많은 것을 가르쳐 주고 있다. 개츠비의 허황된 꿈과 잘못된 접근 방법을 가르쳐 주었고, 닉을 통해 진짜 꿈이 무엇인지 그리고 그 꿈을 향해 나가는 방법이 무엇인지도 가르쳐 주었다. 피츠제럴드는 『위대한 개츠비』를 통해 당신에게 이렇게 묻고 있다. 당신의 초록 불빛은 무엇인가? 그 꿈은 어디에 기초를 두고 있는가? 물컹한 습지인가 아니면 단단한 바위인가? 어떻게 하면 그 꿈을 이룰 수 있는가? 그리고 그 꿈의 목적과 목적지는 무엇이며 어디인가?

—옮긴이 민예령

《F. 스콧 피츠제럴드 연보》

1896년 9월 24일 미국 미네소타 주 세인트폴에서 아버지 에드워드 피츠제럴드와 어머니 몰리 퀼 리언 사이에서 태어남. 미국 국가를 작사한 시인이자 먼 친척인 프랜시스 스콧 키의 이름을 붙임.

1908년 세인트폴 아카데미에 입학함.

1909년 세인트폴 아카데미에서 발행하는 문예지 〈지금과 그때〉에 첫 희곡『레이먼드 저당의 신비』를 발표.

1911년 뉴저지 주의 뉴먼 스쿨에 입학하여 키릴 시고니 웹스터 페이 신부를 만남. 그는 어린 피츠제럴드가 지적 토대를 세우는 데 커다란 영향을 끼침.

1913년 프린스턴 대학교에 입학함. 비평가 에드먼드 윌슨, 시인 존 필 비숍과 친구가 됨. 〈나소 문학잡지〉와 〈프린스턴 타이거〉 지에 단편소설과 희곡과 시를 발표함.

1914년 세인트폴에서 16세 소녀 지니브러 킹을 만남. 훗날 피츠제럴드는 그녀에게 사랑을 고백하지만 가난하다는 이유로 거절을 당함. 이 경험은 그의 작품 활동에 중요한 자극이 됨.

1916년 3학년 때 프린스턴 대학교를 중퇴함.

1917년 미 육군에 소위로 임관하여 복무함. 장편소설『낭만적인 에고이스트』집필을 시작함.

1918년 앨라배마 주 대법원 판사의 딸 젤다 세이어를 만남.『낭만적인 에고이스트」를 스크리브너스 출판사에 보내지만 출간을 거절당함.

1919년 젤다와 약혼함. 제1차 세계 대전이 막을 내리면서 군대에서 제대하고 뉴욕의 배런콜리어 광고 회사에 입사함. 젤다는 그의 미래가 불안정하다는 이유로 약혼을 파기함.

1920년 「낭만적인 에고이스트」를 고쳐 장편소설 『낙원의 이쪽』이라는 제목으로 출간. 이 작품이 성공하면서 순식간에 커다란 부와 명예를 얻음. 남부로 돌아와 젤다와 결혼함. 그러나 피츠제럴드 부부는 돈을 버는 족족 탕진함. 〈스마트 셋〉지에 희곡「오월제」, 〈새터데이 이브닝 포스트〉지에 단편소설「말괄량이 아가씨들과 철학자들」을 발표.

1921년 10월 딸이 태어남.

1922년 화이트베어 요트 클럽으로 이사함. 이곳에서 『위대한 개츠비』의 힌트를 얻음. 장편소설 『아름답고 저주받은 사람들』을 출간하고 워너브라더스에서 영화로 제작됨. 단편소설집 『벤자민 버튼의 시간은 거꾸로 간다』 출간.

1923년 장막 희곡「야채」가 애틀랜틱시티에서 공연하지만 실패하여 피츠제럴드는 빚을 지게 됨.

1924년 유럽으로 이주함. 〈아메리칸 머큐리〉 6월호에 단편소설「면제」를 발표함. 『위대한 개츠비』를 집필하기 시작함. 피츠제럴드가 집필에 몰두하는 동안 젤다는 프랑스 인 조종사와 외도를 함.

1925년 『위대한 개츠비』가 출간되어 호평을 받음. 프랑스에서 어니스트 헤밍웨이를 만나 친분을 쌓음.

1926년 『위대한 개츠비』가 연극으로 제작되어 브로드웨이에서 공연됨.

1927년 할리우드 영화사에서 시나리오 작가로 근무하기 시작함. 그곳에서 『밤은 부드러워』의 로즈마리 호이트의 모델이 된 로이스 모런과 연애함.

1930년 젤다가 신경쇠약 증세를 보이기 시작하여 치료를 위해 스위스로 이주함. 젤다는 프랭잰스 진료소에 입원함.

1931년 아버지 에드워드 피츠제럴드가 세상을 떠남. 미국으로 돌아가 할리우드 MGM 사에서 시나리오 작가로 근무함.

1932년 젤다의 신경쇠약이 재발하여 메릴랜드 주의 존스홉킨스 대학 병원에 입원함.

1933년 집에 불을 지를 정도로 젤다의 증세가 심해짐. 피츠제럴드의 또 다른 대표작 장편소설 『밤은 부드러워』 출간.

1935년 심각한 알코올 의존증 증세를 보이기 시작함.

1936년 어머니 몰리 퀼 리언이 세상을 떠남. 젤다는 애슈빌의 하일랜드 정신 병원에 입원함.

1937년 MGM과 계약을 맺고 다시 시나리오 작가로 활동함. 평론가 세일러 그레이엄과 만나 친분을 쌓음.

1939년 할리우드에서 프리랜서로 일하기 시작함. 술에 취해 난동을 부린 사건을 계기로 젤다와 별거를 시작함. 금주하지 않으면 생명이 위태롭다는 진단을 받음. 뉴욕 병원에서 할리우드 사회를 소재로 한 장편소설 『겨울 카니발』을 완성함.

1940년 장편소설 『마지막 거물』을 집필함. 11월에 심장 발작을 일으킴.

12월 21일 세일러 그레이엄의 자택에서 심장 마비로 세상을 떠남.

12월 27일 메릴랜드 로크빌 유니언 묘지에 묻힘.

1941년 미완성 유작 『마지막 거물』이 에드먼드 윌슨의 편집으로 출간.

1948년 하일랜드 병원에 화재가 발생하여 그곳에서 치료 중이던 젤다가 사망함.

F. 스콧 피츠제럴드 1896년 미국 미네소타 주 세인트폴에서 태어났다. 1909년 세인트폴 아카데미의 문예지에 첫 희곡을 발표하며 문학적 재능을 드러냈으며 이후 160여 편에 달하는 단편소설을 발표했다. 1913년 프린스턴 대학교에 입학하지만 3년 뒤 중퇴하고 1917년 미 육군 소위로 복무하기 시작했다. 1919년 제대하여 다음해에 장편소설 『낙원의 이쪽』을 출간하면서 인기 작가로 급부상했다. 이어 장편소설 『위대한 개츠비』, 『밤은 부드러워』, 단편소설집 『벤자민 버튼의 시간은 거꾸로 간다』 등을 출간하며 20세기 미국 문학계를 이끌 최고의 작가로 평가받았다. 1940년 12월 장편소설 『마지막 거물』을 집필하던 도중 심장 마비로 세상을 떠났다.

민예령 1984년 대전에서 태어나 중학교 때 캐나다로 건너갔으며, 브리티시 컬럼비아대학교 영문학과를 졸업했다. 한국문학번역원의 번역가 과정을 거치며 문학 번역을 시작했고, 마해송문학상 수상작 『날마다 뽀끄땡스』를 영어로, 『나는 자유다』, 『보물섬』, 『노인과 바다』, 『셜록 홈즈 걸작선』 등을 한국어로 옮겼다.